JENNIFER WRIGHT

史上最悪の破局を迎えた13の恋の物語

ジェニファー・ライト［著］

二木かおる［訳］

IT ENDED BADLY:
THIRTEEN OF
THE WORST BREAKUPS IN HISTORY

史上最悪の破局を迎えた13の恋の物語

最期に大切なのは三つのことだけだ。どれほど愛したか。いかにおだやかに生きたか。そして、自分にとって大切ではない物事を潔く手放したか。

——ブッダ

もうよりを戻したりしない。絶対に。

——テイラー・スウィフト

目次

はじめに　7

第一章　関係悪化のあとの果てしない蛮行
ネロとポッパエア　15

第二章　王妃の反逆
アリエノール・ダキテーヌとヘンリー二世　41

第三章　別れるための大胆な手口
ルクレツィア・ボルジアとジョヴァンニ・スフォルツァ　66

第四章　同じ間違いを繰り返す
ヘンリー八世とアン・ブーリンとキャサリン・ハワード　86

第五章　婚姻に拷問を課した女帝
アンナ・イヴァノヴナ　117
第六章　妻を幽霊にした富豪
ティモシー・デクスター　134
第七章　別れた恋人に血まみれの手紙を
キャロライン・ラムとバイロン卿　152
第八章　妻の肉体を受け入れられなかった理由
ジョン・ラスキンとエフィー・グレイ　174
第九章　〝名乗ることのできない愛〟の裏切り
オスカー・ワイルドとアルフレッド・ダグラス卿　197
第一〇章　愛の喪失がもたらしたもの
イーディス・ウォートンとモートン・フラートン　223

第一一章　別れた恋人の代わりには
オスカー・ココシュカとアルマ・マーラー　246
第一二章　文学者が踏みにじった妻
ノーマン・メイラーとアデル・モラールズ・メイラー　263
第一三章　終わりよければすべてよしと信じたいなら
デビー・レイノルズとエディー・フィッシャーとエリザベス・テイラー　286
エピローグ　308
訳者あとがき　314
参考文献　316

はじめに

多くの人々が恋愛の幸せを経験するように、失恋や別離の苦しみも味わう。わたしよりも利口な数学者によると、世界の人口と平均的な別離の回数をもとに見積もると、もっとも控えめにいっても、毎日五〇万人が破局しているそうだ。通常は六カ月間デートをしたのちに別れにいたる。進化生物学者によれば、失恋中の人々の脳をスキャンすると、禁断症状が出たコカイン中毒者の脳と同じ状態であるらしい。われわれは別れにうまく対応することができない。人類は世の中のさまざまな脅威に直面しても、驚くほど柔軟に乗りきる生物だ。戦場で勇敢に戦い、疾病に対して果敢に取り組み、総体的には本当にすばらしい活躍なのだが、それも恋人との別れが訪れるまでのことだ。こうなると、内側から完全に崩壊してしまう。

それほどの愛を手に入れ、そして失うのは、常軌を逸しているように思われる。われわれが非常識な行動に出るのも驚くにはあたらない。この世で最高にすばらしい感情が完全に打ちのめされてしまうのだから、頭がどうにかなるには絶好のタイミングだろう。

もしも、あなたがいま、パイントサイズの大きなアイスクリームを片方の手に、そして、もう片方にはスコッチの瓶を持ちながら、この本を（昨日の夜にバーで喧嘩したせいで、前歯が一本欠けた）口にくわえ、別れた恋人をどれほど強く、深く愛していたことかと涙に暮れているのなら、「よく頑張っている」とわたしはあなたを称えたい。もっとひどいことにだってなり得たのだ。いまよりも悪い状況に。元妻の首をはねたり、関係のない人たちを去勢したり、あるいは別れた恋人にそっくりの等身大の人形《セックス・ドール》とともに新生活をはじめていたかもしれない。あなたはまさに英雄だ。あなたの自制心はダライ・ラマをもしのぐ。彼はわたしの知るかぎり、もっとも幸福で、愛情あふれる人間だ。彼はデートすら許されていない。そんなことをすれば、酔ったダライ・ラマが別れた恋人に電話を四〇回連続でかけたと、タブロイド紙がこぞって書き立てる可能性もなくはないからだろう。

じつは、それをやったのはわたしだ。人生で最高に厄介な事態は、別れが原因で引き起こされる。失恋したときに、セラピストとおだやかに話しあい、静かに悲しみに暮れ、さらには、そこから得た学びに感謝しながら乗りきる人々がいるのはわかっている。わたし自身、そうした人のように振る舞おうとするのだが、結局、睡眠薬を飲んで一六時間ぶっ通しで眠り、心情を吐露した長いメールを別れた恋人に送りつけるはめになる。それだけでは飽き足らず、メールがちゃんと届いたかどうか確認するために、ショートメッセージまで送ってしまう。

外に買いに出るのが億劫だという理由で、クッキー生地が入ったベン&ジェリーズのクッキー・

ドウ・アイスクリームをフライパンに空けて、巨大なクッキーが焼きあがるか試したこともある。この場合は、楽しいお菓子作りの実験になったのだから、それほどばつの悪い行為ではないだろう。

われわれは愛に勝るものはないと知っている。ベン＆ジェリーズのクッキー・ドウ・アイスクリームもいい線をいっているが、愛にはかなわない（わたしはもちろん、ヘロインを試したことは一度もない）。この意見に同調するために、愛を信じる必要はもちろんない。愛はサンタクロースのようなおとぎ話ではない。愛とは脳内物質に影響を与える感情なのだ。愛したことのある人はみな、これ以上の喜びはないと知っていることからも、それは明らかだ。人生でもっとも楽しみなことと——ベッドの中でぬくぬくしている冬の朝、古い映画、友人と一緒においしいワインと料理を囲むひととき、そして、朝に飲む一杯目のコーヒー——を思い描いたとき、愛する人とこれらを分かちあえたなら、さらなる幸せを感じられる。こちらの愛に対して愛で応えてくれる、そんな人を愛しているときにだけ、われわれは心から安全で、喜びに満ち、人に対してやさしくできると感じられるのかもしれない。それはまるで、雨から逃れて、安心できるあたたかな場所に駆け込むようなものなのだろう。

愛が終わると、嵐が吹きすさぶ屋外にいるような心持ちになる（ヘロインを使用したことはないが、わたしはハリケーンの中に一分間ほどいたことがある。これで、わたしがサバイバーだと証明できる）。

われわれはしばしば、自分自身で驚愕するような形で崩壊する。後日、当時のことを思い返してみると、愚かで、怒りに駆られた行為や、明らかに奇妙な振る舞いを後悔する。しばらくのあいだは仕事が全然うまくいかないだろうし、丸めた手紙や古いCD、小さな動物の置物などを壁に投げつけるといった意味不明な行動をとるだろう。あるいは、もっと独創的なことをしでかすかもしれない。切り刻んだネクタイでハート形を作ったら恋人が戻ってくると考えるなんて、完全にどうかしている。そんなことをしても、誰も戻ってきてくれやしないのに！　アイコナ・ポップのふたり組もいつの日か、元恋人の持ち物を鞄に詰め込んで階段から落として喜ぶのではなく、「これはわたしの最高の瞬間じゃなかったかもしれない」と自分を見つめ直すだろうと、わたしはかたく信じている。われわれはみな見るも無様なことをしでかすと、自分がこの世で最悪の人間ではないかと思ってしまう。失恋はすべての人々をふだんよりもひどい人物にしてしまう可能性がある。友人がそんな状態におちいったときには、わたしはその手をとってやさしく言う。「あなたは最低じゃないわ。ノーマン・メイラーがいるから。ノーマン・メイラーが最悪なんだから」

ノーマン・メイラーは実際に最低なのだが、その話はのちほど改めて語ろう。

あなたが恋人と別れたことで、傷つき、正気を失った行動をとったとしても、それはあなたひとりにかぎったことではない。世界でも有数の才能豊かな有名人でさえ、失恋の痛手を受けて完全に頭がおかしくなってしまう。イーディス・ウォートン。オスカー・ココシュカ。オスカー・ワイルド。この世に深遠な芸術的遺産を残した偉大な人々が恋に破れて自己喪失してしまうのだ。歴史上の悪名高い人物——ほどほどの功績を残した人々——の場合はもっとひどい。ヘンリー八世が斬首をはじめたきっかけを思い出してほしい。そして、アンナ・イヴァノヴナは氷の城に人々を閉じ込めた。常識では考えられない。

名作映画『冬のライオン』(一九六八年)に有名な場面がある。男たち数人が殺されるのを待っていると、その中のひとりが気高く死ぬつもりだと言い出した。すると、別の男が反論する。「おまえの騎士道かぶれにはあきれたよ。死に方なんて、どうでもいいんじゃないのか?」それに対して、最初の男が答える。「死という選択しか残されていない場合には、それは重要なことなんだ」われわれがどんなにあがこうとも、どうにもならない状況が人生においては多々ある。もちろん、恋人との別離はそのひとつだ。そんなときに、本書でとりあげられているローマ皇帝ネロやヘンリー八世、ノーマン・メイラーなどのように、悪いほうに転ぶ場合もある。または、アン・ブーリンやオスカー・ワイルドのように、失恋の苦しみを冷静かつ優雅に受け止めようと努力しながら、うまく乗り越えるという選択肢もある。

われわれはたいてい、その中間でうろうろしている。

大昔には恋愛も上品で、情熱的に展開されていたと考える人もいるだろう。騎士が淑女に永遠の愛を誓い、ミスター・ダーシーは結婚相手を探しながら馬でうろついていた時代があったというのは、思い違いもはなはだしい。歴史を振り返ると、いまとはたしかに違っているが、それほどの差はないし、昔のほうがよかったということはけっしてない。

恋愛に対する失望は現代と同じようにあったし、過去のほうが恐ろしい結末を迎えている場合も多々あるのだ。いつの時代にも、聖人や精神病質者ではないふつうの人々は、恋愛と失恋に翻弄される。善人であれ、悪党であれ、ほぼすべての人々は恋愛とその後遺症に悩まされるものだ。場合によっては、精神病質者でも同じかもしれない。ローマ皇帝ネロがそのいい例だろう。ボルジア家の人々もそうだ。彼らは敵をことごとく毒殺したことで有名だ。乱交でも知られている。ルクレツィア・ボルジアは夜にベッドで横たわりながら政治的陰謀を企んでいたわけではない。彼女は元夫にばったり出くわすことがないようにと祈りながら眠りについていた。この話はのちに妙な展開をする。

歴史的に見て、人々が失恋を経験しなかった時代など一度もない。それどころか、テレビを見ることに時間をとられなかった分、恋愛沙汰も多かったと言えるだろう（テレビは偉大である。この意見に異を唱える人はいないはずだ。テレビがあるおかげで、暇な金持ちが使用人にニワトリの格好をさせて、玄関広間で卵を産むふりをさせるのをやめたのだ。これは実話だ）。

ところが、別離が誰にでも、歴史を通してすべての人々にひどい影響をもたらす――そして、その中には奇妙な話や、アンナ・イヴァノヴナの野望よりも気味の悪いできごともある――ということはさておき、こうした話がかすんでしまうほどの心強い教えもある。失恋はけっして人生を決定づける瞬間ではないのだ。傷心のせいでとっぴな行動をとったことで人々の記憶に残っている人はいない（ノーマン・メイラーにはこの事実が腹立たしいほどあてはまる）。オスカー・ココシュカはウィーンの美術館やベルヴェデーレ宮殿において〝独創性に富んだ表現主義の先駆者〟として認められている。〝別れた恋人そっくりの等身大の人形を連れまわしていた男〟などと呼ばれはしないのだ。そんな人形のことを覚えている者はいない。もちろん、わたしは知っているし、読者のみなさんもその話をこれから読むことになるので、彼の名声を汚すことになるのかもしれない。しかし、この瞬間まで、オスカーのセックス・ドールのことは忘れられていたのだ。同じオスカーでも、オスカー・ワイルドはとても愛されていた。人々が墓石にキスをしないように、墓を柵で囲わなければならないほどだった（こうした彼を愛する人々の多くは『真面目が肝心』や『ドリアン・グレイの肖像』を知っていても、『レディング牢獄の歌』にはなじみがないだろう）。イーディス・ウォートンは〝若い女性が崇拝する女流作家〟としてはジェーン・オースティンにとうていかなわないが、一〇〇年後の評価は違っているかもしれない。恋人との別れは恐ろしく、あらゆるものを凌駕してしまう。別離は人生の一大事だ。そして、これは概して最高の瞬間とは言えない。人々は歩み続ける。よい生活を送る。偉大なことを成し遂げる。

幸せな結末もある。

もっといい人と新たに出会い、すばらしい恋愛を経験することは、よくある幸せな結末のひとつだ。恋人との別れを通して成長することもある。成すべきことを成し遂げたり、なるべき人物へと変化したりするために別離が必要な場合もある。アリエノール・ダキテーヌは妻、そして母という枠組みから自分を解き放つために別れが必要だった。イーディス・ウォートンは喪失があったからこそ、後世に残る感動的な作品を執筆できた。孤独は幸福と同じくらい重要で、それを理解することで、人々と通じあい、慰めを与えることができる。

恋愛が危険で、命取りにもなる駆け引きであることは疑う余地がない。しかし、それに代わるものなどあるだろうか？　恋愛は唯一の楽しみなのだ。恋に邁進せずに、いったい何をするというのだろう？　もっと多くの水道橋を建設したり、病気の治療法を発見したりするかもしれないが、それはなんのためだろう？　こうした偉業が達成されるのは、パートナーと一緒に毎朝コーヒーを淹れる生活を長く続けられるようにするためだ。

われわれは失恋から立ち直って進み続ける。どんなふうに落ち込んでも立ちあがる。できるかぎり自分を改善し、別れを経験して、より深みのある人間になる。新しい恋をいままで以上に慈しむようになる。われわれは勇敢につらい経験を克服し、より強く、賢く、いい人間になるのだ。

だが、本書でとりあげた人々は例外である。

第一章　関係悪化のあとの果てしない蛮行
ネロとポッパエア

いまの時代はすばらしい。このことを理解しているだろうか？　政治家が妻を裏切って浮気をしたら、怒って腹を立てることができる。ビル・クリントン大統領を覚えているだろうか？　または、別のアメリカ大統領のことを思い出しただろうか？　われわれの社会が嘆き、失望するたびに、わたしの心は歌を口ずさむ。現代の人々がきわめて適切な行動をとれるのは、まさに喜ぶべきことだ。古代ローマに暮らしていたら、社会全体が憤るなどというのはあり得ない。皇帝ネロの治世に生きた人々にとって、高位の政治家が同意した相手とのセックスが原因で面倒な事態におちいるくらいは、ただの〝笑える話〟だった。

なぜなら、古代ローマは悪夢のような時代だったからだ。恋物語はすべてホラー映画の様相を呈し、毒殺や殺人、自殺という結末を迎えた。皇帝ネロの場合は、歴史上でもっとも恐ろしい結果を招いたと言えるだろう。

それは皇帝ネロと両親が不仲だったせいにすることもできる。人は両親から人間関係を教えられるものだ。どのように愛を永らえたり、困難を乗り越えたりして、楽しくつきあうのかだけでなく、相手と殺しあわなくても別れられる方法を学ぶ。悲しいことに、皇帝ネロは母である小アグリッピナから思いやりあふれる人間関係を教わることはなかった。

小アグリッピナの恐ろしい行動はいろいろ記録に残っているが、メロドラマの登場人物のような悪女っぷりは、これから語られる話に集約されている。まずは、彼女が皇帝ネロの母であり、皇帝カリグラの妹だったのみならず、皇帝クラウディウスの妻だったことを覚えておいてほしい。皇帝クラウディウスの名前くらいはご存じだろう。この本を手にとったあなたは、わたしのことを古代の言葉を勉強していて、大好きなベン&ジェリーズのアイスクリームを片手にＢＢＣ（英国放送協会）制作の連続テレビドラマ『この私、クラウディウス』を観るような人間だと思っているかもしれない。

（大学時代には古代ギリシャ語を学んでいたし、ベン&ジェリーズのアイスクリームではレイト・ナイト・スナックがお気に入りのフレーバーだった。だから、来週にでもあなたの家でＢＢＣのドラマを観る会を開くのもいとわない。いまからとても楽しみだ！）

念のために言い添えておくと、クラウディウスは古代ローマの第四番目の皇帝だ。吃音や足を引きずるなど、動作がぎくしゃくしていることで知られていた。難聴だったとも言われている。「膝が弱いために体を支えるのが困難で、頭を揺らしていた。吃音で、話がよくわからない。興奮するとよだれを垂らし、鼻水を垂らす」と歴史家のスエトニウスは記している。また「母親の小アントニアは息子を〝自然の女神が作りそこなった、怪物のような人間〟と呼んだ。そして、誰かの愚鈍さをののしるときに、〝クラウディウスよりもまぬけな男〟だと言ったものだ」とも。

母親は間違っていた。実際には、クラウディウスは聡明であり、ハンカチを手放せないだけだった。まじめな話、身体的なぎこちなさがクラウディウスの並外れた知性を曇らせることはなかった。たしかに、そのせいで人からは知能までも遅れているのではないかと思われていた。だが、それがかえってよかった。もしも、古代ローマの上流社会へタイムトラベルすることがあったら、覚えておいてほしい。あなたに知性や野心があり、人気があるところを見せようものなら、権力者からその地位をおびやかす敵だと思われて殺害されるだろう。まぬけのように振る舞うのが生き残る道だ。古代ローマでうまくやるには、突然に周りの友人がすべてマフィアだと気づかされた場合のように行動するのがいい。

そんなわけで、体が不自由なために取るに足りない存在だと思われたクラウディウスは幸運だった。彼の一族は殺しあっていたのだが、クラウディウスは見すごされた。三七歳のときに甥のカリグラとともに執政官を担ったほかは、四九歳まで目立つ活動はしなかった。カリグラの暗殺にともない、紀元四一年にクラウディウスは皇帝に即位した。この暗殺に彼が関わっていたかどうかは定かではない。人々からは人気があったようだ。スエトニウスによれば、カリグラの暗殺後、「民衆は元老院の議事堂の前に集まり、クラウディウスの名を叫んだ。彼は武装した兵士たちに忠誠を誓わせ、各人に一万五〇〇〇セステルス支払うと約束した。軍団の忠誠心を確実なものとするために賄賂を贈った最初の皇帝となった」のである。

ご覧のとおり、クラウディウスは利口なのだ。

その後、きわめて有能で、知的だと広く知られるようになる。彼の治世は大成功で、ローマ帝国は現在のイギリスまで領土を拡大した。唯一のつまずきは、小アグリッピナと結婚して、ネロを養子にしたことだろう。

紀元五四年に小アグリッピナがクラウディウスをマッシュルーム料理で毒殺したことは、歴史家の多くが認めている。たくさんの喜劇でこの話が引用され、マッシュルームに関連した冗談も数えきれないほどささやかれた。マルティアリスは著書『エピグラム』の中で、気に入らない人物に「クラウディウスのようにマッシュルームでも食べろ!」と言い放っている。こうした冗談はどれも、〝マッシュルームを食べて死んでしまえ〟と言いたいのだ。今日では、こんな悪口を言って通じる相手は、古代ギリシャ語やラテン語を学んだ(そして、BBCのドラマを観る会に招待された)友人だけだ。だが、そんな人々からも失笑される可能性がある。

こうした悪い冗談のおかげで、マッシュルーム料理で毒殺されたことは記憶されている。忘れられているのは、歴史家のタキトゥスが記している、クラウディウスは羽根を使って吐き気をもよおそうとした部分だ。お忘れだろうか。クラウディウスは利口なのだ。毒を盛られたとわかったら、喉を刺激して吐き出そうとしたはずだ。いい考えではないだろうか? まことに賢明だ。

〝小アグリッピナは羽根に毒を塗っておいた〟

少なくとも、わたしはクラウディウスの死因をこう考えたい。異なる説もある。スエトニウスによると、アグリッピナは胃がすっきりするからと言って、クラウディウスに毒入りの薄いかゆを食べさせて追い打ちをかけた。羽根に毒を塗るのに比べると、この説は野暮だと思う。いずれにしても、重要なのは、彼女は単に夫を毒殺しただけではなく、二度も毒を盛ったのだ。

ここまで読んで、クラウディウスをたいそう気の毒に思っている人がいたら、この皇帝が三番目の妻であるウァレリア・メッサリナ（アグリッピナは四番目の妻）とその愛人を処刑していることをお伝えしておこう。ウァレリアはクラウディウスが休暇で留守にしているあいだに、愛人のガイウス・シリウスと結婚してしまったと言われている。彼女は盛大な結婚式を挙げ、祝宴を催した。しかし、どんな状況であろうとも、すでにクラウディウスと結婚している以上、これはけっして賢明な行為ではない（ツイッターとインスタグラムが盛んな今日では、とくに危険である）。クラウディウスは結婚式の参列者すべての処刑も命じた。夕食の席で、この命令が実行されて全員が殺害されたと報告されたとき、クラウディウスは落ち着いた様子でワインをもっと持ってくるようにと命じたそうだ。

はっきりさせておきたいのは、ここまでの話は皇帝ネロの物語の前説であるということだ。この両親も彼にはかなわない。

古代ローマは度肝を抜くような世界だったとすでにお知らせしただろうか？　多くの人々は、古代ローマは中世ヨーロッパよりも洗練されて暮らしやすかったと誤解している。たしかに中世は恐ろしい時代だ。何かした人はすべて死ぬはめにおちいったという意見に、研究者も多かれ少なかれ同意するだろう。枢機卿だったペトルス・ダミアニはかつて、ヴェネツィア生まれの王女がフォークを使って食事をしたために、消耗性疾患で死亡するのもやむを得ないと裁定した。この時代にはフォークが悪魔の道具か否かという議論が頻繁に行われていた（答え：そうかもしれないし、そうでないかもしれない。そんなことはわからないと、わたしは思う）。

宗教が世の中を席巻していた中世に比べれば、屋内トイレがしつらえられ、政治システムが整い、男性たちがトーガに身を包んでいたローマ時代はすてきに映る。古代ローマは暴力に満ちていると考える人々は、剣闘士の闘技場だけにとらわれ、ラッセル・クロウが映画『グラディエーター』で人を殺している場面を思い出しているのだろう。中学校のラテン語や歴史の教師が口をそろえて言うように、〝剣闘士の闘いは、必ずしも死ぬ結果にはいたらない〟のだ。

教師たちがわれわれに告げなかった内容を知っているだろうか？　剣闘士の闘いは、多くの場合は死ぬ結果に終わり、亡くなるのは剣闘士にかぎらない、ということだ。ときには観客が――闘いを観て楽しいひとときを過ごそうとしただけの人々が――闘技場に引っ張り込まれ、猛獣と対決させられた。さらなる死人が出るというわけだ！

古代ローマ人は独創的で思いもよらない殺人方法を考え出すのが好きだった。父親殺しに対するローマ時代の刑罰はこうだ。まず犯人に目隠しをして、棒で何度も殴りつけたあげく、ずだ袋に放り込む。その中にサル、ヘビ、イヌ、ニワトリも一緒に入れて、袋の口を縫いあわせる。ここで注意したいのは、この動物たちは人間と仲よしというわけではない点だ。しかし、この袋は川に投げ捨てられるので、そんなことはどうでもよくなる。もしあなたがそんな目にあい、(ただのタイムトラベラーではなく、ドリトル先生のように)サル、ヘビ、イヌ、そしてニワトリを同時に手なずけられるという、主イエスに救われるような瞬間が訪れたとしても、関係ない。結果的には溺れ死ぬ。

それゆえ、なぜ歴史の教師たちが古代ローマを洗練された社会だと印象づけようとするのか、わたしには理解できない。この都市国家にモットーがあるとすれば、それは〝何人《なんぴと》たりとも自然に死することはない〟だろう。イーサン・ホークが主演した『パージ』(二〇一三年)という映画がある。この映画のばかげた主題——かつ有名な台詞!——は〝一年にひと晩だけ、すべての犯罪が合法化される〟だ。紀元五〇年頃のローマでは、この状態が一年のうち三六五日、毎日続いているようなものだった。

そんなわけで、古代ローマ人のカップルが別れ、その片方が、または双方が相手を殺したとしても、大した話題にもならない。むしろ刃傷沙汰にならないほうが驚かれただろう。そして、実質的にはまったく必要ないのだが、離婚は一般的なことだった。わたしがネロの父と母について語ったのは、次の理由からにすぎない。

・今度、どこかで誰かが古代ローマのことを、もっとも洗練されたすばらしい国家だと称えたときに、あなたが面白いネタを提供できるようにするため。中学生に歴史を教えている先生の鼻を明かすことができるだろう。
・ポッパエアとの関係がだめになって以降のネロの蛮行について考えるヒントを与えるため。彼の所業はひどいものだった。

あなたが皇帝ネロについて知っているとすれば、常軌を逸した振る舞いと、燃え盛るローマを前にしてバイオリンを弾いていたという逸話だろう。彼は狂っていた、というのはたしかで、これについてはあとで話そう。ローマの大火のときには、バイオリンを弾いていたのではなかった! 歴史家ディオによると、ネロは宮殿の屋根にのぼり、歌手の格好をしてイリオス（トロイア）の陥落を吟じていた。だが、よくよく考えてみると、大した違いはない。

ネロは母親の自己顕示欲と冷酷さをしっかり受け継いだものの、義理の父のような内に秘めた知性を持ちあわせてはいなかった。人生の節目ごとに、詩人か音楽家になりたいと言っていた。われわれの知るかぎりでは、彼にそれほどの才能はない。しかし母親から皇帝になるよう強要されていなければ、彼はそれなりに幸せで、まともな人生を送り、ひとりかふたり、あるいは三人ほど殺害するくらいですんだかもしれない。当時としては、ごくふつうの人数だ。

アグリッピナはネロが九歳の頃から、彼を皇帝にしようと画策していた。息子がヘビに囲まれて寝ていると言いふらしていたが、実際にはそのようなことはなかった。彼女がそんな話をしたのは、子どもがＳＡＴ（大学進学適正試験）で高得点をとったと親が自慢するのと同じだ。こうした人々は嘘をついているのだろう。おそらく。わたしはＳＡＴで高い点数をとったこともないし、探偵でもないので、じつのところはわからない。

ネロは自分が常に大舞台で活躍していると思うような性格だった。配偶者が欲しかったので、紀元五三年にクラウディウスの娘であるオクタウィアと結婚。この結婚を段取りしたのはアグリッピナだった。ネロが皇帝になる正当性が増すと考えたからだ。つまり、クラウディウスの養子であるのみならず、娘婿となれば、皇帝に即位するのは当然という理屈だ。

タキトゥスによると、オクタウィアは貞淑な妻だった。自分の父親を殺した女の息子と結婚するのはためらわれたと推測されるが、彼女は結婚話を受け入れた。いくら夫に従順な妻でも、死にたくはないはずだ。ネロ自身は彼女に関心はなく、この貞淑な妻を絞め殺す機会を狙っていた。

しかし、本書で言うところの悲惨な別れ方をしたのは彼女ではない。

ローマ皇帝ネロ の彫像
lefpap /123RF

悲惨な破局を迎えたのは、紀元五八年からはじまったネロとポッパエア・サビナとの情事だった。ポッパエア・サビナはネロのような人物が好む美徳を有していた。言い換えれば、彼女はタキ

ポッパエア・サビナの彫像
Alamy Stock Photo

トゥスが主張するように「善良さ以外の美点を備えていた」のだった。「その当時もっとも美しいとされた母親から気品と美を受け継ぎ、裕福な家に生まれた。頭がよく、話していて楽しい。上品に見える女性だ。だが、彼女の生活は堕落していた」とも記されている。ここで面白い情報をひとつ。スエトニウスによると、彼女の美しさの秘訣は、ロバのミルクと剣闘士の精液だったらしい。

哲学者であり劇作家でもあったセネカは、自ら書いた悲劇『オクタウィア』の中で、ポッパエアとオクタウィアを次のように比べている。

ネロ：わたしにはベッドをともにするにふさわしい地位と美しさの妃がいる。愛と美の女神ヴィーナスもポッパエアにはかなわないだろう。忠実な結婚の女神ユーノーや、武装した知恵と武勇の女神ミネルウァも彼女の敵ではない。

セネカ：徳と忠誠と清廉な心。これだけでも、夫を満足させられるでしょう。オクタウィアのような高潔な魂は永遠だ。だが、花の美しさは日ごとに衰えていく。ネロ：神はすばらしく完璧なものを集めてポッパエアをお創りになった。そして、運命の三女神が彼女をわたしに与えてくれたのだ。

ネロはポッパエアをとても好きだった！ セネカの言葉を信じるならば、彼女はとてつもなく魅力的だった（これは本当らしい。亡くなった彼女を描写したものを見ると、女優のクリスティーナ・ヘンドリックスに似ている）。そして、ネロはポッパエアこそが魂の伴侶《ソウル・メイト》だと考えた。

ネロと深い仲になる以前に、ポッパエアはすでに二度も結婚していた。最初は紀元四四年にルフリウス・クリスピヌスと結婚。ルフリウスは皇帝クラウディウスの近衛軍団の指揮官だったが、殺害されたメッサリナに過剰な好意を抱いていたとして、小アグリッピナによって紀元五一年に失脚させられる。小アグリッピナは彼を殺しはしなかった。意外だ！ 彼が殺害されたのは、紀元六五年にネロによってであった。享年六六歳は、古代ローマ時代にしては長寿と言えるだろう。

最初の夫が失脚すると、ポッパエアはオトと結婚した。彼は皇帝ネロの親友だ。ルフリウスと婚姻関係にあるあいだ、彼女はオトの愛人だった。彼女の堕落した生き方からすると、ごくまともな振る舞いだろう。ふたりの関係については別の見解もある。タキトゥスは『同時代史』に次のように書いている。

オトは親からかまわれない寂しい子ども時代と反抗的な少年期を送り、ネロに匹敵する放蕩者になった。このため、ネロは妻オクタウィアとの離婚が成立する前に、皇帝の愛人という立場だったポッパエア・サビナとの情事をオトに打ち明けていた。まもなく、オトもこのポッパエアに気があるとにらんだネロは、現在のポルトガルにあたるルシタニアの総督にするという名目で彼を追い払った。

この話——伝記作家プルタルコスも『英雄伝』に収録されている『ガルバの生涯』で同じように語っている話——が本当なら、ネロがポッパエアを自分のものにしたかったので、オトから引き離して結婚し、オトはひとりの女性だけを愛するよりも大勢を相手にするのにかまけていたことになる。これは誤りだ！　オトはポッパエアに恋していた。ネロは彼らの家に立ち入るのを許されておらず、ポッパエアに会いたいと外から請わなければならなかった。

歴史家の記述は異なる。スエトニウスの『皇帝伝』の中の『オトの生涯』によると、ポッパエアもオトと同じ気持ちだったので、もちろん、ネロを退けたと書かれている。一方ディオは、彼女はネロのオトに対する嫉妬心を巧妙に利用して夫を失脚させ、自分へのネロの欲望をかきたてたと主張している。ウィキペディアの英語版には「ポッパエアに強要されて、オトは美しい妻を皇帝に紹介した」と記載されており、彼女の策略が透けて見える。

詳細は違えども、これらの話の結末はすべて同じだ。オトは紀元五八年にルシタニアに左遷され、ポッパエアは自由の身となった。小アグリッピナはネロがポッパエアのためにオクタウィアと離縁することに、あまり賛成ではなかった。タキトゥスの『年代記』には、ポッパエアもそれを知っていたと書かれている。

ネロのポッパエアへの情熱は日ごとに激しさを増している。小アグリッピナが生きているかぎり、自分の結婚やオクタウィアが離縁される可能性がないことから、彼女は皇帝を繰り返し非難し、ときにはふざけて、人から許可されないと何もできないとか、自由裁量がないのだから帝国を支配しているとは言えないなどとののしっていた。「なぜ結婚が延期されるのか？　ポッパエアの美しさと、高名な家柄がお気に召さないのだろうか？　ポッパエアに子どもがいて、誠実な心を持っているのが理由なのか。いや。ポッパエアが妻になったら元老院の不正を暴露するのを恐れているのだろう。そして、ネロの母親の横柄さと強欲が民衆の怒りを買うことを」

あなたも想像がつくだろう。ボーイフレンドが母親の言いなりで、あなたはその母親から嫌われている。母親にべったりするのはいい加減にやめるようにと言い、お母さんはそんなにいい人ではないのだとほのめかす。すると、彼はすぐに母親を殺害して、あなたへの献身的愛情を示すというわけだ。

あるいは、そんなことが起こったのはこの一回だけかもしれない。

興味深いことに、殺害が行われるとは誰も予期していなかったとタキトゥスは記している。だが、読者のみなさんは、こうした人々がどんな行動をとるか予測がついていると思う。あなたの考えはお見通しだ。〝ネロは毒の入った小瓶に手を伸ばす〟と思っているだろう。大正解だ！　スエトニウスによると、ネロは小アグリッピナ毒殺を三度も試みた。そのたびに彼女は解毒剤を服用して命拾いした。小アグリッピナの連勝だ。小アグリッピナを毒殺しようとするのは、無駄骨を折るようなものだ。

あからさまに攻撃するのは危険すぎると思われたので、ネロは白昼堂々と母親を刺殺するつもりはなかった。そこで、（小アグリッピナを嫌っていた）ミセヌム艦隊長官のアニケトゥスが、小アグリッピナのベッドの上に折り畳み式の天井をとりつけようと提案した。それを崩落させて、寝ている彼女を押しつぶすのだ。どうやってそんなものを小アグリッピナのベッドの上に設置するのか、わたしにはわからない。これはいい案ではないので、却下された。だが、ここから耐航性のない船を建造し、航行してまもなく沈没させて小アグリッピナを溺れさせる計画へと発展した。こっそりと寝室の天井に細工するよりも、こちらのほうが成功する確率が高そうだ。

ネロは和解を申し出て、小アグリッピナを島へ招待する。彼は母親の目元と胸に口づけた（いまと昔では習慣が違うのだろう。とはいえ、これはおかしすぎる。いつの時代にも妙な話だし、未来永劫、違和感を覚えるだろう）。ディオによると、ネロは「母上のためにわたしは生き、母上を通してわたしは統治するのです」と言って、小アグリッピナを見送った。

小アグリッピナほど抜け目のない女性が、何も疑わないことなどあるだろうか？　海に出てすぐに船の天蓋が落ちた。鉛を仕込んで重くしてあったのだ！　これは寝室の天井崩落の計画を思い出させる。船は沈没。小アグリッピナと友人のアケロニア・ポラは水中に投げ出された。大量のワインを飲み、肩をけがしていたにもかかわらず、小アグリッピナは岸に向かって泳ぎはじめた。一方ポラは、自分は皇帝の母親の小アグリッピナだから助けてほしいと叫ぶやいなや、船員に櫂で殴り殺されてしまった。だが、これでよかったのかもしれない。助かったとしても、ポラは彼女になりすましたという理由で、小アグリッピナから殺されることは間違いないからだ。

この件で、小アグリッピナはネロが母親の殺害を企てていると確信したものの、気づかないふりをした。彼女はネロに、船の沈没事故にあった母を見舞いたいだろうが、回復後にしてほしいと伝えた。しかし、ネロはすぐに母親の屋敷へ暗殺者を送り込んだ。アニケトゥスは今度こそは失敗しないようにと命じられていた。彼と従者の一団は小アグリッピナの屋敷に押し入り、皇帝の命を受けて殺害に来たと宣言した。小アグリッピナは、息子がそんなことを指示するはずはないと言い返した。だが、その中のひとりが彼女の頭をこん棒で殴った。小アグリッピナの最期の言葉は「ネロが生まれてきた、この子宮を打て！」だった。

ネロはあとから屋敷にやってきて、入念に小アグリッピナを調べたと言われている。彼は慎重に遺体を見分し、それが終わると、母親がどれほど美しかったかにはじめて気づいたと言った。その後何年にもわたって、彼は怒れる小アグリッピナの幽霊に悩まされ、母の墓へ行くたびに恨みつらみが聞こえてきたと語っている。ローマの臣民は彼の母親殺害を快く思わなかった。ほどなくして「将来、母親殺しになってはかなわないから、この赤ん坊は育てられない」という手紙が添えられた乳児が、ローマ中心部のフォロ・ロマーノに置き去りにされた。

生きた赤ん坊が、政治的発言のために公共の場に捨てられたのだ。この街はどうしようもないところだ。

気の毒なオクタウィアの境遇も悲惨だった。彼女はネロが描いた壮大な恋愛ドラマの主演女優には程遠かった。ネロは彼女を離縁したが、民衆からの人気が高かったため、島に流した。オクタウィアが人を殺したという記述は見あたらないので、地獄絵図のような当時の社会では、誰よりもよき人物だと見なされていたと推測される。民衆はその仕打ちに抗議した——人々は「オクタウィアを連れ戻せ」と叫びながら通りを行進した——ために、ネロは気分を害し、元妻を蒸し風呂で窒息死させた。

ネロはその後、オクタウィアを水中墓場に引きずっていく悪夢に悩まされたという。ここでの教訓は、あなたに道徳心が欠けているとしても、いやな夢に苦しめられるので、人殺しはすべきでないということだろう。

こうした話を聞いて、暗い気持ちにならない人物がいるだろうか？　ポッパエアはそうだった。そんな態度からも、彼女がずっと皇后になれるように画策していたと裏づけられるだろう。オクタウィアが殺害されてはじめて、ポッパエアが皇后の地位につけるのだ。

そこまでする価値があるのだろうか？　ネロとポッパエアはふたりで幸せになったのだろうか？　ならなかった。

ふたりのあいだには娘が生まれた。スエトニウスによると、ネロは「この世の何よりもうれしいできごとだ」と言って喜んだらしい。残念ながら、生後すぐに彼女は亡くなった。この子どもを神格化すると、ネロはいつもの自分に戻った。ディオは次のように記している。

彼はこっそりと、酔っ払ったり、悪さをしたりするふりをした男たちを送り出して、街の中で一、二箇所どころではなく、いくつもの場所に放火させた。人々は奇妙な状況をたくさん見聞きしていたにもかかわらず、騒ぎの発端を特定することも、これを収束させることもできずに途方に暮れてしまった。

つまり、ネロは自分がおさめる都市に火を放ったのだ。これはいただけない。彼は紀元六四年の大火をキリスト教徒のせいにして、彼らをひどい方法で処刑した。そのため、聖書には「大艱難である。この世がはじまって以来、目にしたことがない。いや、これからも見ることはない」ような時代であると記されている。これは、ネロが恐ろしいサディストだったからだ。タキトゥスは次のように書いている。

処刑が行われたのみならず、遺体がなぶりものにされた。獣の皮をかぶせられ、野犬に引き裂かれたり、腐敗したりした。十字架に釘で打ちつけられたり、日没後に夜間照明のために火をつけられたりもした。ネロはこうした蛮行を見せるために宮殿の庭を開放し、サーカスにおいても披露した。古代のひとり乗り二輪戦車《チャリオット》の御者の格好をした人々のあいだに紛れ込んだり、その上に乗ったりもした。そんなわけで、模範囚だけでなく極刑に値する犯罪者さえも、殺害されたキリスト教徒を気の毒に思うほどだった。遺体が破壊されたのは見てのとおり、公益のためではなく、ひとりの男の残忍性を満足させるためだったのだ。

この頃までには、精神が錯乱した悪魔として、ネロは人気を失っていた。彼の女性関係についてはディオの記述に詳しい。

ネロと仲間たちは売春宿にも入り、なんの支障もなく、そこにいた女性たちと手あたり次第に性交した。その中には街でもっとも美しく、気品のある女性、奴隷、自由人、高級売春婦に処女、既婚者もいた。こうした女性たちは一般市民だけでなく、上流家庭の出身者もいたし、少女も大人もいた。男たちは好みの女を手あたり次第に楽しみ、女性は相手を拒むことができなかった。

ポッパエアはマリー＝アントワネットよりも規模は小さいものの、とっぴな行為をしていた。しかし、それはとくに邪悪というわけではなかった。彼女の馬車を引いていたラバに金の蹄鉄をつけたり、五〇〇頭のロバを飼い、毎日ロバの乳の風呂に入ったりしていた。彼女は好色だと噂されていたが、ネロを裏切るほど愚かだったかどうかはわからない。そうであれば、彼女が不貞を働いたという逸話が残っているはずだ。なにより、遺体に火をつけて松明の代わりにするような男をこけにするのは、身を滅ぼすほどの愚行だ。

皇帝が殺人を犯したり、街に放火したりする衝撃に比べれば、強姦はまだましなように見える。しかし、ポッパエア・サビナはネロが友人と売春宿に四六時中入り浸っているのには我慢ならなかった。ポッパエアがネロは浮気をやめてくれるだろうと考えていたとしたら、正直なところ、ちょっと甘いと言うしかない。なぜなら……つまり、ネロは改心するような性格には絶対に見えないし、彼は怪物のごとく残忍なのだ。だが、ネロの性的な奔放さはふたりの仲たがいの大きな要因となった。

ついにある夜、ネロが競技会から遅く帰ると、この当時妊娠していたポッパエアは夫を罵倒しはじめた。すると彼は彼女が息絶えるまで、下腹に飛び蹴りを繰り返した。ネロはこの仕打ちを後悔する。彼は妻の遺体を火葬せずに、香料を詰めて防腐処置を施すように命じた。これは……おそらく、いいことなのだろう。追悼の辞を述べるときに、彼は彼女の美徳を褒めたたえた。のちに、古典劇を演じるときには、ネロは亡き妻の仮面をつけてすべての女性の役を演じた。

さらに、ポッパエアの息子を殺害したネロは、妻との関係の終わりを悲しんだ。スエトニウスは『皇帝伝』の中でネロについて、「ネロはポッパエアの息子で、自分の養子となったまだ幼い少年のルフリウス・クリスピヌスを釣りの最中に溺れさせるように、その子の奴隷に命じた。だが、少年は将軍と皇帝ごっこをして遊んでいたと言われる」と書いている。この少年が釣りをしながら皇帝ごっこをしていたとすれば、殺しておく必要があったのだろう。

その後、短い期間で、ネロは身近な人々を皆殺しにした。スエトニウスは次のように記している。

ネロは乳母の息子であるトゥスクスを亡きものにした。彼がエジプトの行政長官だったときに、ネロ専用に作られた風呂を使用したことが原因だ。家庭教師だったセネカは自殺に追い込まれた。彼はしばしば引退を願い、資産を放棄すると申し出ていた。ネロを疑ったのは悪かったと厳粛に認め、彼を傷つけるくらいなら死を選ぶとまで言った。近衛軍団長官のブッルスは約束していた喉の薬の代わりに毒を送られ、殺された。クラウディウスの養子に、そののちには皇帝になるのを助け、数々の助言をして支えてくれた、このふたりの裕福な年長者を、ネロは食べ物や飲み物に毒を盛って殺害したのだった。

こうした殺害は理屈に合わない。アメリカのテレビドラマ『ロー&オーダー』にこの一連の話が出てきたら、視聴者は番組の最初にネロが犯人であるはずがないと思うだろう。動機がないからだ

（ネロの役は特別ゲストに演じてもらうのがいい。そうすれば、殺害したのは彼だろうと、見ている人もすぐに怪しむことができる）。この時期にポッパエアとの死別が原因で、ネロは当時としてはふつうでも、現代では恐ろしいと考えられる行為にふけり、それから、はなはだしく奇怪な行動をとるようになった。

ネロには外見がポッパエアに似ているスポルスという名前の奴隷がいた。似ているといっても、思春期前の少年と古代ローマ版のクリスティーナ・ヘンドリックスの類似点はわずかなはずだ。少なくとも、彼は若くて美しかった。古代ローマ時代には、同性愛の関係は難色を示された。ネロはそんなことなど意に介さなかったが、結婚前にスポルスを去勢したのは、こうした理由があったからだろう。

あなたの読み間違いではない。亡くなった妻に似ている未成年の奴隷の少年を去勢して妻の代役に据えることで、ネロは紀元六七年までに立ち直っていたのだ。本書をここまで読み進めたみなさんなら、〝ああ、去勢ね。古代ローマではきっとふつうのことだったのね〟と思われているだろうが、意外なことに、それは違う。古代ローマにおいて、他国の宦官を買うことは許されていたものの、去勢は違法だった。ローマの奴隷であることの特権は、生殖器が無傷でいられることだった。

ネロはスポルスの名前をサビナに変え、ポッパエアのような格好をさせた。公の場では、彼に亡くなった妻の式服を着させた。スポルスは民衆から〝レディー〟または〝お妃さま〟と呼びかけられることになった。スエトニウスによると、「ネロがスポルスを輿でギリシャの裁判所や市場、ローマのフォリ・インペリアリ通りへ連れていき、ときおり愛情を込めてキスをしている」姿が見受けられた。

スポルスを外科手術で男性から女性に変えられる者に、ネロは莫大な額を支払う用意があった。紀元六〇年頃に、そんな技術は存在しない。ネロに対して医学的に説得力のある売り込みをした者がいなかったのは幸いだ。手術をできると思い込んでいる無鉄砲な輩はいただろうが、ネロは決断を下すのが苦手だった。スポルスはさらなる苦しみを味わわずにすんだ。

気の毒なスポルス。本章では、登場人物の中で彼だけが無実だとわたしは思う（オクタウィアもそうだ。彼女もとてもいい人間に思える）。歴史家のエドワード・チャンプリンは、スポルスが紀元六九年に亡くなったときには、おそらく二〇歳にもなっていなかったと推定している。彼はけっして自らの境遇を喜んでいなかったし、自分をおとしめた相手に好意を抱くようになるストックホルム症候群にもかかっていなかったようだ。彼が新年を祝う品として、プロセルピナの略奪をデザインした指輪をネロに贈ったのは、決然として大胆な行動だ。プロセルピナの略奪とは、若く美しい女神が冥王に誘拐され、無理やり冥界へ連れていかれたという神話だ。相手を悪魔だと言わんばかりの宝飾品は、愛する人に贈るにふさわしいものではない。皇帝ネロを悪魔の化身だといまだに思っているキリスト教徒もいる。わたしはその意見に同意できない。なぜなら、悪魔はネロよりもずっと可愛げがあるからだ。彼が殺害した母親を除いては、誰ひとりとしてネロを好きな人間はいないだろう。

紀元六〇年代後半までには、ネロの性的倒錯は理解できない領域に達していた。彼は檻に閉じ込められた動物に扮し、檻から放たれるとすぐ駆け出して、手足を拘束された囚人に飛びかかって性器にかみつくのを楽しむようになっていた。スエトニウスは次のように記している。

ネロの性欲には上限がなく、自分の体のあらゆるところを試すだけでは飽き足らず、新しいゲームを考案した。それは、動物の毛皮をかぶり、檻から放たれるやいなや、杭に縛りつけられた男性や女性の陰部を襲い、ネロが異常な欲望を満たしてから、その男女は解放されるというものだった。

古代ローマ人の願いもむなしく、ネロの治世には誰の性器も安全とは言えなかった。ディオは何世紀にもわたって冗談のネタにされるような、あるできごとについて記している。だが、そんな冗談も古典を専攻している学生が多く利用する図書館の片隅でささやかれるだけだ。とはいえ、読者のみなさんも思わず笑ってしまうだろう。

去勢されたスポルスを妻として暮らしているネロが、ローマで哲学の研究をしている部下のひとりに、問題のある結婚や同棲生活は承認されるのだろうかと質問した。すると、彼は答えた。「よい選択をなさいました、皇帝閣下。スポルスのような妻を娶られるなんて。閣下のお父上もスポルスのごとき配偶者を望んでいらっしゃったに違いありません」本当にそんな事態になっていたら、ネロは誕生しておらず、国家には残酷なできごとが蔓延していなかったはずだ。

ローマの属州が反乱を起こした。ネロは人間性がおぞましいだけでなく、財政政策がお粗末だったからだ。属州では過剰に税金が課せられ、暴動が勃発していた。しかし、退屈な財政問題については割愛する。本書は政府が発行する無味乾燥な文書ではないので。とにかく、ネロの退位が叫ばれた。近衛軍団は彼を見かぎり、憤った民衆が宮殿に流れ込んだときには、ネロはすでに自死していた。彼の最期の言葉は「わたしとともに、偉大な芸術家も死んだ」だった。

ネロが殺害した多くの人々の最期の言葉は、当然ながら不明である。

このとき、ネロはスポルスにも一緒に死んでほしかった。セネカの妻が〝ネロに殺されたが、本当にすばらしい人物であった〟夫を追って自殺しようとしたのを思い出したのだろう。だが、スポルスは逃げた。そんな行動を〝男らしい〟と称えたいところだが、そうは言いきれない。趣味の悪い冗談みたいになってしまうからだ。ここでは〝とても勇敢〟だと言っておこう。

その後、スポルスは幸せに暮らしましたと、みなさんに報告できたらよかったのにと思う。彼が親切な人に出会って助けてもらい、ネロとの生活の中で負った深刻な心の傷を徐々に癒し、自分は安全で、ふたたび人を愛することができると思えるようになったと書きたい。あるいは、スポルスはローマの片隅で満ち足りた静かな生活を送り、本をたくさん読み、ペットを可愛がっていると。

こうした生き方が最高の幸せではないとも考えられるが、人間関係にわずらわされない、いちばんいい結果だとも言える。

だが、このような結末にはならなかった。

紀元六八年にネロが亡くなった直後、スポルスはニュンピディウス・サビヌスに保護された。彼はネロの近衛軍団長官で、皇帝を裏切って、暴動を止めなかった張本人だ。とはいえ、その件について彼をとがめるのは控えよう。わたしは軍幹部が頭のおかしい、堕落した皇帝に反旗をひるがえしてもいいと考えているし、ニュンピディウスはネロよりもまともだと願いたい。しかし、スポルスに関しては、ニュンピディウスはネロよりもほんの少しましなだけだった。思うに、彼は自分を皇帝に祭りあげたいがために、ネロにならってスポルスを妻として、ポッパエアと呼び続けただけなのだ。

ニュンピディウスもほどなくして殺害された。この頃、スポルスはオトと結婚していた。そうなのだ。まさに、あのオトだ。本物のポッパエアと結婚していた男だ。オトは自分がローマ皇帝だと宣言したが、在位期間は三カ月にしかならず、最後には殺されてしまった。このあと、スポルスは新しく皇帝に即位したウィテッリウスに引き継がれた。彼にもネロと同じような残酷な趣味があった。彼は剣闘士の闘技会中の見世物として、スポルスにプロセルピナを演じさせ、その最中にスポルスは強姦された。

自殺はあってはならないし、物事を改善する方法でもない。それはたしかだ。だが、ここでは話が違う。古代ローマでは、人生はけっしていい方向には進まない。なので、スポルスの行為に異を唱える人は少ないのではないかと思う。彼は自らの命を絶ってしまった。これは悲劇だ。なぜなら、古代ローマ時代のこの時期に、スポルスは唯一、本当に好ましい人物のように見えるからだ。もちろん、オクタウィアも、まあまあいい人だった。

中国では「せいぜい面白い時間を過ごしなさい」と嫌味を言うらしい（少なくとも、ジョン・F・ケネディがそう言っている）。本章に登場する人々は、きわめて〝面白い〟時代に生まれたのが悲劇のはじまりだ。今日のような落ち着いた時代に生きるわれわれは恵まれている。いわゆる、双方が楽しくセックスをすることに合意した、あるいは、そうする意思を示したとされる場合にも、断固として拒絶することができるのだ。われわれは幸せだ。

この話から、どんな教訓が得られるだろうか？　とてもいい時代に暮らしているというのに加えて、ネロの時代の悲惨な話を思い出すと、ある種の別れを客観的にとらえられるようになる。明らかに自分にとっていやな相手との関係に悩まされていると感じるときがあるだろう。そうした場合には、そんな相手からは逃げ出せばいいのだ！　危険な関係を断ち切ることができるのは、喜ばしいかぎりだ。われわれはスポルスではない。ありがたいことに、スポルスとは違うのだ。そして、どれほどひどい行為をしたところで、その残酷さがネロを上回ることはない。

第二章　王妃の反逆
アリエノール・ダキテーヌとヘンリー二世

中世の歴史はおとぎ話とは程遠い。だが「むかし、むかし……」と話がはじまれば、ふつうは一一〇〇年頃を思い浮かべる。意地悪な継母や、美しい乙女を危険から救い出すハンサムな王子様を想像するし、城や妖精を心に描くだろう。しかし、中世をこのような時代だと考えている人がいたら、ディズニーにだまされている。こんな冗談がある。現代では、パーティーで真夜中まで踊っていて靴を片方なくしたら、それはあなたが酔っ払っていたからだ。一一〇〇年にパーティーで靴をなくしたら、誰かに足を叩き切られて靴を奪われたに違いないから、あなたはきっと死んでいるだろう。さらに、塔に閉じ込められていたとすれば、それは、魔法の力を持つ、髪の長い美しい乙女だからではない。夫がふたりとも国王となり、自ら産んだ息子たち（ドラゴンは産まなかった）も王となったアリエノール・ダキテーヌのように、とらえられて監禁されたのだ。

そんなことができる女性がいるとすれば、彼女以外にはあり得ないのだが。

アリエノール・ダキテーヌがつらい人生を送るのではなく、おとぎ話のように平穏で幸せに生きられればよかっただろう。なぜなら、彼女はすばらしい人物だからだ。われわれが高貴な騎士や侍女、ロビン・フッドなどを思い浮かべるとき、その世界を作りあげてくれたのは、彼女だと言っても過言ではないのだ。

アリエノールについて、どこから話しはじめればいいだろうか。わたしの頭にまず浮かぶのは、二〇代前半に侍女たちとともに第二回十字軍に遠征したことだ。当時の彼女はフランス王ルイ七世と結婚していた。ブロンド――もしくは金褐色の髪――に、ブルーまたはグレイの瞳の、人並み外れて美しい女性だったらしい。その美しさは現在にも通用するようだ。アリエノールを題材にした歴史三部作のために調査をしていたエリザベス・チャドウィックは、「彼女の曲線美によだれを垂らしている」若い歴史家たちに何人も出会ったそうだ。彼女の外見に関する話はすべて推測で、一〇〇〇年前に生きた人物を正確に描写した文献を探すのは困難だ。いずれにせよ、アリエノールがきわめて美しかったと考えるほうが楽しいので、そうすることにしよう。第二回十字軍の戦いでは、彼女と家来の女性たちはアマゾネスの姿、すなわち、胸をはだけ、槍を持って騎乗していたと言い伝えられている。『冬のライオン』（もっともすぐれた映画）では、「風が冷たすぎて死にそうになったが、われわれの軍団は目を見張るものだった」というアリエノールの台詞がある。

きっと、見事なものだったのだろう。

正直に言って、若手のポップスターがもめごとに――暴動、抗議運動、交通渋滞、デニーズでの乱闘、といった現場に——槍を振り回しながら半裸で乗り込んだとしたら、いまの時代でもびっくり仰天だ。インスタグラムのヌード画像の投稿禁止を無視して、リアーナがトップレスの写真をアップしたら、心底驚いてしまうだろう。だが、リアーナは九〇〇年前のアリエノールほど、痛烈で大胆不敵な性格ではない。

アリエノールは目を見張るくらいすばらしかったかもしれないが、この第二回十字軍遠征をきっかけにルイ七世との結婚生活が終わりを迎える。彼女がギリシャ神話の女神のようないでたちで馬を乗り回していたからではなく、十字軍の目的をエデッサ伯国の奪回（アリエノールとおじのレーモンはこれを望んでいた）とするか、エルサレムへの到達とするかで意見が分かれていたからだ。ルイ七世が妻にエルサレムまで同行するように求めると、彼女は婚姻無効を求めた。最終的には同行させることに成功したものの、遠征は失敗に終わり、アリエノールが予見したように、ふたりは別々の船でフランスへ帰った。

アリエノール・ダキテーヌ

ローマ教皇は婚姻を維持するように説得を試みた。アリエノールが教皇を疑わしげに見つめ、話にならないという表情をしたのは想像にかたくない。彼女とルイ七世は祖父母同士がいとこなので、この結婚は近親婚にあたるために神聖ではないと主張して、一一五二年に離婚した。ルイ七世とのあいだに女児ふたりではなく、男子の跡継ぎが生まれていたら、離婚するのはもっと難しかっただろう。だからといって、彼女がフランスの王妃として影響力がなかったわけではない。十字軍遠征で留守にしていたときはあったものの、アリエノールはルイ七世の宮中において大きな存在だった。彼女は宮廷文化という考えを広めた第一人者で、淑女が恋愛詩を詠う騎士たちを審査する会を催したりもした。われわれが宮廷という言葉を聞いて、ヨーロッパのおとぎ話やアーサー王伝説、イギリスのルネサンス時代を再現した街並みの中で、仮装して楽しむルネサンス・フェアを思い浮かべるのは、彼女の功績によるところが大きい。彼女はルイ七世からアリストテレスの論理学を学んだ。夫妻は城の庭園を散歩しながら、いろいろなことを話しあい、楽しい議論を重ねたのだろう。

ルイ七世は感じのいい、地に足のついた人柄だったようだ。ウェールズ出身の著述家であり、宮廷の廷臣、助祭長でもあったウォルター・マップを相手に、他国の国王たちは金や財宝を所有しているが、ルイ七世自身は「パンとワインがあれば満足だ」と語っている。読者のみなさんが、ルイ七世は一緒にピクニックに行くのにちょうどいい相手だと思われたとしても、あながち間違いではない！　だが、この言葉から、彼には妻アリエノールのような野心や世俗的な欲望がまったくないのに気づくだろう。ルイ七世の信心深い振る舞い――教会の聖歌隊で歌い、断食したり、修道士のような格好をしたりして、贅沢を控える生活――は、アリエノールの陽気な性格とは相反するものだった。彼は心の知能指数は並外れて高かったかもしれないが、はっきり言って、彼女ほど聡明ではなかった。歴史家のウィリアム・オブ・ニューバーグがルイ七世について語った言葉が的を射ている。「彼は神に対する信仰心が篤く、臣民には寛大で、聖職者に多大な敬意を表している。しかし、国王になる器としては、まじめすぎるきらいがある」

権力の座にあるものをまぬけ呼ばわりする見事な表現だ。だが、ルイ七世は本当に善良だった。アリエノールは父親から相続した領土——アキテーヌとポワトゥー——を所有したまま婚姻を解消できた。ポワトゥーの都であるポワティエはルイ七世や娘たちを訪ねるのに都合がよかったので、ここで余生を送るつもりだったのだろう。これで、ルイ七世は若い女性と再婚して、もっと子どもを作ることができる。三〇歳——当時ではかなり年配とされる年齢——のアリエノールは、自分の城を思いどおりに仕切り、手の込んだ刺繍をしながら残りの人生を静かに過ごすこともできた。

ところが、アリエノールはそんな道を選ばなかった。

フランス国王ルイ七世と別れてから八週間後、アリエノールはイングランド王ヘンリー二世と結婚したのだ。彼は当時まだ二〇歳で、その野心と活力が何よりも際立っていた。男前だったと言われているが、赤毛で目は血走り、ずんぐりとした体形に太鼓腹で、服装はだらしなかった。ライオンのような顔をしていたらしい。彼は悪魔の子だという噂まであったものの、家族はこれを喜んでいた。一見したところでは、彼はアリエノールの好みではなかった。つまり、宮廷の恋愛詩コンテストで優勝するタイプではないのだ。

では、どうやって彼女の愛を勝ち得たのか？　戦闘だ。

ヘンリー二世

ヘンリー二世はアンジュー伯の息子であるだけでは飽き足らず、イングランド王になって、母方の祖父ヘンリー一世が所有していた領土すべてを手に入れようと若い頃から決意していた。一四歳のときに傭兵を率いてノルマンディーからイングランドにはじめて攻め込んだ。イングランドは子ども時代を過ごした場所だった。この侵攻は混乱を引き起こしたが、失敗に終わる。傭兵に支払いができない――まだ一四歳なので無理だった――とわかると、彼は母親のいとこのイングランド王スティーブンに金を無心した。スティーブンは支払いをしてやっただけでなく、ヘンリーを庇護した。「秘密裡に傭兵を組織する」のは、この一家ではすてきな行いに映るらしい。

彼の戦闘技術は年を追うごとに上達した。本書が戦争について描いているのなら、結末をここで暴露してお楽しみを奪ったりしないが、この本の主題は別にある。なので、結論を言うと、三九歳になる一一七二年までに、ヘンリー二世はイングランド全土、アイルランドの半分、フランスの半分、そしてウェールズのほぼ全域を支配下に置いていた。一四歳のときに決意していたことをやり遂げたのだ。これは凡人では思いもよらないだろう（わたしが一四歳の頃の夢を叶えているとすれば、獣医の資格を持つ吸血鬼になっていたはずだ)。

この時代に現在の英米法の基礎が築かれ、陪審員が容疑者を裁く制度ができた(一二一五年までは神意や戦闘による裁きが行われていたのだが)。ヘンリーはさらに、一家の長男が土地を相続するという法を定め、臣民が土地を売却することも可能にした。これにより、社会的流動性が生まれた。これらはすぐれた法令で、この原則にのっとってイングランドは統治されるようになる。ルイ七世と違い、単なる国王以上の能力がヘンリー二世にはあったのだ。

アリエノールには人を見る目があった。彼女は詩や哲学を楽しんだものの、結局のところは、いつも権力に関心を寄せていたというほうに賭けてもいい。ルイ七世のような勝利の仕方を知らない男と再婚して終わるつもりはなかった。とはいえ、結婚が無効になってポワティエに戻る途中、ヘンリー二世の弟ジョフロワに誘拐されそうにならなければ、ヘンリー二世と一緒になったかどうか は不明だ。ジョフロワはアリエノールの領土を狙って、彼女との結婚を目論んでいた。彼の奇襲は失敗に終わる。ポワティエまで無事にたどり着いたアリエノールは、イングランドの貴族に追い回されるのであれば、国王になる器の男を自ら選ぶことにした。彼女はヘンリー二世に、こちらに来て、結婚するようにと書簡を送った。彼はポワティエに馳せ参じる。

サイモン・シャーマは『サイモン・シャーマの英国史』で次のように書いている。「一一五二年五月にアリエノールが離婚してからわずか八週間後、ヘンリー二世はこのかなり年上の女性と並んで祭壇の前に立っていた。当時の記述によると、彼女は腹立たしいほどはっきりとものを言う、勝ち気で陽気な、黒い瞳の美女で、しおらしくヴェールで顔を隠して塔に閉じ込められている乙女とは程遠い女性だった」

こうした情熱的な成り行きに、ルイ七世はひどく憤慨した。フランスとイングランドの関係が改善することはけっしてなかった。だからどうしたというのだ？　ヘンリーとアリエノールは結婚し、当時のヨーロッパではもっとも権力を持つ夫婦となった。一一五四年にはウェストミンスター寺院で戴冠式が行われ、イングランド国王夫妻となった。

ときとして、たぐいまれな力を持つふたりが一緒になると、すばらしくうまくいく場合がある。だが、そんな夫婦は本書には登場しない。

非凡な個性の男女が結婚すると、往々にして互いをつぶしあう。ヘンリーとアリエノールはこちらにあてはまる。

人生は順調だ。悪くなるまでは。この場合、順調とは子どもができることだ！　つまり、男子である！　アリエノールはヘンリーとのあいだに八人の子を産み、そのうち五人が男だった。つまり、跡継ぎには困らなかった。ただ単に「跡継ぎと、万が一の予備」がいるにとどまらず、人並み外れた成果だった。なぜこれがいい話なのか知りたければ、ページを飛ばしてヘンリー八世の話を読むといい。

ヘンリー二世はアリエノールに魅了されていたのだろうが、ひどい浮気性だった。アリエノールはそんな夫をよしとしたのか？　したとも言える。相手が農婦たち、つまり、国王の命令には背けず、アリエノールや子どもたちに脅威とならない場合には、不貞を見すごしていたようだ。彼女は良妻になろうと努力したのだ。ヘンリー二世と結婚して最初の一〇年は、戦略や政策に助言をしながらも、子どもたちの結婚相手を探したり、豪勢な誕生会を催したりするのに忙しかった。こうした会にはたくさんのパンフルート奏者が必要だっただろう。

こんなに家庭的なアリエノールの話を読んでいると、フォーチュン500に載るほどのCEOだった女性が結婚して郊外に引っ越し、勢い余ってカップケーキを六〇〇個も焼いてしまうのを想像する（このエピソードは、映画『ステップフォード・ワイフ』からいただいた。状況をとてもうまく言い表している）。

映画と同様に、彼女の生活もしばらくはうまくいっていた。だが、とても若く、一見したところごくふつうの（おそらく美しいのだろう！）ロザムンド・クリフォードとヘンリー二世が出会ったのを機に、結婚生活は破綻。彼女はウェールズの境界線近くの城に住むウォルター・ド・クリフォードの娘だった。ヘンリー二世は一一六三年にウェールズ人の蜂起を平定するためにこの地に赴いた（前述のとおり、本書の主題は戦争ではないので詳細は割愛する）。彼女はすぐにヘンリー二世の愛妾になったが、これは驚くにはあたらない。ヘンリー二世はほかにもたくさんの女性を口説いていた。特筆すべきなのは、彼女が一一七四年までヘンリー二世の愛人であり続けたことだ。一一年は女性を愛人として囲っておくのには長い。彼女はおそらく、美しいブロンドでやさしい性格だったのだろう。一七世紀の歴史家トーマス・ハーンは「彼女のたぐいまれな美しさのみならず、性格の可愛らしさ」をヘンリー二世は愛したのだと書いている。

ロザムンドは男性が好むような、おだやかで思いやりのある性格であり、その一方で、アリエノールは豪勢なパーティーやパンフルート奏者を集めた逸話とともに、見るからに恐ろしい女性だったと記している歴史家は彼ひとりではない。

ここで、ちょっと話題を変えよう。人が過去について書くとき、個人の経験や世界観をその時代に投影してしまうことがある。われわれはまさに、この場でそうしてしまっている。しょっちゅうだ。もしかすると、トーマス・ハーンをはじめとして、ロザムンドが可憐で、はかなげな花のようだったと推測する歴史家たちも同じことをしている可能性がある。なぜなら、彼女を形容する女性の美徳は、彼らが生きた時代に男性からもてはやされていたからだ。このように、ロザムンドが内気でやさしく、アリエノールが支配的で可愛げがないという見解は、ヴィクトリア朝のイギリスの著述に多く見られる。

しかし、よくよく考えてみると、そうある必要などないのだ。第一に、たくましく、情熱的で、教養があると、女性は可愛げがないという思い込み自体が間違っている。「何よりも、無能なところにそそられるんだ」とのたまう男性はあまりいないだろう。アリエノールはたくさんの男性から愛され、まさに、あがめられていた。ポワティエの吟遊詩人《トルバドゥール》たちは自分たちの公爵夫人が聡明で、読み書きができるのを自慢していた。彼女がヘンリー二世から献身的愛情を捧げられなかったからといって、女性が男性を手なずけておくには、利口で勇敢であるよりも、やさしく、たおやかであるべきだという話にはならない。

それに加えて、われわれはロザムンド・クリフォードについて基本的なことを何も知らない。ヘンリー二世は手ごわすぎるアリエノールをそれほど愛していなかったので、彼女と正反対であるがゆえにロザムンドが魅力的に映ったと考えるのは軽率だ。これは論理の飛躍だろう。ヘンリー二世がロザムンドを愛していたのは、彼女が可愛らしく、はにかんだ花のようだからかもしれないし、げっぷをしながらアルファベットを言えたのが理由かもしれない。もしくは、彼女の足の指に水かきがあって、ヘンリー二世はそれに目がなかった可能性もある。実際のところは不明なのだ！　ロザムンドに関する真実は驚くほど知られていない。唯一わかっているのは、迷路に囲まれた狩猟小屋にひとりで暮らしていたらしいということだ（彼女のほかに人里離れた山奥にひとりで暮らしていた有名人は、一九八〇年に制作された映画『シャイニング』の主人公くらいだろう）。

ヘンリー二世がウッドストックの森の狩猟小屋にわけありの女性を住まわせているという噂が広まった。アリエノールに中の様子をのぞかれないように、巨大な迷路を小屋の周りに張り巡らした。この小屋はロザムンドのあずまやとして知られている。一六八六年にジョン・オーブリーが次のように描写している。

ああ、ロザムンド、美しいロザムンド
彼女はそう呼ばれている

われらが王妃アリエノールは彼女の敵
国王は怒れる王妃から彼女を守るため
ウッドストックの森にあずまやを建てた
これまでに目にしたこともないような

珍しいことにこのあずまやは
石と木材で堅牢に作られており
一五〇の扉がある
たどり着くまでには
いくつもの曲がり角があり
道しるべの糸をたどらずして
出入りすることはできない

オーブリーの言葉を読むと疑問がわいてくる。なぜ王妃はそれほどまでに怒ったのか？　意地悪だったからか？　彼女はどうしてロザムンドを好きでなかったのだろう？　アリエノールは卑劣な女性だったのか？　ロザムンドがげっぷをしながらアルファベットを言ったり、水かきのある足ででんぐり返しをしたりするような常軌を逸した人物だったのか？　とはいえ、アリエノールが夫の浮気相手に敵対したとしても、けっしておかしくはない。

言うまでもないが、世間の目と噂から逃れたいと思ったら、愛人の住む家に生け垣で巨大な迷路を作るのはやめたほうがいい。そんなことをするのは、巨大な矢でその愛人を狙ってくれというようなものだ。つまり、迷路のせいですぐに怪しまれる。このような場合、人目を引くあずまやに住まわせたりせずに、彼女とは家族ぐるみのつきあいだというふりをするか、二〇〇万個ほどの言い訳を考えるほうがましだ。

驚くにはあたらないが、ヘンリー二世の〝秘密のあずまや作戦〟はうまくいかなかった。ロザムンドの噂はたちどころに広がった。一二世紀版のタブロイド記者ともいえるジェラルド・オブ・ウェールズはこの情事についてすべて知っており、ロザムンドとヘンリー二世を非難する文章を書いている。「(ヘンリー二世は) これまで密かに浮気を繰り返してきたが、いまでは愛人を大っぴらにひけらかしている。浅はかで愚かな人々は彼女のことを世界一美しいバラと呼ぶが、〝ふしだらなバラ〟にすぎない」

さらに、ジェラルド・オブ・ウェールズの著述には、アリエノールがヘンリー二世の父親とできていたというような誤ったところもある。

アンジュー伯ジョフロワ四世はフランスでセネシャル（代官）だったときに、王妃アリエノールを誘惑した。そのため、彼は息子のヘンリーに対して、彼女は国王の妻であり、自分と懇意であるので、指一本触れてはならないと言い聞かせていた……（ヘンリーは）このフランス王妃と関係を持ち、フランス国王から奪って結婚しようと目論んだ。こんな結びつきから、いったいどんないい結果がもたらされるというのだろう？

アリエノールはヘンリー二世の父親と寝ていたのだろうか？　可能性はなきにしもあらずだ。だが、ジェラルド・オブ・ウェールズは基本的に、人を悪く言うことしかしないようだ。アリエノールはロザムンドの噂をただの中傷として退けることもできただろう（ジェラルド、いい加減にしなさいよ）。しかし、一一六〇年代後半には、彼女はヘンリー二世と彼の秘密のあずまやから距離を置いて、ポワティエに暮らしていた。彼女の〝愛の宮廷〟では討論にも興じていた。あるとき、結婚生活において愛は燃え上がるかどうか論議された。答えは否だった。彼女は集まって――馬上槍試合をしたり、詩を書いたり、恋に落ちたりする――若い男たちに対し、どうやって女性にきちんと賛辞を贈ればいいかを教育した。また、男女が平等か不平等かについても卓越した議論を繰り広げた。彼女は男女が不平等であると主張したが、それは、女性のほうがはるかに秀でているという意味だった。物騒な時代にあって、この宮廷は牧歌的だった。

しかし、ポワティエにいてさえも、ますますひどい噂がアリエノールの耳に届いた。彼女にはこれが真実とわかったので、さらに悪い。一一六六年、ヘンリー二世はロザムンドをアリエノールの居室に住まわせはじめたという知らせを聞いて、彼女は激怒した。そして逆上し、別の城へ移ってしまう。アリエノールのような女性にとって、こうした情事がどれほど苦痛だったか想像にかたくない。彼女の大きな功績は、フランスとイングランドの宮廷に騎士道精神にのっとった愛を広めたことだ。かつて、アリエノールはヨーロッパ随一の美女とうたわれた。トルバドゥールのベルナルト・ド・ヴェンタドルンは彼女について、「わたしにとってあなたさまは、はじめて感じた喜びであり、それはずっと変わることはないでしょう。わたしの命が続くかぎり」と詠っている。これほどまでに称賛されてきた女性にとって、夫の若い愛人が〝世界一美しいバラ〟と呼ばれるのを聞くのはつらいことだろう。それがどんな意味であれ。夫は年下で若く、男盛りなのに対し、アリエノールは四〇代半ばだった。一二世紀当時、これはかなりの老齢と見なされる。

アリエノールにとってより深刻な問題は、ロザムンドがいるせいで、ヘンリー二世の権力から遠ざかってしまうことだった。伝記作家のマリオン・ミードは『アリエノール・ダキテーヌ』の中で、次のように書いている。

彼女の影響力が徐々に薄れていることが、(アリエノールの) 主たる不満だった。アリエノールはさまざまなものを愛してきたかもしれないが、もっとも愛していたのは支配することだ……徐々に、しかし確実に、ヘンリー二世はアリエノールをその高みから追い落とした。いまでは無礼極まりなく、愛妾を公然とあがめ、王妃の居場所であることは議論の余地のない城にまで彼女を連れ込んでいる。ふつうの王妃であればなすすべもなく二番手に甘んじてしまうだろうが、アリエノールにはそんな屈辱をはねのける力があった。

そんなわけで、伝説ではアリエノールがロザムンドを殺害したことになっている。アリエノールはロザムンドの美しい裁縫箱から出ている銀色の糸を追って、彼女をあずまやまで追跡していったという説がある。アリエノールはあずまやを隠す迷路の真ん中まで来ると、ロザムンドを守っている勇ましいが非力な騎士を打ち負かした。それから、夫の愛人に向かって、短剣か毒で命を絶つように迫った。ロザムンドは毒を選択した。マリオン・ミードは毒を選んだロザムンドは「美しいだけでなく、勇敢だった」と書いている。わたしだったとしても服毒を選ぶだろう。短剣で死ぬのは痛そうだ。

アリエノール・ダキテーヌに同じことをきかれたら、あなたならどちらを選択するだろう？まず、どんな種類の毒か質問してみるか？すぐに解毒剤を準備できると思うだろうか？あなたがタイムトラベラーだとしたら、どうだろう？討論が得意なタイムトラベラーなら、彼女が死を強要していることについて抗議するだろうか？考えてみよう。

いずれにせよ、ロザムンドの遺体は美しかった。伝記作家エリザベス・ジェンキンスは当時詠われたバラッド（物語詩）を紹介している。

完全に命の火が消えたとき

悪意をあらわにして
彼女の敵《かたき》が言い放った
死してなお美しい

すてきな話だ。

読者のみなさんは、これが実話ではなく、おとぎ話のようだと思われていることだろう。あたらずとも遠からずだ。一九世紀の作家チャールズ・ディケンズは著書『子どものための英国史』で次のように語っている。

ロザムンドという美しい女性がいた。彼女は（あえて言わせてもらえば）世界一美しかった。国王が彼女を好きになったので、意地悪なアリエノール王妃は嫉妬した。しかし、残念ながら――広く言い伝えられている話のほうが好きなのだが――あずまやも、迷路も、道しるべとなった銀の糸も、短剣や毒も実際にはなかった。美しいロザムンドはオックスフォード近くの修道院に入り、そこで静かに生涯を終えたのである。

臆病なディケンズと違って、わたしは恐ろしい結末にもひるんだりしない。読者に〝真実〟を隠そうとは思わない。もしも「アリエノールは美しいロザムンドを毒殺した悪い王妃だった」というほうが好きなら、一四世紀に書かれた身の毛もよだつ話がある。アリエノールはまずロザムンドを裸にして、その体に火をつけ、焼けただれた乳房にヒキガエルをのせ、浴槽に押し込んで失血死させるあいだ、ずっと笑っていたそうだ。ここまでするには大変な手間がかかる。なぜヒキガエルが出てくるのか、わたしにはわからない。象徴的な意味があるのかもしれない。または、読者の記憶に残るような一風変わった要素として、カエルは有効なのだろうか（カエルを飼うことがあれば、アリエノール王妃という名前にしよう）。

詳細はどうでもいい。いずれにせよ、ロザムンドは亡くなった。修道院に入り、おそらく一一七六年にそこで息を引き取った。死因は（わたしの想像では）何年もかかって効果が現れる毒によるものか、あるいは自然死である。彼女の遺体は美しい聖堂に安置されていたが、一一九一年に司教が彼女は愛妾だったので教会の敷地内に埋葬はできないと異を唱えた。遺体は修道女の家に移され、墓が建てられた。墓石には「ここに世界一美しいバラが眠る。だが、無垢なバラではない。かつては甘く香り、いまなお香る。しかし、その芳香は甘やかではない」と記されている。これを読むと、歴史家が書き残しているように、彼女がやさしくて愛らしい、内気な花のような女性だったとはとうてい思えない。誰かはわからないが、墓石にこんな言葉を刻むのは、ひねくれたユーモアのセンスを持つ人だろう。彼女の墓は一六世紀の宗教改革までこの地に置かれていた。当時の学識者ジョン・リーランドによると、墓が掘り返されたとき、「棺を開けると、とても甘い香りがただよってきた」そうだ。

こうして、歴史からもロザムンドは忘れられていくが、アリエノールは――バラッドに詠われるような、ヒキガエルを使ったりしたホラー映画さながらの行為はなかったであろうが――この件に関して、けっしてヘンリー二世を許さなかった。二〇一四年に映画化された小説『ゴーン・ガール』を観たり、読んだりされた方は、夫の浮気に対する主人公の行動がやりすぎだと思われただろう。だが、彼女はアリエノール王妃の足元にも及ばない。

アリエノールには領地と人脈があり、息子たちの忠誠心も勝ち得ていた。ヘンリー二世が統治にあたって彼女を対等なパートナーと認めないのであれば、自分ひとりでやるほうが話は早いと決意する。アリエノールは三人の息子たち――若ヘンリー、ジェフリー、リチャード――を味方につけて、父親に反逆するように仕向けた。

彼らを説得するのは難しいことではなかった。アリエノールが息子たちを溺愛していたのに対し、ヘンリー二世は怒りをぶつけるだけで、愛情を注がなかった。三人がどれほど父親を嫌っていたかについて、マリオン・ミードが詳述している。家庭内では不満が渦巻いていたとジェフリーは言っていた。「わが家では言い争いが絶えず、誰ひとりとして父親を愛さないのが当然になっていると思わないか?」ジェフリーはこの反逆に一応参加している程度だったのだろう。リチャードはおそらく母親をいちばん愛していた息子だったが、父親の影響力の強さも認めている。「悪魔から生まれたものは、悪魔となりゆく」

ロビン・フッドの物語を覚えているだろうか。このリチャードとは、リチャード獅子心王のことである。ロビン・フッドと愉快な仲間たちは、この外国で幽閉されていた勇敢な主君の帰還を待ちわびていた。さらに、リチャードが乙女マリアンを処刑から救ったという話もある。格好いい！

若ヘンリーでさえ、世間では情け深さで知られていたが、父親をあまり好きではなかった。ある晩餐の席で、ヘンリー二世が彼にイノシシ料理をとり分けてやりながら言った。「国王が給仕するのを目にするのは、めったにないことだ」すると、若ヘンリーは「伯爵の息子が国王の息子に給仕するのは、なんらおかしいことではない」と父親の出自のほうが低いのを逆手にとって切り返した。

一二世紀には無礼な言動が横行していたのだ。

若ヘンリーが先頭に立って反逆を行っていた。長男なので当然だろう。背景には、彼が国王となり、アリエノールはお気に入りの息子リチャードとともにアキテーヌをおさめるという意図があった。一一七三年にこの三人はフランス国王ルイ七世に支援を求めた。彼の助けを借りて、兵をあげることができたのだ。

本書では別れた相手がひどかったという話ばかりだが、以前に深い仲だった人が親身になって相談に乗って励ましてくれたり、浮気に明け暮れる現夫に挙兵するのを助けてくれたりするなんて、この世知辛い世の中で本当にいい話ではないだろうか。ルイ七世はまさにいい人なのだ。具体的には？　率直なところ、彼はヘンリー二世を嫌っていた。自分と離婚して、本来なら生涯ひとり身でいるはずの元妻と結婚したのが原因だ。

アリエノールが兵を組織してようやく、ヘンリー二世は彼女に戻ってくるよう懇願する。ルーアン大司教を通して、彼は手紙を送った。

敬虔であり、もっとも輝かしい王妃よ、最悪の結果を招かないうちに、息子たちをわたしの、すなわち、そなたが従い、一生をともにするべき夫のもとへ返してほしい。さもなくば、そなたと息子たちを信頼できなくなってしまうだろう。そなたの夫はあらゆる手を尽くして愛情を示し、身の安全を保障することはたしかである。父親に服従し、献身的であるようにと息子たちに命じてくれるのを願っている。子どもたちのためなら、幾多の困難を乗り越え、危険をかえりみず、労力も惜しまない父親なのだから。

まるで現代なら着信拒否をするように、アリエノールはヘンリー二世からの連絡に応えなかった。その上、彼女は以前の結婚生活のときからすでにローマ教皇を見かぎっている。アリエノールが大司教の話を真剣に聞くとは誰も思っていなかった。

ルイ七世の援軍もむなしく、反逆は失敗に終わった。アリエノールはおじの城でかくまってもらおうとしたが、ヘンリー二世に攻め込まれると、男の格好をして逃げた。最終的に彼女はポワティエ出身の四人の貴族につかまえられてしまう。彼らは女性を裏切ってはいけないという話を真剣に聞いてこなかったに違いなく、ヘンリー二世から莫大な報奨金を受け取った。

彼女をとらえると、おとぎ話に出てくる美しい乙女のように、ヘンリー二世はシノン城の塔に軟禁した。その後一五年間で彼女はいろいろな場所に幽閉される。

ちょっと待て、と思われる読者もいるだろう。なぜ、ヘンリー二世は彼女を殺さなかったのか？これまでの歴史でホラー映画にも匹敵する行為があったのを考えると、至極当然かつ難解な疑問だ。

アリエノールは孤独が嫌いで、人といるのが好きだった。城から一歩も出られないのは悪夢だったに違いない。ヘンリー二世は妻を軟禁することによって、死よりもつらい目にあわせたのだと言われている。しかし、ヘンリー二世は必ずしも彼女を幽閉する必要などなかった。出家して、ただの修道女ではなく大修道院長として女子修道院に入るよう提案した。そうすれば、男性に頼らず生きていくために修道女となるのを選んだ女性たちと一緒に、修道院の経営をして気を紛らわせることができたはずだ。アリエノールにも向いているように思われる。だが、彼女はその申し出を却下した。おそらく、男性、セックス、恋愛、権力といった、男性なしでは成り立たないものが好きだったからだ。広大な領地を含むすべての所有物を放棄して教会に捧げるよう要請されたかもしれないが、突っぱねたと思われる。

話をもとに戻して、ヘンリー二世は彼女を殺すこともできた。支配者たちが妻を、とくに妊娠可能な年齢を過ぎたら殺害することは多々あった。アリエノールは夫に歯向かったのだから、妻を殺してもヘンリー二世は後ろ指をさされなかっただろう。

しかし、彼はそうしなかった。

たしかに、アリエノールは領地を所有し、息子たち（と娘たち）の母親で、政治的な人脈がある、というすべてが考慮されたに違いない。これは殺害を避けるもっともな理由になる。ここまでくると、読者のみなさんは「ヘンリー二世はアリエノールを愛していたのではないか」とおっしゃるだろう。どうやら、そうらしい。

結婚生活が実質的に終わったと思ったとき、ヘンリー八世の妻アン・ブーリンのように、彼女はもっと優雅に対処することもできたはずだ。そうすれは、ヴィクトリア朝の学者たちからもっと好意的に見られただろう。だが、恥をも恐れず強硬に抵抗するほうが、ギリシャ神話の女性戦士アマゾネスのように戦った彼女らしい。その反逆する姿に、ヘンリー二世は真のアリエノールを認めたのだ。すなわち、領土、政治に関する賢明な助言、そして跡継ぎをもたらしてくれた単なる妻ではなく、今世紀でもっとも偉大な王のひとりと目される男に対する、手ごわい敵としてのアリエノールを。それはまるで、長年良妻を演じ続けたあげく、アリエノールが本当の自分自身を取り戻したかのようだ。

ヘンリー二世はそんな彼女に改めて魅了されたに違いない。

われわれは別れたあとではじめて、自分の真の姿を相手にさらすことがある。関係を維持するためにいろいろ気を使う――性格がいい、セクシー、おしゃれ、きちんとしている、頭がいいなど、パートナーとして相手によく見られるようにする――ので、いかに大胆で、神経が太く、力強いかを、ましてや変なところがあるのをさらけ出さない。

最初の頃は見せていなかったが、アリエノールはヘンリー二世との共通点がたくさんあったのだ。

ふたりとも戦争を〝愛して〟いた。そもそも、彼が戦いで勝利する姿に彼女は心惹かれたのだ。結婚生活がはじまると、アリエノールは一二世紀の良妻賢母らしく誕生会を開催するのに忙しくなった。そんな姿にヘンリー二世が恋することはない。ロザムンドの次は、アデル・ド・フランスと関係を持った。この少女を育てていたこともあったアリエノールは、とりわけ傷ついた。

われわれが感情をすべてさらけ出したからといって、愛されるとはかぎらないのは残念だ。それゆえ、心を開くのを怖く感じるときもあるのだろう。しかし、ヘンリー二世はこれまでにないやり方で、たしかにアリエノールに敬意を抱いていた。だが、けっして彼女の軟禁を解かなかった。一一八三年に若ヘンリーが亡くなる前に、父親への最期の願いとしてアリエノールを自由にするように頼んだが、ヘンリー二世は却下した。彼女を解き放ったら戦を仕掛けてくるだろうと、彼はおそらく（あるいは断固として？）信じていたからだ。

しかし、若ヘンリーの死後、ヘンリー二世はアリエノールが見張り役と一緒の場合には自分の領地を見てまわったり、子どもたちを訪ねたりするのを許可した。衣服やワインに使うために支給される金額も倍増した。そして、一一八四年にクリスマスを彼と子どもたちとともに祝うのを許した。このとき、ヘンリー二世は王国を分配するという政治的な選択について彼女の承諾を求めた。だが、アリエノールはそれをいっさい認めなかった。

ヘンリー二世が亡くなる前、アリエノールとの婚姻によってもたらされた領土を誰が相続するか論争になった。ヘンリー二世は自分の死後、そのすべてをアリエノールに返すと決めた。その頃までには、彼女が自分で支配することに並々ならぬ関心を示しているのをわかっていたのだろう。一一八九年にヘンリー二世が亡くなると、リチャードが母親を自由の身にするために会いに行った。この場面は、本章の話がもっともおとぎ話らしくなる箇所のはずだ。若い、勇敢な王様が塔に閉じ込められている女性を助けに来たのだから。ところが、彼が到着すると、彼女はすでにわが身の自由を宣言して、外に出ていたのだ。

その年、六七歳のアリエノールはリチャードがイングランド王として戴冠されるのを見届けた。リチャードが第三回十字軍に遠征したときは、冒険好きなアリエノールにもかかわらず、同行しなかった。その代わりに、彼の代理としてイングランドをおさめた（さらに、彼がドイツでとらえられると、アリエノール自ら出向いて解放の交渉を行った。この部分はロビン・フッドでは割愛されている）。

ついに彼女は男性に干渉されずに統治できるようになった。長年の望みが叶ったわけだ。誰が頂点にいるのかは明白だった。それは〝神の恩寵により、イングランド女王、ノルマンディー女公爵であるアリエノール〟という彼女の署名からもわかる。

そして、アリエノールは八一歳で亡くなるまで、とても幸せに暮らしましたとさ。おしまい。

第三章　別れるための大胆な手口
ルクレツィア・ボルジアとジョヴァンニ・スフォルツァ

本書からぜひとも学んでほしいのは、いまよりも昔のほうが幸せな時代だったと考えるのは間違いだということだ。古い時代にも魅力的な部分はあるが、無意味な暴力や病気が蔓延し、早死にがふつうだったので、現代よりも状況は悪かった。おそらく人々が享受していた幸せは、現代に生まれていたら獲得していたであろう幸福よりも、ずっと少ないはずだ。

だが、ボルジア家の人々は例外だった。

わたしはボルジア家が好きだ。これは道徳的に正しい考えではないし、葛藤もある。しかし、そんなのは知ったことではない。好きなものは好きなのだ。ローマ教皇アレクサンデル六世（本名ロドリーゴ・ランソル・ボルジア）が大好きだし、彼の娘ルクレツィアを愛している。この一五世紀に生きた血も涙もない一家は、人を毒殺する方法を熟知していた。何より、人生を楽しむ方法を知っていたのだ。『プレイボーイ』誌の創刊者ヒュー・ヘフナーはボルジア家の主になりたかったと望んでいたはずだ。

アレクサンデル六世は歴史上の誰も思いつかなかったような、そして、今後もあり得ないような饗宴を繰り広げていた。彼がまだ二〇代で枢機卿だった頃、街でもっとも美しい女性たちを「夫、兄弟、父親を同伴させずに」招いてパーティーを催したことで、当時のローマ教皇ピウス二世から叱責を受けている。こんなことをしでかすのは、アレクサンデルが「欲望を抑えきれないからだろう」とピウス二世は断言している。

これはまったくもって正しい推測だ。

しかしながら、不快に感じたのはピウス二世のほかには誰もいなかったようだ。読者のみなさんは、アレクサンデルが途方もなく乱れたセックス・パーティーを開催したために、ローマ教皇になれなかったと思われるかもしれない。だが、そんなことはなかった。彼は気前よく賄賂を贈って、見事にローマ教皇庁のトップにのぼりつめたのだ。

一四九二年にローマ教皇になると、パーティーは下劣さを増す。バチカン宮殿近くでは、彫像に扮した全裸の男女が招待客を出迎えた。一五〇一年にこの宮殿で開かれたパーティーはとくに目を引くものだった。主催したのは教皇の息子チェーザレだ。年代記編者ヨハン・ブルカルトは著作『日記 *Diary*』でこのときの様子を次のように記している。

一五〇一年一〇月最後の日の夜である。チェーザレ・ボルジアがローマ教皇庁において、高級売春婦とされる「五〇人の善良な娼婦」が同席する晩餐会を催した。晩餐が終わると彼女たちは、はじめは衣服を身につけていたが、最後には裸になって招待客やその場にいた人々と踊った。それから、蠟燭が灯る枝付き燭台がテーブルから床に置かれ、栗が床にばらまかれた。なんと、その栗を全裸の娼婦たちが四つん這いになって拾う様子を、教皇やチェーザレ、ルクレツィアが眺めるのだ。最後には、娼婦といちばん絡みあった者たちが発表され、シルクのチュニックや靴、バレット（扁平な帽子）などの賞品が贈られた。

この晩餐会のすべてがはなはだしく奇妙だ。四つん這いで栗拾いという部分がよくわからない。彼女たちは下半身を使って栗を拾ったのだろうか？　そうかもしれない。さらに、受賞者をどのように決めたのか考えるのも面白い。参加者は事前に練習したのかどうか気になるが、わたしにはどうやって準備すればいいのか見当もつかない。多くの人が賞品をもらえたようだ。これまでにたくさんすぎるほど「歴史上のぞっとするセックス」について読んできたものの、この夜は楽しいひときだったのだろう。だからといって「来週にでもうちでBBC制作の映画を観たあと、床に蠟燭を立てて裸で這いずりまわろうよ」とか「死者は出ないはずだから！　それに、賞品のシルクのチュニックはきれいだし！　楽しいわよ！　たくさんの人が賞品をもらえるのよ！」と言い出すつもりはない。

ボルジア家のセックスにまつわる逸話は身の毛がよだつほどではない。参加者が同意のもとに行う乱交パーティーは、本書に出てくるほかの支配者たちが権力をかさに着て相手を虐げる行為よりもよほどましだ。イタリアのシルヴィオ・ベルルスコーニ元首相もこの意見に賛成してくれるだろう。

この夜のパーティーでいちばん妙なのは、アレクサンデル六世の娘ルクレツィアが参加していたことだ。とはいうものの、教皇は常に四人の子どもたち――チェーザレ、ルクレツィア、ファン、ホフレ――と緊密な関係を保っていて、ルクレツィアが目にするものに関して驚くほど寛容だった。子どもたちの母親はアレクサンデル六世の愛人ローザ・ヴァノッツァ・デイ・カタネイで、なんと彼女は彼の愛人の娘だった。ウィリアム・マンチェスターの『炎だけで照らされた世界 *A World Lit Only by Fire*』によると、アレクサンデル六世は愛人とセックスしているときに、彼女の娘ローザが裸でいるところを目にして、すぐに娘のほうに乗り換えたそうだ。これはれっきとした史実だ。教皇には一〇代の娘を持つ愛人が数多くいて、そうした愛人の娘のひとりに産ませた子どもたちと一緒に、全裸栗拾いパーティーを開催したというわけなのだ。

つきあいは長かったものの、最終的にはアレクサンデル六世とローザは別れた。その別れ方はとても友好的で円満だったようで、別れたあとも彼はローザを経済的に支えていた。子どもたち全員とも仲がよく、ルクレツィアがいちばんのお気に入りだった。彼女は詩を作るのが得意で、文章が上手だった。一八一六年に彼女の作品を読んだバイロン卿は「この世でもっとも美しい恋文だ……この書簡を何度も繰り返し読むだろう……短いが、とてもわかりやすく、甘美で、的を射ている」

バルトロメオ・ダ・ヴェネツィア《女の胸像》16世紀前半。ルクレツィア・ボルジアがモデルとされている。

と称えた。バイロン卿はすでに亡くなっている女性、つまり、セックスできない相手にお世辞を言うような人間ではない。ルクレツィアは読み書きできる女性がほとんどいなかった時代に、ギリシャ語やラテン語を読み、イタリア語、フランス語、スペイン語を話すことができた（バイロン卿は彼女がスペイン語で書いた詩についても語っている）。

さらに、ルクレツィアは美しいことで評判だった。彼女と同時代に生きたパルマ出身のニッコロ・カニョロによると、「顔は面長で、鼻筋が通っていた。髪は金色だが、目の色は特別ではない。口はやや大きめで、歯は見事に白い。首筋は白く、華奢で、胸の形は均整がとれている」そうだ。とくに褒めそやしているわけではないが、今日と比べて、白い歯というのは当時では珍しかっただろう。

彼女がいちばん誇りにしていたのは、長く波打つ金色の髪だった。ロレンツォ・プッチ枢機卿は「足元まで届く長さで、これほど美しい髪は目にしたことがない。薄い麻の頭飾りをつけ、その上には金糸が編み込まれた羽根のように軽いネットがかけられている」と書いている。太陽の下で髪をさらして漂白したのか、またはミョウバン約一キロ、黒い硫黄約二〇〇グラム、はちみつ約一〇〇グラムを混ぜて髪を染めていたのかもしれない(「髪を洗わなければならない」せいで、何かをできないとか、どこかに行けないというのを聞いたことがあるだろうか? この言い訳はルクレツィア・ボルジアからはじまったのだ)。ここまでして髪の手入れをしていた甲斐あって、彼女の髪は歴史的価値が認められている。ルクレツィアが恋人に贈ったとされているひと房の髪が、まるで聖人の遺物のように、いまでもミラノのアンブロジアーナ図書館に展示されている。この髪を見たときに、バイロン卿は数本を盗んだ(あるいは、盗みたいと言った)。まさに彼がやりそうなことだ。一九世紀の詩人ウォルター・ランダーは彼女の髪について、次のような詩を書いている。

ボルジアよ、そなたは立派すぎるほどであった
崇拝に値するほど気高いが、いまや亡骸
残っているのはそなたの髪のみ
美しく金色に波打つひと房のみ

父親の性癖を考えれば驚くにあたらないのかもしれないが、ルクレツィア・ボルジアは性的に奔放なことでも知られていた。乱交パーティーでたくさんオーガズムに達した人たちに賞品を配るのも平気だった。女性が処女であることを求められていた時代にあって、彼女が恋人を作り、セック

スを楽しんでいたのは注目に値する。しかし、噂のいくつかは――とくに、彼女が兄チェーザレや父親と近親相姦の関係にあったとささやかれていたのは――かなりの誇張だったようだ。この噂について検証してみよう。一回目の結婚がものの見事に破局したのが大きな原因のひとつだった。

一四九三年にルクレツィア・ボルジアはジョヴァンニ・スフォルツァと結婚した。スフォルツァ家はルネサンス時代のイタリアにおいて有力な家系で、ミラノを支配した一族だ。この時代のローマ教皇は式典だけを担うのではなかった。ミサを行い、年に一度、弟子の足を洗い、外国の国家元首の妻たちを祝福するだけではないのだ。これだけなら、アレクサンデル六世は教皇になりたいとは思わなかっただろう。彼が生きたのは一六世紀だが、いまで言えばヨットを乗り回す、たちの悪いプレイボーイみたいなものだった。現在と違い、当時の教皇は絶大な政治的権力を持ち、教皇庁はローマの支配者に匹敵するほどだった。アレクサンデル六世がミラノとのつながりを強化するには、ルクレツィアとジョヴァンニの結婚はうってつけの手段だったのだ。

これは愛に根差した結婚ではない。当時は、有力な家の子女の婚姻に愛など関係なかった。ルクレツィアは一三歳で、ジョヴァンニは二〇代半ばだった。この結婚話は、彼女が一年間ローマに残って婚礼の準備をするというのが条件だった。実際に、ルクレツィアはバチカン宮殿の近くにある教皇の愛人ジュリア・ファルネーゼの屋敷で過ごすことになった。婚礼はジュリアが取り仕切ったが、日取りはスフォルツァ家が占星術師におうかがいを立てて、一四九三年六月一二日と決定された(これが教皇とスフォルツァ家がもめた最初の原因だった。アレクサンデル六世は一五世紀後半に生きた人間だったが、迷信深くなかったのだ）。ルクレツィアには五〇〇人の女性がつき添い、新郎新婦には金や銀で作られた品物や宝石が贈られた。

この結婚を祝うために、古代ローマの劇作家プラウトゥスの『メナエクムス兄弟』という品が悪い劇が演じられた。簡単に説明すると、別れ別れになっていた双子が同時に娼婦の家にやってきて、おかしな誤解が立て続けに生じるという喜劇だ！　裸になったり、奇妙なことをしたりする場面がたくさんあるのだろう。わたしはこういう劇は嫌いだ。ネタをばらすと、最後に兄弟の片方が妻を競売にかけ、売ってしまう。これが結末だ。注目すべきは、この『メナエクムス兄弟』をもとにしてシェイクスピアの『間違いの喜劇』ができたという点だ。わたしはシェイクスピアも嫌いだ（こんなことを白状すると、読者のみなさんと築けたと思っている友情にも支障をきたすかもしれないが、われわれなら乗り越えられると信じている）。

ローマ教皇アレクサンデル六世はおそらく、この劇をとてもつまらないと感じ、短く切りあげるように命じただろう。彼がわたしのように趣味がよく、茶番が大嫌いだったのか、あるいは自分の裸が大好きで、この劇では満足できなかったのが理由に違いない。人文主義者で歴史家のステファノ・インフェスーラによると、アレクサンデル六世と何人かの聖職者たちは、婚礼のあいだキャンディーやマジパンを女性の胸元に投げて楽しんでいたそうだ。ステファノは彼らの行為を好ましく思わなかったようで、こう締めくくっている。「なんと、これが全能なる神とローマ教会に敬意を表す人々のすることだとは！」

おかしなことに、この結婚式では床入りの儀式が行われなかった。アレクサンデル六世はジョヴァンニに一一月までルクレツィアと寝ないでくれと頼んでいた。これはちょっとした驚きだ。ルクレツィアは教皇の愛人と暮らしており、女性がどうするかを教わっていた。とはいえ、当時の感覚からしても一三歳というのは結婚するには早すぎる。たしかに、ロミオとジュリエットのせいで、一五世紀の人々はみな一二歳で結婚している印象があるが、これは間違いだ。ルクレツィアのように、高貴な生まれの女性はもっと早く結婚していたので、ひどく衝撃的とまではいかない。だが、たとえば、こうした慣習にはダンテのように批判する者もいた。

一五世紀における床入りの儀式がどのようなものかと、読者のみなさんは想像をふくらませているだろう。結婚式のあと、新郎と新婦は寝室へ案内されて衣服を脱ぐ。それまでに、たくさん酒を飲んだり、悪ふざけやどんちゃん騒ぎをしたりする。ベッドの周りにはカーテンが引かれているものの、その夜は立会人が寝室に待機して、滞りなく性交が行われたかどうかを確認する。今日では不快に感じられるかもしれないが、この儀式は役に立っていたのだろう。たとえば、有力な家同士の婚姻であれば、式のあとに結婚を解消されたりしないように、きちんと床入りが行われたか確かめたいと思うはずだからだ。

だが本当にそうだろうか？　アレクサンデル六世が床入りの儀式を割愛した理由は、スフォルツァ家がボルジア家に敵対した場合に、婚姻を無効にできるようにするためだったと多くの人々が言っている。あるいは、政治的な同盟が無価値になった場合に備えたのかもしれない。この懸念はすぐに現実となった。ルクレツィアの結婚から数カ月後には、アレクサンデル六世はすでにもっと強力な相手を探していた。この結婚はアレクサンデル六世が教皇になる前に取り決められたものだったので、娘を嫁がせる相手を間違えたと考えはじめたのだ。

ルクレツィアはジョヴァンニを好きではなかったようだ。彼は彼女の倍の年齢で、暴力的な性格だった。アレクサンデル六世は娘が家族のいるローマではなく、遠く離れた夫の屋敷に暮らすようになるのが不満だった（これがルクレツィアとアレクサンデル六世が近親相姦の関係にあったとしばしば噂される原因なのかもしれない。または、いつの世も親というものは、子どもたちに実家の近くに住んでほしいと願うものなのかもしれない）。

アレクサンデル六世は、ジョヴァンニがボルジア家への裏切りを画策しているとにらんでいた。ボルジア家の政治的手法を見ていると、被害妄想に駆り立てられているように思われることが多々あるが、今回にかぎっては推測があたっていた。ジョヴァンニはミラノを支配していたスフォルツァ家のためにボルジア家をスパイしていたのだ。

そんなわけで、ボルジア家は当然のこととして、彼を殺害しようとした。一四九七年にチェーザレはジョヴァンニの毒殺を画策したが、この計画をルクレツィアに教えてしまった。その理由は……妻の耳に入れておくのが礼儀だと思ったのだろうか？　ジョヴァンニはこれに気づいた。ルクレツィアが告げ口したのだろうか？　それもあり得る。歴史的にはルクレツィアはずる賢い殺人者だったと盛んに言われているものの、当時の有力な家の女性たちと同様、彼女も父親の気まぐれで政略結婚の道具としていいように使われていた。今回は彼女も正しいことをしようとしたのかもしれない。または、ジョヴァンニが自分で気づいた可能性もある。

そんなわけで、ボルジア一家はジョヴァンニ毒殺をとりやめた。誕生日のサプライズ・パーティーのように、サプライズで毒を盛るのは楽しいが、自分たちの仕業だとばれてしまうとわかっていたからだ。最終的には、婚姻の解消を申し出た（もう一度言っておくが、最初は「ジョヴァンニ毒殺計画」を企んでいたのだ）。アレクサンデル六世はジョヴァンニにルクレツィアの持参金を返さなくてもいいと提案した。三万一〇〇〇ダカットという高額だ。しかし、花嫁がまだ処女であるのを理由に婚姻を解消したかったので、教皇は彼に自分が性交不能症であると明言するように迫った。

ジョヴァンニは、自分には婚外子がいることをはっきりと指摘した。彼の最初の妻であるマッダレーナ・ゴンザーガは出産が原因で亡くなったことも告げた。彼は絶対に性交不能症ではあり得ない。ボルジア側はジョヴァンニが嘘をついてもかまわないと思っていた。一方、ジョヴァンニは真実を曲げるつもりはなかった。

こうして中傷合戦がはじまった。ジョヴァンニはアレクサンデル六世が婚姻無効を望むのは、娘と寝たいからだと吹聴した。当時一八歳だったルクレツィアは、アレクサンデル六世の「娘であるのに、父親の花嫁となった娘」と揶揄された。ボルジア一家はジョヴァンニのおじに、ルクレツィアとの離婚が最良の決断だと彼を説得するように頼んだ。ジョヴァンニはルクレツィアが兄とも寝ていると言いふらして仕返しをする。

自分を殺害しようとしたローマ教皇に対して中傷キャンペーンを張るのはきわめて、まさにきわめて愚かな行為だ。歴史を紐解くと、関係を解消しようとする人々は、相手にひどいことを言うものだ。ヴィクトリア朝の評論家ジョン・ラスキンは妻のエフィーが不快なので、一緒に寝るのは不可能だと言っていた。バイロン卿は同性愛者で近親相姦もしていると、愛人のキャロライン・ラムは周りの人々に言った。だが、彼らにはとてつもなく有力で、殺害をも躊躇しないような家族はついていなかった。

もしも離婚を承諾しなければ、スフォルツァ家は彼の保護を打ち切り、ボルジア一家が必ず殺害しに来るだろうとおじから告げられて、ジョヴァンニは最終的に折れた。

こうした中、数々の中傷に傷ついたルクレツィアは女子修道院に入ってしまった。父親の使者であった、ペロットという名前の若いスペイン人が、ことの成り行きを知らせる手紙をルクレツィアに届けた。彼女はすぐにこの男性と深い仲になったと噂された。六カ月後、処女であるという事実を表明したときには、ルクレツィアは妊娠していた。

本当に妊娠していたのだ。父親がローマ教皇だからといって、彼女が処女懐胎したと信じる人々がいたとは思えない。

ふつうの女性なら、「妊娠しているのは一目瞭然だから、自分が処女であるとは宣言できないわ。このまま結婚しているしかないようね。もう政争の道具になれなくて、ごめんなさい、お父様」と言うだろう。しかし、ルクレツィアは違った。ボルジア一家は彼女が妊娠していないかのごとく振る舞うことに決めたのだ。もちろん、あえて妊娠を指摘する者は誰もいなかった。

すべてが計画どおりに進んだ。ルクレツィアは検査を受けて「処女である」と鑑定人からお墨付きをもらった（ご想像どおり、鑑定人はローマ教皇庁の関係者だ）。ジョヴァンニはボルジア家とスフォルツァ家の人々が立ち会いのもとにセックスをして、自らの生殖能力を証明してはどうかとアレクサンデル六世に提案されると、結局は圧力に屈したような形で、ルクレツィアが処女であると断言した。

彼女は妊娠していたのだが。

わたしはこの話が大好きだ。夫に結婚解消を無理強いするのがよくないのは明らかであるのに、なぜ自分がこれほど喜んでいるのか、よくよく考えてみた。浮気をするのはけっして褒められることではない。一般人が彼女のような立場に置かれることはそうそうないし、ローマ教皇庁の鑑定人に嘘をつくのはとても悪い。歴史的にも、このような考えが主流らしい。なぜなら、この事件以来、ボルジア家は堕落して、総じて暴力的であると見なされ、近親相姦に溺れているとの噂がつきまとうようになったからだ。

だが、ルクレツィアはこの騒動を華麗に切り抜けた。その大胆さには感心する。彼女の妊娠は火を見るよりも明らかだったのに、夫が性交不能で自分は処女だというのを貫き通して結婚を解消してしまったのだ。彼女自身も妊娠を自覚していた。テレビシリーズの『妊娠してるなんて知らなかったわ　*I Don't Know I Was Pregnant*』に出てくるようなカンザスに住む一四歳の田舎娘ではないのだ。

彼女はボルジア家の娘だ。セックスについてはよく知っている。ボルジア一家は映画『スター・ウォーズ』に登場するジェダイのようにフォースを使えば人を操れると信じているらしく、一見したところ、実際にそれをやってのけてしまった。これは、われわれにもできるかもしれない。ずうずうしくなり、常識の枠をぶち壊し、周りの人間を自分たちに従わせる。そうすれば驚くほどの確率で、われわれも他人を操ることができるだろう。

この婚姻無効騒ぎに上品なところはまったくないが、あなたがかたい信念を持って行動すれば、何からでも逃げ出せると証明してくれている。はっきり言って、すべてはうまくいった。ある意味では。ほんの一部の人々にとっては。ジョヴァンニはルクレツィアの持参金を返還しなければならなかった。さらに、スペイン人の使者ペレットはテベレ川に水死体となって浮いているのが発見された。ルクレツィアとの関係が暴露されるのを恐れたボルジア一家によって殺害されたのだろう。あるいは、彼の仕事は手紙を届けるだけだったのに、ルクレツィアと寝るのはけしからんという理由で殺されたのかもしれない。仕事をしくじったのが原因だったのだろうか。または、ボルジア一家が人殺しをしたいと思ったときに、たまたま居合わせただけの可能性もある。歴史を振り返ってみると、殺人は必ずしも最後の手段というわけではない。

ルクレツィアは身ごもっていた子を出産し、ほぼ同じ瞬間にボルジア家にも子どもが生まれたとされた。母親は不明だが、その子はジョヴァンニと名づけられた。歴史家は彼のことをローマ建国の初代王にちなんで〝ローマの子〟と呼んだ。この王はローマ神話の軍神マルスの子だったのだが、双子の弟と一緒に捨てられて、オオカミに育てられたという伝説がある。この状況にぴったりの話だ。

この子を実際に誰が育てるのかという問題があった。一五〇一年にローマ教皇がこの子どもはルクレツィアの兄チェーザレの息子であり、母親については明らかにしないものとする旨を布告した。このとき、子どもは三歳になっていた。その後、ローマ教皇アレクサンデル六世の子どもであるとする新たな教皇勅書が出された。勅書では「この変更は、前述の公爵によるものではなく、本庁とその女性によるものであるが、しかるべき理由により詳細は差し控える」と説明されている。最初の声明は、子どもの相続権を保証するために出されたと考えられる。教皇という立場上、アレクサンデル六世は子どもを認知できないので、公爵領の継承者であると明言したかったのだろう。ではなぜ、チェーザレの息子であると宣言しておきながら、混乱を承知で教皇の子どもであると前言を撤回したのだろうか？　おそらく、子どもの相続権をさらに強化しようとしたのだろう。この子は絶対にボルジア一家の〝誰かと〟は血縁関係にあるのだ。

人々は「ああ、それはルクレツィアの子どもで、父親と兄がその事実を隠そうとしたのだ」と考えるのではなく、ルクレツィアが父親と、もしくは兄とも近親相姦の関係にあったと思っていたようだ。人々はルクレツィアが子どもを産んだと信じていた――彼女が「妊娠中に処女であると宣言」して、笑いものになったのを記憶していた――一方で、父親が誰かは忘れていた。ルクレツィアの妊娠が知られたときに、多くの人は彼女が家族の男性全員と寝ているとジョヴァンニが非難するのを聞いていた。歴史的にも憶測があるのを考慮に入れると、たしかに、ボルジア家では近親相姦が行われていた可能性があると考えるべきであろう。ルクレツィアはかわいそうなスペイン人の使者とではなく、父親か兄、またはその両方と寝ていたのかもしれない。ボルジア一家はセックスが大好きだし、嗜好も一風変わっていた。しかし、下半身を丸出しにして栗拾いする娼婦たちを眺めるのが好きな人たちだからといって、近親相姦の関係にあるとは必ずしも言えない。

人生の多くの場面で、心に留めておくと役に立つ格言だろう。

彼らが近親相姦をしていたと考えられない第一の理由は、もしそうであれば、互いに書き送ったラブレターが残っているはずだからだ。家族――しかも言葉数がきわめて多い家族――のあいだで異常な関心を抱きあっていることを記した手紙が一通も発見されていないのはおかしい。ルクレツィアはこの世でいちばん美しいラブレターをしたためているし、彼女は家族と心あたたまる手紙のやりとりを頻繁にしていたのに、性的関係にあると言及する部分はまったくない。ボルジア家の人々はそんなことを手紙に書かないように注意していたのかもしれないが、ジョヴァンニに近い人々や使用人たちは誰ひとりとして、ルクレツィアが近親相姦の関係を結んでいたとは考えていないようだ。さらに、ルクレツィアは父親の愛人ジュリアや、チェーザレの愛人サンチャとも仲がよかった。彼女が父親や兄と寝ていたとすれば、これはあり得ないだろう（彼らと寝ているのに愛人と仲よしだったら、そのすべてがあり得ない）。極論すれば、あなたの目の前の人全員が近親相姦をしている可能性だってあるのだ。いったい誰に真実がわかるというのか？　本人だけが知っているが、あなたにはわからない。ルクレツィアの場合、離婚する過程において、ひどい噂を故意に広められたと考えるのが妥当だろう。

このあと、ルクレツィアは一七歳のナポリ人アルフォンソ・ダラゴーナと婚約した。残念ながら、妖しい魅力がある「ボルジア家の大胆不敵さ」はこの結婚では出る幕がなかった。アルフォンソとルクレツィアは愛しあっていた。結婚したときに、ふたりともまだ一〇代だったのがその理由かもしれない。ローマ教皇はこの夫婦にネーピの城を与えた。この時代にしては珍しいことで、これによってルクレツィアはスポレートとフォリーニョを統治する権利を与えられた。彼女はうまくこれらの地をおさめていたそうだ。夫婦にはロドリーゴという子どもが生まれた。

しかしチェーザレとアレクサンデル六世はアルフォンソの政治的価値がなくなると、彼を殺害してしまった。サン・ピエトロ広場を歩いているときに襲われて、頭と右腕、そして脚にひどい傷を負ったが、なんとか自宅に帰りついた。なので、チェーザレは部下にとどめを刺しに行かせた。「ドン・アルフォンソは刺されただけでは死ななかったから、ベッドで絞殺された」とブルカルトが記している。ルクレツィアは夫の寝室にいた。アレクサンデル六世は彼女が叫びながら逃げ出すのを目撃したと言われている。

恐ろしい時代だ。

一五〇二年に二一歳でルクレツィアはふたたび結婚した。今度はフェラーラ公アルフォンソ一世デステだった。彼とは一五一九年に彼女が亡くなるまで添い遂げた（この結婚生活の中で、彼女は義兄のフランチェスコ二世や、詩人のピエトロ・ベンボと男女の関係になった)。彼女が浮気していたにもかかわらず、アルフォンソ一世はルクレツィアが宝であると彼女の父親に手紙を書いている。アレクサンデル六世が亡くなると、アルフォンソ一世は結婚を解消せずに、ボルジア家没落の影響が及ばないように彼女を守った。いわゆる「男性が車道側を歩いて女性を守る」というやさしさではなく、「彼女の実家にはもはや権力はないので、これまでに殺害してきた多くの人々の復讐から守る」という意味だ。一五一九年に八番目の子どもを出産するときにルクレツィアが亡くなると、フェラーラの人々も夫も彼女の死を悼んだ。

ルクレツィアは最初の結婚の痛手から立ち直ることはなかったようだ。フェラーラの在ローマ大使は次のような手紙を、結婚する前のアルフォンソ一世に送っている。ルクレツィアが動転してしまうので、ジョヴァンニを近づけてはならないと忠告する内容だった。

ローマ教皇聖下は、このような状況が閣下、すなわちもっとも輝かしきドン・アルフォンソ一世のお気を悪くするのではないかと心配されて、閣下にお知らせするようにとわたくしに命じられた次第です。それは、閣下もご存じのとおり、マントヴァにおりますペーザロのジョヴァンニ卿が結婚式のときにフェラーラへ近づかぬように策を講じたほうがいいとのご忠告です。花嫁であられる公爵夫人とは厳然たる事実に基づいて離婚が成立しています。そして、裁判での証言と、ジョヴァンニ卿自らの告白が周知のものになっているにもかかわらず、彼がよからぬことを算段している可能性があるとのことです。この男が姿を現すようなことがあるとすれば、閣下夫人はやむにやまれず、過去のできごとを思い出さずともすむようにお隠れになられるやもしれません（傍点は筆者による）。そのような偶発的事故が起こらぬよう、教皇聖下より閣下へくれぐれもご注意あそばされたほうがいいとのお言葉を賜りました。

要約すると、ルクレツィアはジョヴァンニ・スフォルツァの姿を見ただけで逃げ出して、別の部屋に隠れてしまうほどだとローマ教皇が注意をうながしているのだ。これは、ご存じのとおり、われわれの多くも別れた相手を目にしたときにとってしまう行動だ。ルクレツィアは夫が目の前で殺害されても立ち直ることができた。だがなんと、離婚でもめた相手と顔を合わせるのは耐えられなかったのだ。

彼女がジョヴァンニを恐れていたからではない。もしあなたが別れた夫を怖がっていても、ボルジア家の生まれであるならば、息せき切って逃げる必要はない。父親か兄弟に、彼には死んでほしいと言うか、あるいは、彼が死ぬと面白いことになる、とほのめかせば、別れた夫の死は確実だ。なので、彼女がジョヴァンニを恐れていたというのは疑わしい。暴力的ではないものの、面倒な協議の末に離婚したふつうの人が、別れた旦那とパーティーで顔を合わせたら襲われるかもしれないと怯えるのと同じように、彼女が怖がるのはおかしい。別れた相手を見て隠れたくなるのは、その相手にひどいことをして後ろめたい気持ちになるからだ。

たとえば、元夫をセックス中毒者のリハビリ講座に通わせるように勝手に申し込んだり（ところが実際、彼はセックス中毒ではなかった――このエピソードは、ベイブ・ウォーカー作『白人の女の子でいるのも大変　*White Girl Problems*』からいただいた）、あるいは、婚姻無効の手続き中、妊娠しているのに処女のふりをしたりした場合。そして、当時では愉快だと考えられ、友人や後世の伝記作家を楽しませるような手段で相手にあれこれ復讐しようとした場合など、相手に後ろめたさを感じるだろう（あなたがこんなことをする理由は別れた相手にあったとしても、結果は同じだ。ジョヴァンニはまさに、近親相姦の噂をばらまいて原因を作った）。あなたが礼儀正しい人で、何か軽蔑されるようなことをしてしまったら、たとえそれが他人の行為に比べてよほどましだったとしても、パーティー会場で別れた相手と顔を合わせられないだろう。あなたは自らがしたことを覚えていて、それを思い出したくもないはずだ。実際に他人はもっと悪いことをしているにもかかわらず、それよりもましな自分の行為を恥ずかしく思う。なぜなら、ふつうの状況なら、もっと善良な行動をとれるとわかっているからだ。これではパーティーで決まり悪い思いをしてしまう。こうして代償を払うことになるのだ。

いずれにせよ、未来の伝記作家があなたをすてきだと思うかもしれないし、あなたが亡くなって二〇〇年後、バイロン卿のような本当のセックス中毒者が恋に落ちてくれる可能性だってある。だから、すべてはあなた次第なのだ。

第四章　同じ間違いを繰り返す
ヘンリー八世とアン・ブーリンとキャサリン・ハワード

イングランド王ヘンリー八世の生涯に関する話はおしなべて、ひとつの質問ではじめるべきだ。ヘンリー八世はどれほどセクシーだったのか？

これはわたしだけが個人的に面白いと思っている冗談だ。ヘンリー八世と妻たちの伝記はすべて「ヘンリー八世について語るにあたり、最初に一六世紀のイングランドに生きた市井の人々に対して、宗教がどのような影響を与えたかを考察しなければならない」とか「アン・ブーリンの人生を紐解くにあたり、何世紀ものあいだ研究者たちを悩ませてきた問題から考えてみよう。トマス・モアはヘンリー八世の離婚手続きにおいてどんな影響があったのか？」とあるが、そんなのはどうでもいい！　わたしにはわからない。どちらの質問に対しても、ヒラリー・マンテルの文学賞を受賞した作品に書いてあったことくらいしか言えない。もし本当にきかれたら、「誰もたしかなことは言えない」と答えるだろう。

しかしながら、わたしの質問――本章の最初に提起した問題――になら答えられる。その解答は〝ふるいつきたくなるほど〟だ。

ふるいつきたくなるほどセクシーなのだ。

テレビのドラマシリーズ『チューダーズ――ヘンリー八世背徳の王冠』を観ていない人たちは、彼がどれほど魅力的か忘れている。彼が大きな毛皮の帽子をかぶり、二重顎で痛風に苦しんでいる外見を思い浮かべるからだろう。これは、ある一枚の肖像画と、イギリスのルネサンス時代の街並みを再現し、仮装して楽しむルネサンス・フェアのせいだ。この思い込みは実際とはかけ離れている。

一五一四年にヴェネツィア大使セバスティアン・ジュスティニアンがヘンリー八世について書いている。「自然はこれ以上ないほど完璧に彼を創りあげた。キリスト教世界におけるどの統治者よりも、ずっと美男子だ。フランス国王と比べてはるかに整った顔立ちで、美しく、見事に均整のとれた体型である」

セバスティアン・ジュスティニアンは嘘をついているのだろうか？　それはわからない。だが、嘘はついていないと信じることにしよう。チューダー朝の人々はみな、それまでに会った、そして、これから出会うであろう誰よりも、ヘンリー八世がいちばん魅力的な男性だという意見に賛成のようだから。トマス・モアは「高貴な生まれの人々を一〇〇〇人集めた中でも抜きん出て背が高く、その堂々とした体軀に見合った活力にあふれている。瞳は燃えるように力強く、顔は美しい」と断言している。身長は一九〇センチという、今日でも堂々たる高さで、顎髭は金色に輝いていたらしい。

頭脳はどうかといえば、ヨーロッパでもっとも知的な王のうちのひとりであった。彼は聡明で、「星にも負けないほどきらめく知性があり、どんなことでも完璧以上のできばえだ」とエラスムスは言いきっていた。フランス語、ラテン語、スペイン語も流ちょうに話し、音楽も得意で、バグパイプを五個、リコーダーを六本、トロンボーンを一〇本、フルートを七八本（これは、正直なところ多すぎるようだが）所有していた。イングランド民謡の『グリーンスリーブス』や『ああ、マダム』は彼の作曲だと考えられている（もしかすると違うかもしれない）。狩猟の腕前も抜群で、とくに馬に乗ってシカや野生のイノシシを追うのが好きだった。ジュスティニアンによると、「八頭から一〇頭の馬が疲れきるほどの長い時間、狩りに熱中した」そうだ。馬上槍試合やテニスも上手だった。神学者としても優秀で、『七秘跡の擁護』を執筆したことから、「信仰の擁護者」と呼ばれるようになり、一日に三回から五回ミサに出席した。貴族の権力を弱体化させることにより、イングランドの立憲主義の確立に貢献する。彼の治世下でイングランド海軍は戦艦を五隻から六〇隻に増やす。これにより、ヘンリー八世は「イングランド海軍の父」とも呼ばれた。

こうして並べたてると彼の知性ばかり強調しているようだが、じつは賭博も好きだったようだ。つまり、あなたが道を歩いているときに、「ヘンリー八世は何が得意だったか答えろ！」と頭のおかしな男に銃を突きつけられたとしても、思いつくことを何でも言えば、それが正しい答えになるということだ。彼は一流の植物学者だったと答えてもいい。まだ見つかってはいないものの、文献を調べれば、これを裏づける証拠がおそらく見つかるはずだ。彼はなんでも得意だったのだ。

さあ、ヘンリー八世がいかに魅力的だったかに話を戻そう。なぜなら、セクシーであることが何よりも彼の特筆すべき点だったからである（みなさんが一六世紀に生きていたら、ヘンリー八世に電撃的にひと目ぼれしたと悩みながら毎日を過ごしてなどいないかもしれないが）。ジュスティニアンは言う。「国王陛下はこれまで目にした権力者の中でいちばんの美男子だ。身長はふつうの男性よりも高く、脚のふくらはぎは見事な形をしている。肌は色つやがよく、赤褐色の短くまっすぐな髪はフランス風に櫛が入れられ、輪郭の丸い顔は美しい女性にもなれそうなくらい整っている」

美しい女性だと思われていなかった人物は誰かご存じだろうか？　ヘンリー八世の最初の妻キャサリン・オブ・アラゴンだ。ヘンリー八世は政治的な理由から、兄の未亡人だったキャサリンと一五〇九年に結婚する。彼は一八歳、彼女は二三歳だった。この年齢差は一般的に思えるが、『ヴェネツィア共和国の公文書における対英政策に関する国家文書の年次目録　*Calendar of State Papers Relating to English Affairs in the Archive of Venice*』にはヘンリー八世が「若く、美

若い頃は容姿端麗で知られたヘンリー八世だが、太りだした後年、妻を次々ととりかえる暴君となる。

男子なのに対し、妻は年老いて醜い」というフランス国王の発言が記されている。

なぜこのような意見が表明されたのかは、この時代の女性の肖像画がすべて同じように描かれているので不明である。女性はみな口が小さく、まつ毛はなく、髪の生え際が後退している（必ずしも抜け毛のせいではない。女性たちは生え際の髪とまつ毛をわざと抜いていたのだ。一六世紀の美容法は面白い本が一冊書けるくらいに奥が深い）。本章に登場する人物を『チューダーズ』に出演する俳優に重ねあわせようとする読者もいらっしゃるだろう。だが、これはおすすめできない。なぜなら『チューダーズ』では、醜いと揶揄される人々でさえ、あなたやわたしが〝プロのヘアスタイリストやメイクアップアーティストのお世話になって、生涯でいちばんの外見に変身した〟くらいの容姿だからだ。なので、ヘンリー八世の話に出てくる人物を、あなたの周りにいる人に置き換えるのが妥当なところだ。キャサリンは、あなたがそれほど好きだと思っていない、魅力に欠けた人にすればいい。キャサリン・オブ・アラゴンはまさにそんな女性だった。あなたが歴史上の人物を想像する力はまんざらでもない。

その上、キャサリンはヘンリー八世とのあいだに男の子を作ることができなかった。男子の誕生はチューダー朝が存続する上では欠かせないことだ。一五一四年になってすぐに、ヘンリー八世はキャサリンに生殖能力がないので離婚するという噂が駆け巡った。

率直に言って、この離婚は驚くにあたらない。自らの王朝を存続させたいと望むのであれば、男子を産めない配偶者とは離婚せざるを得ない。ナポレオンはジョゼフィーヌと――ふたりの関係はすばらしい恋物語のひとつとして語り継がれるほどなのだが——離婚して、跡継ぎを産める若い女性と再婚した。われわれの知るかぎり、ヘンリー八世はそれほどキャサリンを愛していなかったので、もっと早く離婚しなかったのが不思議なくらいだ。一五二五年にヘンリー八世がアン・ブーリンと出会ったときには、キャサリンが最後に妊娠してから七年が経っていた。その間も彼は浮気をしており、アンの姉妹であったメアリーはその相手のひとりだった。さらに、キャサリンが四〇歳になろうとしていたので、ヘンリー八世の心はなおさら離婚に傾いていたのだろう。

そして、アンは目を見張る存在だった。ヘンリー八世よりも一〇歳年下の二〇歳で、人を引きつける洗練された女性として知られていた。フランスの宮廷で教育を受けており、これは今日でもそうだが、きわめて魅力的に映った。リエの司教ランスロット・ド・カールは、「その立ち居振る舞いや作法からは、けっしてイングランドの女性だとは思われないだろう。フランスで生まれ育ったかのようだ」と書いている。

アン・ブーリンは踊りがとても上手だった。リュートを弾くこともでき、音楽が好きなヘンリー八世の心をつかんだに違いない（ヘンリー八世がリュートをいくつ持っていたか知らないが、おそらく七本くらいとしておこう）。これまで読んだことから判断すると、彼女はものすごく面白い女性だった。読者のみなさんが面白いという言葉を聞いて、くだらない冗談を言うのが上手だったと思われたのなら、それは違う。彼女は機知に富んでいたという意味だ。笑えるような面白さではない。しかし、何よりもヘンリー八世の興味をそそったのは、アン・ブーリンがこの時代の女性の誰

500年後のいまも、アン・ブーリンは美しい。

とも違い、彼の愛人になる気などなかったからだ。ヘンリー八世から、彼女を唯一の愛人にすると、つまり、妻のいる身としてはできるかぎりの待遇を提案されたアンは、「わたしのいたらなさと、あなたにはすでに王妃さまがいらっしゃることから、わたしはあなたの妻になることができません。愛人にもなれませんわ」と答えている。

　一六世紀の愛人というのは、今日のような〝家庭を壊す厚かましい女〟を意味するわけではない。理想的な宮廷風恋愛では愛人を持てるとされていた。ここでの愛人とは、宮廷において男性が誰よりも崇拝する相手である。男性は女性に詩やちょっとした贈物をして、女性は男性に馬上槍試合のときに愛の印としてリボンやハンカチを渡した。とてもすてきに思えるが、ヘンリー八世はそんな清らかな関係には興味がなかったと推測する。実際には誰も愛人がそんな存在だとは信じていなかった（アリエノール・ダキテーヌは例外だと思われる。それとも、彼女もみなと同じだったのだろうか？）。もしかすると、これは不倫を許すための洗練された仕組みだった可能性もある。アンは賢明だったので、ヘンリーがリボンを望むだけにとどまらないと知っていた。

あるいは、アンがヘンリー八世に口説かれても丁寧に拒絶したのは、本当に興味がなかったからかもしれない。彼女は実際のところヘンリー八世によるセクハラの被害者で、彼をまったく好きではなかったと主張する研究者もいる。しかしながら拒絶の言葉が、きちんと結婚して王妃にすることによってのみ、ヘンリー八世がアンを手に入れられると解釈されたのであれば、彼女は最適なタイミングで最後通牒を突きつけたと言えるだろう。

読者のみなさんは「どうやってヘンリー八世はアン・ブーリンに求婚したのだろう？　早く教えて！」と気になって仕方ないはずだ。ヘンリー八世が一五三二年にアンに送った手紙を紹介しよう。

　わたしのいとしい人よ。そなたがここを離れてから心に浮かぶことを書きたい。そなたがいなくなると、時間が長く感じられる。もうすでに二週間も経ったようだ。そなたのやさしさを思い出す。わたしの熱い愛情がそうさせるのだろう。そうに違いない。少しばかり悲しくなる。しかし、そなたのもとへ行けると思うと、心の痛みも半減する。そして、気持ちも慰められる。本は気を紛らわせてくれる。今日は書くことに三時間以上も費やした。なので、今回のそなたへの手紙は短くなってしまった。頭痛がするからだ。愛するそなたの腕の中にいたい（とくに今夜は）。可愛いそのアヒル《おっぱい》ちゃんに口づける（傍点は筆者による）のだ。これまでも、いまも、これからも、そなたのものであるわたしより。H. R.

ふたつの点に注意してほしい。

一．「アヒルちゃん」とは一六世紀の俗語で乳房を指す。この一語を調べるのに、膨大な時間がかかった。グーグル検索に軽く二時間は費やしてしまった。「一六世紀の女性が飼っていた鳥だろうか？ 単にアヒルのことなのか？ 当時の人々はアヒルに口づけていたのか？」いずれにせよ、すばらしい表現だ。これからいつも使うことにしよう。

二．この時代の手紙を読むのには恐ろしく手間がかかる。古代ローマ人について褒めるとすれば、彼らの手紙が直接的かつ簡潔で、読みやすいことだ。中世の暗黒時代に句読点というものが野蛮人によって奪われてしまったらしい。句読点が晴れて英語に取り戻されるのは、一七世紀に入ってからだ（一六〇二年にドイツに近い洞窟から、コンマやセミコロンといったお宝が発見されたのは、シェイクスピアの功績によるところが大きい）。

わたしと違って、アンはこういった手紙を気に入ったのだろう。なぜなら、彼女とヘンリー八世はしばらくすると恋人同士になったからだ。しかし、ヘンリー八世は「信仰の擁護者」であったゆえに、キャサリンと離婚するのは難しかった。この〝信仰〟とは、離婚を認めないカトリックの信仰なのだ。とはいえ、最終的にキャサリンとの結婚を解消した。彼女がヘンリー八世の兄と以前に結婚していたのが理由だった。男性が兄弟の配偶者である女性と結婚した場合、子どもを作ってはならないとする聖書の一節を引きあいに出した。

あなたがこの時代のカトリック教徒であったら（タイムトラベラーのみなさん、ようこそ、一二世紀へ！　現代にセミコロンが存在することに感謝しましょう！）、あるいは、トマス・モアだったら、ヘンリー八世とキャサリンの離婚劇は本書でも最悪の別れだと考えるだろう。だが、離婚後に起こったことのほうが悪いと判明するのだ。残念ながら。ローマ教皇の強い反対を押しきって、アンとヘンリー八世は一五三三年一月二五日に結婚し、その年の九月にエリザベスが誕生する。一方では、これはすばらしいできごとだ！　つまり、アンは不妊症ではなく、子どもを産んだ！　しかも、この赤ん坊はのちにエリザベス一世という英国史上もっとも偉大な君主となる。

他方では、この赤ん坊は女児だったので失望された。

夫妻はもっと子どもを望んだが、叶わなかった。三度の流産という結果になってしまった。おそらくヘンリー八世のせいだろう。彼が梅毒にかかっていたので、妻が何度も流産したのだと推測する研究者がいる。だが当時、流産は常に女性に原因があるとされ、さらには魔女である証拠だとも考えられていた。

キャサリンと離婚したことで宗教的、そして政治的に大きな混乱を引き起こしたために、ヘンリー八世はその後の妻たちとは急いで離婚しようとはしなかった。ところが、アンはキャサリンと大きく違っていた。キャサリンのモットーが〝謙虚で忠実〟だったのに比べ、アンは〝最高の幸せ〟だった。不幸には我慢ならなかったのだ。キャサリンがヘンリー八世の浮気を見て見ぬふりをしていたのに対し、アンは激怒した。とくに時期が悪かった。一五三六年のはじめ、ヘンリー八世が新たに結婚を考えているという噂が流れた。今度の相手はジェーン・シーモアだ。

読者のみなさんは、こう思うかもしれない。「よし！　アンにはぜひとも怒ってもらいたい！　女性が夫からひどい扱いを受けるのに屈しないで、根性があるところを見せて、国を乗っ取ろうと決意すれば万事うまくいく！　アリエノール・ダキテーヌのように、アンもそうするのだろうか？」ちょっと、ちょっと、待って。それは先走りすぎだ。アリエノール・ダキテーヌはアンと比べて約七〇〇万倍の権力と政治的影響力を持っていたし、息子が五人もいた。そして、ヘンリー二世はヘンリー八世よりもいい人だった。ヘンリー八世は妻の反逆を容赦しないだろう。アンはクーデターを起こしたりしなかった。

日増しに冷たくなるアンと離婚するのではなく、ヘンリー八世は彼女が彼に魔法をかけて、不倫していると非難した。ここで、アンに恋人がいる可能性が浮上してきた。彼女が詩人のトマス・ワイアットと複雑な関係だったと考える人々もいる。『狩猟を愛するもの　*Whoso List to Hunt*』という彼の詩の中でアン・ブーリンが前の主人を捨ててシーザーのものになってしまった野生のシカになぞらえているからだ。

狩猟を愛するものよ、わたしは雌シカのいる場所を知っている

ああ、しかし！　わたしには、もうわからない
無駄な苦しみがわたしをひどく蝕み
わたしは遠く離れてしまった。
だが、そうではないのだろう。わたしの疲れきった心は
あのシカのせいだろう。だが、雌シカは逃げてしまい
わたしが追うのはかすかな気配だけ。もう、これでやめてしまおう
網にかかるのは風ばかり
彼女を追う者、わたしはたしかに彼を知っている
わたしと同じように、彼の時間も無駄になるだろう
そして、ダイヤモンドに彫られた飾り気のない文字のように
彼女の首に書かれている
〝触れてはならぬ、わたしはシーザーのものだから
とらえておくことはできないのだ、手なずけられたように見えたとしても〟

この詩を読むかぎり、わたしにはふたりが恋人同士だったとは思えない。詩人のチャールズ・ブコウスキーが証明しているとおり、詩とは酔った勢いで書かれた空論にすぎないのだ！　彼らが恋人同士だったとわたしが信じているのは、ヘンリー八世とアンが結婚する前に、トマス・ワイアッ

トが次の手紙をヘンリー八世に送っていたからだ。

しかるべき筋より陛下がレディー・アン・ブーリンを娶られるとうかがいました。そこで、陛下が忠告に耳を傾けてくださることを切望する次第でございます。この女性は陛下にふさわしくありません。彼女の生き方はだらしなく、感心できるものではないのです。これは噂ではなく、肉体的な関係を持ったわたし自身の経験からお話ししているのでございます。

この手紙の中でワイアットは遠まわしな言い方ではなく非常にはっきりと、アンと寝たと言っている。とはいえ、アンがヘンリー八世と結婚しているときに不貞を働いたことにはならない。

さらに、彼女が魔法をかけたというのも、おそらく事実ではないだろう。魔女は実在しないからだ（少なくとも、ヘンリー八世が主張するような魔女はいない。ヒッピー風で悪魔のような身持ちの悪い魔術崇拝者はいるかもしれないが）。しかし、こうした事実も、アンが投獄されるときにはなんの役にも立たなかった。彼女はキャサリンの毒殺を計画し、国王の死を祈った罪で裁判にかけられた。法廷では優雅な物腰で冷静な態度だったにもかかわらず、有罪となって死刑が求刑された。

この時点で、アンは歴史上の、そして、この先の誰よりも立派に破局に対処している。判決を言い渡されたときにも平静を保っていたらしい。ランスロット・ド・カールはアンが一歩前に進み出て、法廷にいる人々に語ったと記している。「わたしが国王に対して、常に望まれているように謙虚な態度であったとは申しません。陛下はやさしく、わたしに誠実であり、常に敬意を払ってくださいました。わたしは陛下に嫉妬心を抱くようになっていたのを認めなければなりません……ですが、わたしが陛下に対して悪いことをしたか否かは神がご存じでしょう」

ヘンリー八世は、首をはねるのは斧ではなく剣にしてほしいというアンの要望を受け入れた。これは騎士道精神にかなった行為であると考える人々も多い。わたしはロンドン塔に連れていってもらったときに、ヘンリー八世はアン・ブーリンがたいそう美しかったので斧を使わなかったと母が言ったのを覚えている。それを聞いたわたしは思った。ヘンリー八世は妻をまだ愛していたのだ。彼女が魔女であるにもかかわらず。

いまのわたしは、もうそんなふうには思っていない。使用する道具に関係なく、首をはねるのはいけないと考えている。

アンの斬首を剣で行うのを認めた直後、ヘンリー八世はふたりの娘であるエリザベスが庶子だと宣言した。これまでのすべてを振り返ると、アンは処刑に使うのは斧でもいいから、娘を非嫡出子だというのは取り消すよう求めたことだろう。しかし、彼女が憤っていたとしても、そして、その怒りはもっともであったのだが（なにしろ、ヘンリー八世は史上一番目にひどい男なのだ）、けっしてそれを表に出さなかった。刑が執行される日の朝には、冗談まで口にした。彼女と顔を合わせたロンドン塔の武官長は次のように記している。

今朝、わたしに知らせが届いた。わたしは彼女が最後に神の祝福を受けるときにも立ち会い、彼女が無実はずっと明白だと言うのを聞いてほしいというものだった。手紙にも書いていたが、わたしと顔を合わせたときにも彼女は言った。「ミスター・キングストン、わたしの処刑は午後になると聞いています。いまごろはすでに亡くなって、痛みも忘れていると思っていたのに残念です」痛みは感じないだろうとわたしが告げると……彼女は答えた。「死刑執行人はとても腕がいいと聞いておりますし、わたしの首は細いですから」

さらに処刑の直前、アンは立ちあがって、ヘンリー八世はとてもいい人だったとその場にいた人々に述べた。彼女の最期の言葉が残っている。

敬虔なキリスト教徒のみなさま、わたしはここで死のうとしています。法によって裁かれ、法によって死刑を宣告されました。なので、異を唱えるのは控えたいと思います。誰かのことを非難するためにこうしているのではありません。また、わたしが責められ、死を宣告されたいきさつを話すつもりもありません。神のお助けにより、国王が長きにわたって君臨されることをお祈りいたします。陛下より、やさしく、慈悲深い君主はいないでしょう。陛下はわたしにとって寛大でよき王でおられました。わたしの言葉に異論があるならば、もっともいい面に目をお向けになってください。こうして、この世とみなさまの前から姿を消すにあたり、わたしのために祈りを捧げてくださるように心よりお願いいたします。ああ、神のご慈悲があらんことを。神にわたしの魂をゆだねます。

なんという言葉だろう。いまの時代にわれわれが別れた相手のことをどんなふうに言うか考えてみてほしい。一度浮気をしたというだけで、どれほど邪悪で、人を操るのが上手な反社会的ナルシストであるか延々と話し続ける。その反対に、アン・ブーリンは自分の首が処刑台に置かれるというのに、離縁した相手を称えることができたのだ。人間離れした冷静さが必要だったに違いない。

わたしは誰もが冷静さを手に入れるよう努力するべきだと言うつもりはない。とくに、ひどい態度をとられたと思ったときは、友達に別れた男の文句を言って、心のガス抜きをするのは健全な行為だろう。苦しみの乗り越え方は人それぞれだ。だが、わたしは個人的にアン・ブーリンを手本としていると言わせてもらおう。正直なところ、わたしは別れるときにはいやな女になる。まったくもって当然の理由で関係がうまくいかなくなったときや、性格が合わないのがはっきりしているときでさえ、別れるとなると、相手が感じの悪い人間で、人を愛することができないのは、その人格に根本的な問題があるからだと考えたくなってしまう。おそらく、別れた相手はそれほどナルシストでもなければ、反社会的人物でもないし、感情的な問題もないのだろう。ふたりの関係が終わったという事実から気を紛らわせるために、あれこれと非難するほど悪い人ではない。悲しみを受け止めるよりも怒りに燃えているほうが満足感を味わえるので、こうした悪口を自分で自分に言っているだけなのだ。

理屈がわかったところで、自分をふった相手を目の前にして、その場ですばらしい言葉など口にする気にもならないという事実が変わるわけではない。実際、一六世紀に別れた夫に対してウィットに富んではいるものの、意地の悪い冗談を言うことができる女性がいたとすれば、アン・ブーリンにほかならないだろう。彼女が常に前向きかつ、利口で快活な性格であったことを考えると、一見するところ誠実な彼女の最期の言葉には驚き以上のものを感じる。どう考えても、われわれの多くは別れた相手に対して、関係が決裂した直後のアンのように礼儀正しく振る舞えたためしがないし、元夫や元恋人から魔女であるのを理由に死刑を求刑されることもない（わたしは魔女など実在しないと書いたが、それは読者のみなさんが裁判にかけられたりしないように配慮したからだ。わたし自身は魔女である）。

ここでラドヤード・キプリングの格言を差しはさまずにはいられない。「もし周りの人々が頭を混乱させているときに、自分の頭を冷静に保てたら……あなたは（とてもいい人だ）」と彼は書いている。しかし、斬首刑で頭を切り落とされた人について語るときに、この言葉を引用するのも妙なものだ。アンは処刑の前に、支配者は頭がよく偉大だった、または頭が悪く愚かだったと人々の記憶に残るものだと冗談を口にしているが、彼女は〝頭がなくなった〟と記憶されるのだ。彼女に勝る者はいない。間違いなく最高だ。アンとはとてもいい友人になれそうなので、いますぐにでも出かけて、スコッチを飲むことができたらと思う（彼女はいかにもスコッチを飲みそうに見えないだろうか？　それとも、フルーティーなカクテルを頼んで、そのばかばかしさを笑いものにするだろうか？　周りの人と討論してみてほしい)。

ヘンリー八世の五番目の妻で、斬首刑に処されたキャサリン・ハワードよりも、アン・ブーリンのほうが人々の記憶に残っているのは驚くにあたらない。なぜなら、キャサリンのほうは、別れた夫に対して凡人と同じように振る舞ったにすぎないからだ。

アンの処刑後、ヘンリー八世はジェーン・シーモアと結婚した。彼女は病弱なエドワード六世を出産したときに亡くなってしまった。それからヘンリー八世はアン・オブ・クレーヴズを娶ったが離婚。ヘンリー八世の妻たちの中で、アン・オブ・クレーヴズはいちばんいい処遇を受けたと言えるだろう。ヘンリー八世は彼女とは床入りすることができなかったので、彼女に王の妹という称号を与え､再婚も許した。

アン・ブーリンをまねていたキャサリン・ハワード

一五四〇年に彼はキャサリン・ハワードと出会う。彼女はアン・ブーリンのいとこだった。外見が似ていたが、これはあえてまねていたのだ。彼女もフランス風のドレスを身につけていた。しかし、モットーは違っていて、〝ヘンリー八世のお望みどおりに〟だった。亡くなったいとこに比べて従順だったようだ。

キャサリンがアン・ブーリンのまねをしていた理由がわたしにはさっぱりわからない。ヘンリー八世が心からアンを悼んでいる様子はないからだ。なんと、アンが斬首されたその日にジェーンと婚約している。もしかすると、ヘンリー八世はフランス風のドレスが好きなだけなのかもしれない。この装いは若い女性によく似合うものだった。

キャサリンはアンと違って、セックスをおあずけにするという策略には出なかった。彼女は義理の祖母であるノーフォーク公爵未亡人のもとで育てられた。公爵未亡人は貴族の若い娘たちを引き取って養育していたが、目が行き届いていなかった。キャサリンが一三歳のときには、すでに音楽教師のヘンリー・マノックスと性的な関係を持っていた。彼はキャサリンについて「わたしは彼女をよく知っている……彼女はわたしを愛し、わたしも彼女を愛している。わたしに処女を捧げると言ってくれた。痛みをともなうだろうが、その後は、わたしがやさしくすると信じていた」と断言している。

マノックスが本当にキャサリンの処女を奪ったかどうかについては、いまなお議論されている。それから少しして、彼女はフランシス・デレハムにレイプされたようだ。一五四一年に彼女は次のように主張している。「フランセズ・デラム【フランシス・デレハム】（原文まま）はみだらな欲望を満たすために何度もわたしに来るようにと説得して、まずはわたしのベッドにぴったりとした上着とタイツを身につけたまま横たわり、ついにはわたしを裸にして寝かせ、彼の妻であれば何回も頻繁にしているでしょうが、わたしは知らなかったようなことをするためにわたしを利用しました」（一六世紀にしたためられた手紙は最悪だ。読んでみると、書いた本人が勝手に文法をでっちあげたと断言したくなる）このあとから、デレハムはキャサリンを妻と呼ぶようになった。当時の慣習からすれば、これはふたりが結婚の事前契約を結んだようなものだ。つまり、婚礼に関して詳細はまだ決まっていないが、女性はほかの男性を選ぶことはできなくなる。簡単に言えば、おつきあいする人ができたということだ。しかしこの場合、相手はレイプした男性で、こちらはそんな男とデートしたいなどと思ってもいないという状況だ。

ここで着目すべきは、キャサリンが一〇代の頃にはすでに性的な経験があったことだ。これはふたつの点で痛ましい。ひとつ目は、彼女が一四歳でレイプされていること。ふたつ目は、そのせいで最終的には斬首刑に処されたこと。

ヘンリー八世はキャサリンが処女だと信じていた。生まれた息子がヘンリー八世の血を引くと断言できるように、イングランド王妃は処女でなければいけない。アンが処女でなかったのはおそらく間違いないだろうが、ヘンリー八世は結婚前にその事実を知らされていた。そして、トマス・ワイアットが嘘をついていると信じることに、あるいは、彼の話など気にしないことに決めたのだった。または、アンが長いあいだ彼に体を許さなかったので、ほかの求婚者も拒絶していたと思ったのかもしれない。キャサリンの場合は、アンとは正反対で、彼を拒まなかったし、ベッドでもすばらしかったのだろう。ヘンリー八世はキャサリンが性的技巧に長けている事実を……彼女が彼を愛しているがゆえと考えたのだろうか？　ふたりは愛しあっていたのか？　愛しあっていたら、セックスについての知識が増えるのだろうか？

異性経験のまったくない、または、逆にベッドでの腕前が抜群のパートナーを見つけることはできると思うが、両方兼ね備えた相手は無理だとわたしは思っている。あなたはどちらがいいだろう（わたしは絶対に腕前重視だが、一六世紀のイングランド国王ではない）。

とにかく、ふたりの結婚生活の滑り出しは好調だった。フランス大使シャルル・ド・マリヤックは「国王は彼女にひどく魅了されているので、これ以上ないほどやさしくし、これまでのどの王妃に対してよりも愛情を表現した」と記している。彼女へは何百個という宝石が贈られた。

キャサリンの対応は、自分よりもずっとずっと年上で、もはや満足させてくれる元気もなく、体重がゆうに一〇〇キロを超える年配の男性に溺愛されるティーンエイジャーと同じだった。若い愛人を作ったのだ。ごめんなさい！　年配男性の読者のみなさんには申し訳なく思う。若い女性とかなり年上の男性が愛しあい、幸せな関係を築くのは不可能だという意味ではない。そんな関係も存在する。ただ単に、一〇代のキャサリンが自分の年齢に近い男と寝ているのは、まったく驚くにあたらないという意味だ。

彼女はヘンリー八世と出会う前に男女の関係にあったと考えられている男性を恋人に選んだ。トマス・カルペパーはヘンリー八世の私室に仕える廷臣だった。つまり、宮廷では位が高く、ヘンリー八世自身とはとても近い間柄である。彼は若く魅力的で、かつては多くの女性がヘンリー八世に憧れたように、カルペパーに魅了されていた。キャサリンはヘンリー八世と結婚する前に、彼と情欲的な関係にあったとされ、ふたりが婚約したかどうかと盛んに噂されるほどだった。読者のみなさんには、トマス・カルペパーは強姦犯だったともお知らせしておこう（この章では、たくさんのレイプが出てくる）。宗教活動家のリチャード・ヒレスは『イングランドの宗教改革に関する報告書 *Original Letters Relative to the English Reformation*』の中で次のように述べている。

カルペパーはある庭師の妻を茂みの中で強姦した。なんと卑劣な行為だろう！　彼の命令で、たちの悪い付き人が三、四人で彼女を押さえつけていた。彼はこの犯罪的行為のために村人にとらえられ、さらには、最初に彼をつかまえようとした村人に抵抗したときに相手を殺してしまったにもかかわらず、国王の恩赦によっておとがめなしとなった。

この文書を読んで、わたしは誇らしい気持ちになって興奮してしまった。昔の人々もちゃんと、レイプは同意に基づくセックスとは違うものであり、「卑劣な行為」だと認識していたのだ。文明はきちんと歩みを進めている！　英語の文法が確立されていない時代であっても、すでに、レイプが取るに足りない行為だという考えは過去のものになりつつあった。

この情報はキャサリンには届かず、影響もしなかった。彼女とカルペパーは贈物を交わしはじめた。これは、本章の前半にも出てきたように、宮廷風恋愛が受け入れられていた時代にあっては珍しい話ではまったくない。相手と実際に寝ないかぎり、王妃には崇拝者がいるらしいと見なされるだけだった。しかし、キャサリンはカルペパーに手紙を送りはじめた。次の手紙を読んでみてほしい。彼女の直筆で残っている。

マスター・カルペパー、わたしは心からあなたをお慕いしており、あなたの近況をお聞かせくださるよう願っています。あなたがご病気と耳にしました。なので、あなたからの連絡があるまで心配でなりません。どうされているかお知らせいただけるよう祈っています。これほどあなたと会いたく、また、お話ししたくなったことはありません。こんな時間は短くあってほしいと思います。あなたのことを考えると心が安らぎ、あなたがわたしから離れると想像しただけで胸が痛みます。いつも一緒にいられないとは、なんという運命なのでしょう。でも、わたしはあなたが約束してくださったのを信じています。そして、わたしの侍女レディー・ロッチフォードがいるときに、あなたが来てくださるように祈っています。そうすれば、わたしはあなたのご命令に喜んで従います。あの気の毒な侍従に親切にすると約束してくださったことに感謝します。彼を手放すのを悲しく思います。なぜなら、彼のほかにあなたに手紙を届けてもらえるくらい信頼できる人を知らないからです。なので、わたしがあなたからの知らせを受け取れるよう、彼をそばに置いてやってください。あなたにお願いしたいことがあります。わたしの侍従に馬をお与えください。なんとかして一頭欲しいので、彼が届けてくれるよう祈ります。以前に申しあげたように。このへんで、お手紙を終えることにします。早くお目にかかれることを願いながら。もしあなたがここにいてくださったら、わたしがこうして書きながら、どれほど心を痛めているかおわかりになるでしょう。

命あるかぎり、あなたをお慕いしています。

キャサリン（※Katheryn）

※文書ごとに名前の綴りが違っている。いっそのこと〝カイサン（Kythern）〟と呼ぶことにしようかと思ってしまう。

ここで古い手紙を引用したのは、読者のみなさんにも冗長な文章におつきあい願いたかったからだ。手短にまとめると、キャサリンはカルペパーが病気なので悲しんでいる。そして、馬を欲しがっている。さらには、彼を愛しているので、片時も離れずに一緒にいたいということだ。キャサリンは一〇代の子どものような心配を綴っているが、実際に一〇代なのだから仕方ない。だが、これは言いすぎかもしれない。永遠の愛と馬は、いくつになっても、いつの時代でも、誰もが欲しがるものだろう。ふつうの人は、自分の望みを手紙の行間にうまく隠しているにすぎない。

キャサリンは感情を隠すことができなかった。アン・オブ・クレーヴズは「彼女は自分が望んでいることを我慢できないくらい子どもっぽかった」と言っている。それはかまわないが、〝手紙に書いてはいけない〟のだ。不義を犯した魔女として彼女のいとこの首をはねた男と結婚しておきながら、別の男性にラブレターを送ったこと自体、ホラー映画で廃墟となった工場に女性がひとりで足を踏み入れるのと同じくらい愚かな行為だと思わずにいられない。彼に殺されるに決まっているでしょう、キャサリン！　絶対に死ぬことになるわよ！　彼女には、こんな忠告をしてくれる友達はいなかったのだろうか？

当然の成り行きとして、キャサリンの不倫はばれた。

もしキャサリンがフランシス・デレハムと婚前契約を結んでいれば、ヘンリー八世との婚姻が無効となり、彼女の窮地は救われた。国外追放され、評判は地に落ちるかもしれないが、命は助かる。女子修道院に入るか、外国に行けばいいのだ。

アン・ブーリンなら、この取引を一瞬で受け入れただろう。フランスへ渡り、冗談をたくさん言いながら生き延びたはずだ。キャサリンの場合は、正直であらねばならぬと思い込んでいたのか、ヘンリー八世の愛を取り戻せると愚かにも信じていたのか不明だが、フランシス・デレハムにはレイプされたのであり、事前契約はなかったと主張し続けた。

キャサリンはとても正直なのだと思う。彼女には信念を貫き通す意志があったのだろう。あるいは少なくとも、ひとつの事実は――彼女がレイプされたという事実は――たしかだとかたく信じていたのだろう。これは褒められるべき資質だ。とはいえ、歴史上ではもっとも愚かな行動のひとつだ。古代ローマ人であれば、国外追放は恐怖だったに違いない。なぜなら、それは人間が住まないような荒野での生活を意味したからだ。しかし、一六世紀には状況はそこまで悪くなかった。アン・ブーリンは処刑される前に、ヘンリー八世が斬首を命じる代わりに女子修道院へ行かせてくれることを祈っただろう。とはいえ、彼女が原因でイングランド国教会が成立したことを考慮すると、アンが女子修道院でうまくやっていけたかどうかわからない。

キャサリンは本当に死が迫っているという事実を理解していなかったのだろう。だが、死ぬことになってしまった。キャサリンはアン・ブーリンのような冷静さで処刑を受け入れられなかった。そうできたと見えた瞬間もあった。威厳を保ちながら頭を置く練習ができるように、牢屋に断頭台が運ばれた。ところが、キャサリンはこれを手の込んだ芝居だと思い、すぐに解放されて、甘やかされた若くセクシーな女性としてふたたび生きていくと考えていたのだろう。断頭台にひるむことなく進んでいったアンとは違い、マリヤックによると、キャサリンは「言葉も出ないくらいに憔悴していた」そうだ。おそらく彼女は断頭台で、自分は死刑に処せられるが、「みなさんはわたしの過ちを繰り返さず、罪深い人生を改め、国王の命令にはすべて喜んで従ってほしい」と言ったことだろう。

この結末――歴史的には正しいであろう結末――は当時の道徳観に沿ったもので、アン・ブーリンの最期と同じだと言われている。しかし、わたしはそうは思わない。国王に従うべきだと口にするのは、ヘンリー八世がいい人だとか、ふつうの国王であると言うのとは違う。

キャサリンの話でわたしが好きなのは、彼女が斬首されるときの逸話だ。出どころは定かではないが、この話を信じたい。彼女の最期の言葉は「わたしは王妃ではあるが、むしろ、トマス・カルペパーの妻として死するのだ！」であったという噂がある。そうなのだ。多くの人は、斬首刑を積極的に執行している男よりも、レイプ犯であり、殺人犯としても知られている男の妻でいるほうを望むだろう。二一世紀の読者には、このどちらも受け入れがたい選択だ。しかし、もっと深い意味がある。彼女の言葉が事実とすれば、これはおそらく別れに際して現代人と同じ対応をした最初の例となる。

過去とは盛大な仮装大会ではないと――小説『イングランド、イングランド』の中でジュリアン・バーンズが言っているように――指摘しておくことは常に重要である。中世における人々の振る舞いは現代と同じではない。昨今の映画監督がどれほど同じように描いたとしても（一六世紀の貴族は四六時中汚い言葉でののしっていて、セックス・ピストルズの音楽を聴いている！　いや違う。彼らの多くはラモーンズや、ブロンディを聴いていた）。今日とは人々の関心も根本的に違っている。人生の最終目的は〝幸せでいること〟や〝ワークライフバランスを見出すこと〟だと口にする人などは皆無だった。多くの人にとって、ただ生き延びることが現実的で差し迫った問題だ。そして、どのようにして尊敬されるように生き、死んだらどうやって天国に行くのかが大きな課題だったのである。

アンは完全に時代の価値観に沿ったあり方で死に臨んだ。断頭台で彼女が気にしたのは、自分の気持ちを伝えることではなく、高潔であったと人々の記憶に残り、君主制を維持することだった。

こうした価値観には敬意を表したい。今日でさえ、別れた相手がそれほどいい人ではなかった場合でも、あんなやつと出会わなければよかったとののしるより、悪口を言わないほうが立派な態度だと思われる。相手がヘンリー八世のように明らかにとんでもない場合には、口をつぐんでいることで、あなたは冷静で、寛容な、すばらしい人に見えるものだ。

しかし、現代人にはキャサリンのほうが受け入れやすいだろう。われわれは自分の率直な気持ちを伝えることをよしとする時代に生きている。〝嘘つき〟と嘲笑される人々のことを思い浮かべてみてほしい。〝ありのまま〟であることにこだわるのは、この発言がどう受け取られるかなどと気にしない若者の特権かもしれない。キャサリンが死ぬ間際にわめき散らしていたかもしれない事実は、彼女の若さを感じさせる。わたしは彼女に共感する。彼女の態度は、われわれの多くがティーンエイジャーの頃に恋人と別れて取り乱したのと同じではないだろうか？　もちろん、破局したからといって斬首される人はほぼ皆無だろうが、キャサリンと大差ないだろう。

アンとキャサリンが「どちらの別れ方がすばらしいか勝負しましょう」と言って、映画『マッドマックス』に出てくるサンダードーム［ドーム状の檻］の中で勝負したら、面白いことになるだろう。わたしも読者のみなさんと、歴史映画を観る会のときに戦ってみたい。わたしはアン・ブーリン・チームに入る。わたし以外にもアン・チームに入りたい人がいるのだが、誰かわかるだろうか？　トマス・ワイアットだ。彼はヘンリー八世に彼女と結婚しないほうがいいと忠告したことがある。彼はアンの死を『ワイアットは誠実なれど、無実の罪で敵ばかりに囲われり *Innocentia Veritas Viat Fides*

Curcumdederunt Me Inimici Mei』という詩にしたためた。

血で染まった日々に、わたしの心は傷ついた
わたしの欲望、わたしの若さがふたりを引き裂く
わたしが盲目的に高い地位を目指したがため
急ぐあまりに落ちることとなった
王国には雷鳴が響き渡る

アンが若い頃に才能あふれる詩人と肉体関係を持てたのは幸運だった。彼女の頭の回転の速さと誘惑するような物腰、そして劇的な死を迎えたことにより、アンは愛情を持って偲ばれている。マール・オベロン、ジュヌヴィエーヴ・ビュジョルド、シャーロット・ランプリング、ナタリー・ポートマン、ナタリー・ドーマーといった女優たちがアンの役を務めてきた（各時代でもっとも美しい女優にアン・ブーリンの人生を演じさせるという契約義務があるかのようだ）。アン・ブーリンの味方になる人はたくさんいるだろう。

キャサリン・ハワードのチームのほうが人数は少ないと思う。キャサリンはエミリー・ブラント――死ぬ間際にキャサリンが金切り声をあげるという表現をした女優――やビニー・バーンズが演じ、テレビアニメの『ザ・シンプソンズ』にも登場したことがある。

感情を抑えて、静かにマティーニをすすっているべきだと思ったり、あるいは、何が起こったのか真相を知らせるべきだと考えたりしても、または、相手から捨てられたときに節度を持って振る舞おうが、恥ずべき行為をやってのけようが、人々はあなたの気持ちを理解してくれるだろう。

人がまったく集まらないチームはどこだろう？　ヘンリー八世のところだ。

妻を処刑した事実は彼のためにはならなかった。駐英フランス王国大使ウスタシュ・シャピュイによると、ヘンリー八世はキャサリンの死をどの妻が亡くなったときよりも悲しんだらしい。シャピュイは彼がキャサリンをほかの妻たちよりも愛していたからだとは考えていないが、次のように記している。

国王の悲しみは、まるで一〇番目の夫を亡くした妻が、ほかの九人の死を合わせたよりもひどく嘆く様子にそっくりだと言わなければならない。夫たち全員は立派な人物で、彼女にとってよき伴侶だったにもかかわらず、悲しみの量が違うのは、この妻が九人の夫を埋葬したときには、いつも次の候補がいたからだ。しかし、一〇番目が亡くなったときには、その後釜はいなかった。よって、より深く悲しみ、嘆いたという次第だ。

王妃がアンからキャサリンへと移行するあいだに、ヘンリー八世はハンサムな中年男性から、イングランド国王の肖像画といえば登場する絵に描かれたとおりの、肥満して、骨付き肉をかじるのが似合う外見に変化していた。妻を処刑したりしなければ、もっとすぐれた国王として評価されていたかもしれない。妻との別れ方をしくじったせいで、彼の名声は地に落ちた。

　ふつうなら、こうした話から「別れがあなたの人生を決定づけるのではない。あなたの物語は別れ話を中心に語られるのではない」ということを学べるだろう。しかし、ヘンリー八世はひとりではなく、ふたりの妻の首をはねた。なので、ここから得られるのは、「別れがあなたの人生を決定づけるのではない。あなたの物語は別れ話を中心に語られるのではない。だが、それはひとりのみならず、ふたりも妻を殺したりしない場合にかぎる。そんなことをすれば、確実に妻殺しだけがとりざたされるだろう」という教訓だ。

　アンとキャサリンは首をはねられてしまったが、ふたりともいい印象をもって思い出されるという事実にわたしは喜びを覚える。両者とも映画『アメリカン・スウィートハート』に登場するような美しい女優に演じられている。その一方で、ヘンリー八世は目にたたえる狂気がひどくなりつつある男優ジョナサン・リース＝マイヤーズが演じているのだ。いまの時代の人々がヘンリー八世について質問されると、返ってくるのは「ああ、あの妻を殺した男だろう?」という答えだ。本章の中で、天国へ行けないと思われる人物はヘンリー八世だけだ。アン・ブーリンの最期の言葉も役には立たない。これは悲しいではないか。なぜなら、彼はおそらく一流の植物学者だったのだから。

第五章　婚姻に拷問を課した女帝
アンナ・イヴァノヴナ

男女の別れを経験したことでもたらされる最悪の結果はなんだろうかと尋ねたら、大半の人は「もう誰も愛せないことだ」と答えるだろう。これは恐ろしい！　そんなことにはならないだろうが、もしなったとしたら、とても悲しい。

しかし、それは違う。最悪の結果とは、幸せな人すべてを自分と同じ目にあわせようとして、周りの人間の恋愛関係を片っ端から壊していく、頭のおかしい特殊能力を持った悪役《スーパーヴィラン》になることだろう。逆上して、人を拷問部屋に監禁してしまう。これはまさに最悪だ。

こんなことは、ふつうでは起こらない。人生はマルキ・ド・サドの小説ではない。それに、他人の恋愛に悪質で深刻な影響を及ぼすほどの力を持つ人など、ほとんどいない。幸せなふたりの片方を、または両方を誘惑して、破局させられるかもしれないが、それは最悪なだけでなく、難しいし時間もかかる。口説く相手と真剣な関係になるのを望んでいるのでなければ、労力をかけた割に、こんな計画にはすぐに飽きてしまう。

有り余るほど時間があり、ほぼ無限と言っていい権力を持ちながら、不幸な恋愛経験をした人物をご存じだろうか？　一八世紀のロシア女帝アンナ・イヴァノヴナだ。

アンナは一六九三年にツァーリ・イヴァン五世の娘として生まれた。ツァーリ・イヴァン五世は〝愚かなイヴァン〟とあだ名されていたが、これは実情よりも彼が有能だという印象を与える表現だ。イヴァン五世には知的障害があり、何時間もずっとほぼ植物状態になるほどだった。廷臣たちの支えがなければ歩行も困難で、ツァーリとして式典に携わることしかできず、アンナのおじにあたるピョートル大帝が共同統治者として宮廷の実務を取り仕切っていた。こんな話が残っている。イヴァンとピョートルが若い頃、農奴が宮殿に乱入してきた。ピョートルはその農奴たちを高圧的に撃退したが、イヴァンは縮こまって、おもらしをしてしまったそうだ。そんなわけで、玉座を並べてふたりで共同統治することが決定された。二七歳になる頃にはイヴァン五世はほとんど視力を失い、頭がおかしいと思われていた。

イヴァン五世には五人の子どもがいた。一七世紀後半の女性たちが先を争ってイヴァン五世と結婚しようとしたという事実だけでも、ツァーリという地位がどれほどすごいかわかるだろう。

そんなわけで、アンナはちょっと変わった子ども時代を過ごした。彼女の母親は幸せな女性ではなく、ロシアの古い流儀を守るべきだとかたく信じていた。つまり、女児には教育がほとんど施されなかったので、アンナはかろうじて字が読める程度だった。そして、彼女は美しくなかった。評論家のトマス・カーライルは残酷なことに彼女の頬を〝ウェストファリアンハム（ドイツハム）の塊〟みたいだと言った。身だしなみもひどく、態度も悪かったらしい。だが、踊りは上手だったそうで、のちにバレエ学校を創設する！　これは本章全体でアンナ・イヴァノヴナについて語る上で、数少ない善行のひとつなので、このちょっとしたエピソードを心に留めておいてほしい。

魅力的なところが見あたらない彼女だが、だからといって結婚できなかったわけではない。愚かなイヴァンの話から学んだはずだ。ロシアの皇族であれば、婚姻を阻む要素は何もない。一七一〇年に彼女はクールラント公爵フリードリヒ・ヴィルヘルムと結婚した。

そして、アンナはたいそう喜んだ！　結婚する前に、彼女はこんな手紙を相手に送っている。

わたしたちの婚姻について最高の喜びを覚えます。全能なる神と愛する親戚である皇族の方々のおかげです。それと同時に、殿下がわたしを愛しているとはっきりおっしゃったのが何よりもわたしを幸せにしてくれているとお伝えさせてください。わたしも殿下と同じ気持ちです。次にお会いできる日を待ち望んでおります。そのときには、神の御心どおり、わたしの思いを殿下に直接お伝えしたいと思います。

結婚式は美しかった。アンナは金糸の刺繡が施されたケープをはおり、宝石で飾られたティアラをつけた。式の最後には花火が打ちあげられた。

この式典から二日後に、おじのツァーリ・ピョートル大帝がアンナの結婚を祝して、二組の小人症の男女の婚礼を開催した。これには大変な準備を要した。歴史家リンジー・ヒューズの『ピョートル大帝　*Peter the Great: A Biography*』には次のように書かれている。

ツァーリは……プリンス＝カエサル・ロモダノフスキーにモスクワじゅうの小人症の人々を集めてサンクトペテルブルクへ送るよう指示した。彼らの監督者たちは、金のリボンや男性用かつらを含めた最新のヨーロッパ風の衣服を準備するように命じられた……当日は七〇人ほどがつき添いとして参列。この様子に観客の健常者からは忍び笑いがもれた……見世物になっている人々が農民の生まれで、その場にそぐわない粗野な振る舞いをしているのが余計に笑いを誘った。祝宴では……彼らは会場の中央にしつらえられた縮小サイズのテーブルにつき、その周りに並べられたテーブルに健常者がいて、余興を眺めるという仕組みだった。中でも背中がひどく丸まり、腹が突き出て、脚が湾曲した老人たちが上手に踊れなかったり、酔って転んだり、乱闘騒ぎを起こす様子に、笑いが巻き起こった。

この小人症の男女の結婚式は、アンナの婚礼に対する残酷なパロディだったと考えられる。アンナについては、彼女がどれほど醜く、無作法だったかという辛辣な記述が残っている。この推測は間違っていない。しかしヒューズによると、これはもっと複雑で大きな意味を持つ余興だった。

つまり、アンナだけではなく、ロシア皇室全体に対するピョートル大帝の軽蔑を表していたのだ。「ピョートル大帝が嘲ることを目的に開催する見世物の例にもれず、この小人症の人々の結婚式も象徴的な意味が込められていた。つまり観客たちは、慣れないヨーロッパ風の衣服に身を包んだ縮小版の貴族の男女という、自分たちを風刺した姿を見せつけられたのだ。ピョートル大帝の宮廷の人々は……〝大きくなった〟一人前のヨーロッパ人と見なされるまでに、まだまだ長い道のりがあった」とヒューズは書いている。

ピョートル大帝は小人症の人々をひとつの種族として繁殖させようとしていたらしい。これは本当だ。彼は暇な時間にこの種族を増やしたいと考えていたのだ。

さらに、先端巨大症の人々も増やそうとしていた。小人症の人々の結婚式だけでなく、身長二三〇センチの男性を同じように背の高い女性と結婚させて、標準よりも大きな子どもを産ませようとした。ピョートル大帝は給料を支払って彼を雇い、赤ん坊の格好をさせてパーティーに連れ歩いた。

以前にも言った記憶があるが、テレビがあるのはいいことだ。リアリティ番組を観たり、ビデオゲームをしたりして人々が無駄な時間を過ごしていると文句を言う人は、わかっていない。暇つぶしに持ってこいの頭を使わない娯楽が存在しない世界では、人々が何をしでかすようになるか。彼らは余興のために先端巨大症の人に赤ん坊の服を着せて、笑いものにするのだ。

今日では、ロシア大統領ウラジーミル・プーチンのちょっと変わった行動が話題になったりする。

しかし、歴史的に見てずっと、ロシアの指導者たちは、大帝とまでうたわれた人々でさえも一風変わった趣味があったという事実を、われわれが忘れているだけだ。

アンナとの婚礼から小人症の男女の結婚式にかけて、クールラント公爵フリードリヒ・ヴィルヘルムは大量の酒を飲んだ。ピョートル大帝と飲み比べまでした。本章でツァーリについて読まれたみなさんは、そんなことをするのは無謀だとすでにおわかりだろう。政治学者のマーク・シュラッドは著書『ウォッカ政治：アルコール、独裁政治、そしてロシア連邦の秘密の歴史 *Vodka Politics: Alcohol, Autocracy, and the Secret History of the Russian State*』の中で、「すでに一〇代前半の頃から、ピョートルは朝食のときにウォッカを半リットルとシェリーをひと瓶飲んでいた。出かける前にさらに八本空けるほどだった」と書いている。ピョートル大帝に負けまいとして、フリードリヒはアルコールを飲みすぎたので、婚礼の直後に病気になり、二カ月後に亡くなってしまった。

未亡人になったアンナは、なんとしても再婚したかった。実家に三〇〇通以上もの手紙を送り、夫が欲しいと切々と訴えた。しかし、ピョートル大帝はアンナが完全にあきらめるまで、求婚者をすべて拒絶した。

フリードリヒ・ヴィルヘルムは亡くなってしまったので、これは本書でとりあげる別れ話に〝厳密には〟あてはまらないのではないかという声が聞こえそうだ。ごもっとも。とはいえ、〝カップルの片方が亡くなる〟のを別れと解釈すれば、誰もが別れを経験することになる。『きみに読む物語』は互いの違いに向き合っていたと思われるふたりが、結局は別れてしまった話になるだろう。

本章を飛ばして次に行かれるのであれば、お引き留めするつもりはない。

しかし、あと味の悪い結婚式と再婚を許されなかったことに対するアンナの反応は、まさに驚くべきものだったと思う。恨むのは仕方ないにしても、この恨みがすべてを凌駕してしまった。愛に包まれて幸せな人々を罰し、結婚式を見世物にしようとしたのだ。

愛する人と別れた直後に、通りでいちゃついているカップルを目にして、自分がうめく声を耳にしたときのことを思い出してほしい。そんなことはしない？　ちゃんと自分を抑えている？　それは、それは。わたしはうめくだろうし、おえっと吐くまねをして、ごみを投げつけたくなる。ディケンズの『大いなる遺産』の登場人物で、世の男性に復讐しようとするミス・ハヴィシャムと一緒にパーティーを開くかもしれない。自分に苦痛を与えるものを他人が享受しているのを見て、これ以上ないほど癪に障ることがある。あなたも思いあたるだろう。結婚などするものじゃないと（つまらないジョークをまじえながら）友人に注意する離婚直後の男性や、なぜすべての男は浮気するかを延々と語る、夫から拒絶された妻に（彼女の話は冗談ではなく、間違っているだけだ）。こうした気持ちになるとき、われわれは自分を裏切ったと思う制度に反発しようとする。結婚がうまくいかなければ、きっと結婚という制度に関するすべてを壊したくなるだろう。

この考え方におちいった典型的な例がアンナ・イヴァノヴナだ。事実、彼女については、失恋したときにとった奇妙な行動が、間違いなくいちばん人々の記憶に残っている。

フリードリヒ・ヴィルヘルムが亡くなったために、アンナは（今日のラトビアの一部である）クールラントの統治者になった。その後、意外にも一七三〇年に彼女は全ロシアの女帝かつ専制君主となった。

彼女は女帝になる可能性などなかったのだ。一四歳のピョートル二世が結婚式の前夜（文献によっては当日）に天然痘で亡くなったので、彼女にお鉢が回ってきた。ピョートル二世は飲酒と娯楽に呆けていることで知られ、彼の死は政治的には打撃とはならなかった。彼の主な功績は、農奴が軍隊に入隊するのを禁じて自由を制限したことである。当時の官僚は語っている。「全ロシアは無秩序もはなはだしい……金は誰にも支払われない。財政の将来は神のみぞ知る。誰もができるかぎり盗みを働いている」とくにこの時代、ロシア皇帝にとって結婚は不吉だったようだ。誰ひとりとして幸せになっていない。小人症の夫婦を除いては。

アンナを女帝に選定したとき、最高枢密院は彼女が従順であるものの、必ずしも有能な君主にはならないと考えていた。彼女が即位してすぐ、「われわれは彼女の見識、高い倫理観、そしてまっとうな統治能力には信頼を置いているが、しょせん女性なので、数多くの責務にはうまく対応できないだろう」とロシアのある貴族は語っている。

三〇年後にエカテリーナ二世が女帝になったときには、誰も〝うまく対応できない〟とは考えなかった。なので、女性は男性よりも弱者だという一般的な見方よりも、むしろアンナ自身が不安視されていたのかもしれない。一三歳ですでにアルコール中毒だったり、知的障害が重すぎて歩行も困難だったりする男性支配者に比べると、女性というだけで劣っているとはけっして言いきれない。

アンナが冷酷で不愉快な、かなり変わった女性で、おまけに頬もふくれていたからこのような発言にいたったのだろう。

即位すると同時に、アンナは次のような条件を枢密院から突きつけられた。

ここに、もっとも大切な約束事として、自らの関心と努力を正教会の信仰を維持するのみならず、あらゆる方面にでき得るかぎり広めることに傾けることとする。また、ロシア女帝として戴冠後には、生涯において婚姻することはなく、存命中または死亡後の後継者の指名も行わないものとする。さらに、帝国内すべての安全と繁栄は適切な協議の上に成り立っているので、最高枢密院を現在のとおり八名で運営しながら存続させるものとする。この最高枢密院の許可なく

一．戦争をはじめない。

二．平和を締結しない。

三．忠実な臣民に対して新たに課税しない。

四．誰をも高位——大佐以上——には昇進させない。これは官僚、軍人、さらには陸軍、海軍のいずれにおいても同様である。さらに、誰をも重要な地位に登用することはしない。衛兵や連隊も最高枢密院の管理下に置くものとする。

五. 法廷の許可なくして、貴族の生命、財産、名誉をはく奪しない。
六. いかなる歴史的遺産や村落をも新たに認めない。
七. ロシア人、外国人のいかんを問わず、最高枢密院の許可なくして裁判所の要職に昇進させない。
八. 国家の歳入を使用しない。

そして、いかなるときも忠実な臣民に対して思いやりを示すこととする。以上の誓約を守れない、または遂行に失敗した場合には、ロシア皇帝の地位をはく奪されるものとする。

これらの条件は、アンナが枢密院の傀儡であるかのような印象を与えるものの、理不尽な内容とは思えない。戦争をはじめられないとしたら、一八世紀に支配者でいる意味などあるのだろうかといぶかる人がいるかもしれない。ビデオゲームの『シヴィライゼーション』シリーズをやったことがあれば、いちばん楽しいのは戦争だと知っているから、そんなことを思うのだろう。

アンナは早急に秘密警察を復活させ、自分に反対する官僚ににらみをきかせた。女性が強力な支配者になれないなどと、けっして口にしてはいけない。彼女がシベリアへ更迭した二万人の高位官僚は、二度とそんなことを言わないはずだ。そして、アンナの治世下でロシアはトルコと戦争をした。彼女も多くの人と同じように、〝宣戦布告〟する権利を醍醐味だと考えていたのだろう。

だが、強い支配者といい支配者はまったく別物である。アンナが軍事教練学校と、プロを養成する初のバレエ学校を創設した以外には、内政における目立った変革は見あたらない。「アンナ・イヴァノヴナがロシアのために行ったよきこと」を考えたときに、誰もが思いつくのはこのふたつの功績だけなのだ。

アンナにはピョートル大帝のような指導力は備わっていなかったが、奇妙な行動をする傾向は似ていた。彼女の場合、その行動は単に〝風変わり〟なのではなく、〝サディスティック〟な領域に達していた。自分で殺した小動物についてすべて詳細に記録していた事実はよく知られている。また、母親にたくさんの友人がいるのをうらやましく思い、その存命中の全員を宮廷に招いて自分自身の友達にしようとした。亡くなっている場合には、よく似た人を集めて、彼らのふりをさせた。これくらいなら、たしかに変わっているとはいえ、悪くはない。もっとサディスティックな行為もあった。船乗りをユダヤ教に改宗させようとしたユダヤ教徒を街の広場で生きたまま火あぶりにして、それのみならず、人々があわてて家から逃げ出すように、火災を知らせる鐘を鳴らしたのだ。火災の知らせに人々は動転したものの、ローマ皇帝ネロとは違い、アンナは街に放火することまではしなかった。こうした行いが先端巨大症の人を増やそうとする試みよりも変かどうか決めるのは、読者のみなさんにお任せしよう。

もっとも有名な彼女の残虐行為はプリンス・ミハイル・アレクセイヴィッチ＝ガリツィンに対して行われた。アンナには恋人がいた——よく知られていたのはピョートル・ベストゥージェフ＝

リューミンとエルンスト・ヨハン・フォン・ビロンだった——が、彼女は自分の結婚式で小人症の人々を結婚させるという悪趣味な余興と、再婚を許されなかったという現実から立ち直れなかったと思われる。両親の結婚は完全に政治的な理由からで、ピョートル二世の死が結婚直前だったことなどを考えあわせると、彼女が結婚という制度について好意的な感情を抱くはずがない。そんなわけで、ロシアでも一、二を争う名門一族の出身者プリンス・ミハイルがカトリック教徒のイタリア人女性と結婚したことは、まるで彼が街角で、しかもアンナの目の前で永遠にいちゃついているようなものだった。アンナは愛と結婚はただ嫌っていただけだが、カトリック教徒はひどく嫌悪していた。しかも、プリンス・ミハイルとカトリック教徒の妻は本当に幸せだったことが、アンナの怒りの炎に油を注いだ。

プリンス・ミハイルの妻は結婚後ほどなくして亡くなった。彼にとってはとても悲しいできごととはいえ、読者のみなさんはこれで問題が消えたと思われるだろう。ところが、アンナは違う。そもそも恋に落ちたりしたことの罰として、妻の死ではじゅうぶんだと見なさなかった。彼女はミハイルを宮廷の道化師にした。しかも、ただの道化師ではない。彼はニワトリのまねをしなければならなかった。アンナの謁見の間で巣にうずくまって卵をあたため、客人が来ると、卵を産むまねを披露させられた。

そんなところでどんな会話が交わされたのか不思議で仕方ない。人を思いのままに動かせる立場になったら、「いまからおまえの仕事はニワトリになることだ」と言って、相手がどんな表情をするのか確かめてみてほしい。同意してくれるだろうか？　レストランチェーンの従業員なら、短い期間であればやってくれるだろう。ザ・チーズケーキ・ファクトリーで働く人たちは、客の喜ぶ顔を見たいと真剣に思っているようだから。しかし、妻が亡くなって悲しむ男性にそんなことをさせるなんて恐ろしい。一八世紀のロシア人は宮廷の道化師が面白い話をしたり、笑わせてくれたりするのを期待していなかったに違いない。当時は酒ばかり飲んでいたのだろう。

ふつうはこれで終わりだと思うだろうが、アンナはミハイルをもっと懲らしめたかった。おそらく、彼に――そして、すべての人々に――恋愛と結婚の愚かさを――とくに相手がカトリック教徒である場合には愚行であることを――示して、〝あらゆる不信心者に対して完全勝利をおさめたかった〟のだろう。一七三九年に彼女は高さ一〇メートル、幅二五メートルという巨大な氷の宮殿を建造させる。氷のブロックはすべて〝水で接着〟された。内部には新婚夫婦用の寝室が作られた。もちろん、氷でできている！　ベッドや枕、時計までも氷だ！　外には氷の鳥が巣を作っている氷の木もあった。長い鼻から水を噴き出している氷の象も置かれた。象の中には人が入り、本物らしい鳴き声がするよう角笛を吹いた（昔のロシアではむごい仕事が数えきれないくらいあったのだろう。革命が起こったのも当然だ）。

こんな宮殿を建てさせたのはまったくもって人と金の無駄遣いだ。美しさを楽しむという理由であっても愚かな行為だ。フランス貴族はそうしたことが得意だった。歴史的に見て、贅沢に美しさを追求するあまりに浪費しすぎると必ず革命につながったが、人々は贅を尽くした時代の遺物が好きだ（これからもずっと、ヴェルサイユ宮殿の写真を撮り続けるだろう）。巨大な氷の宮殿は人々に楽しまれ、国の威光を示す建造物になっていたかもしれない。だがそれは、これが使用されずに、一時的なものであったとすればだ。アンナがこの宮殿で命がけの結婚式を催したりしなければ、単にもの好きだという話で片づいていただろう。

これはただの氷の宮殿ではなかった。拷問部屋として使われたのだ。

冷酷なアンナはプリンス・ミハイルを彼女のメイドのひとりである、カルムイク人のアヴドーチャ・イヴァノヴナと結婚させることにした。彼女は年寄りでとても醜かった。なので、この結婚は明らかにプリンスへの褒美ではないし、メイドへの報酬でもない。結婚式の当日、ふたりは道化師の格好をして象に乗せられ、集まった人々に笑いものにされた。うしろには民族的に好ましくないと見なされていた人々や、身体的に障害のある人々が連なった。

この悪趣味な（現代の感覚では面白くもなんともないだろう。そうであることを願う）結婚式は、アンナ自身の結婚式のあとにピョートル大帝が開催した小人症の人々の婚礼を目にして、彼女が感じたことと共通する点が多くあるのだろう。違いは小人症の人々が上流階級のまねをしているのではなく、今回は本物の貴族が見世物になっているところだ。

これはまだ拷問ではない。アンナの基準では、ごくふつうの取るに足りない虐待にすぎない。残酷なのは、結婚式が終わるとすぐに、夫婦が初夜を氷の宮殿の中で迎えさせられたことだ。もちろん全裸で。ロシア史上もっとも寒い冬の日だった。むごいことに、期待される結末はふたりの凍死だ。

しかし、彼らは死ななかった！　翌朝、宮殿から姿を現した。ふたりの愛は心の中で燃え盛るだけでなく、氷の宮殿で体をもあたためる輝かしい炎だったからである。映画『ファンタスティック・フォー』で愛が人々をヒューマン・トーチのジョニー・ストームにしてしまうように、愛が本当に炎に変わった。

というのは嘘だ。脚色しすぎてしまった。彼らが生き延びたのは、花嫁のアヴドーチャ・イヴァノヴナが彼女の真珠を衛兵の外套と交換したからだと考えられている。情熱の炎で生き延びるのは無理でも、賄賂は役に立つ。さらに、夜中じゅう走り回って、目につくものを手あたり次第に壊したのだろう。体を動かすのも効果的というわけだ。

この話の結末は、夫婦が幸せな結婚生活を送り、氷のベッドで過ごした夜に授かった双子が生まれたと一般的には言われている。歴史家の意見は異なり、記録によると、女性のほうは以前から体が弱く、氷の宮殿事件から数日後に亡くなっている。肺炎にかかったようだ。病弱な老女は医療体制の整っていない国では簡単に命を落としてしまう。氷に囲まれて一夜を過ごしたとすれば、なおさらだ。

わたし自身は歴史家がときおり理由もなく悲しい嘘をつくと信じることにしたい。なぜなら、アンナが結婚を嫌悪していたように、歴史家もすべてが丸くおさまる幸せな話が嫌いだからだ。なので、読者のみなさんも、自分の好きな結末を信じればいい。多くの人は双子が生まれる話を好むようだ。

アンナ・イヴァノヴナは翌年の一〇月に腎臓の病気で亡くなる。彼女の恋人だったビロンは氷に閉ざされたシベリアへ更迭された。彼女に世継ぎはおらず、氷の宮殿事件で人々の記憶に残っているにすぎない。

本書で、彼女はヒロインではない。どんな話であろうと、恋愛を否定する人間はけっしてヒロインにはなれない。冷酷で、自分と同じように全員が恋愛をしくじればいいと願う人々は、本章のような話に登場する人物か、あるいは氷の女王のような人間なのだろう。誰もアンナ・イヴァノヴナについてはいいことを言わないし、別れた妻がどんなセックスをしたかを冗談にするような男とはデートしたいと思わない。「怒りを抱えているのは、自分で毒を飲んで、相手が亡くなるのを期待するようなものだ」というブッダの言葉がある。相手は〝死なない〟のだ。あなたが拷問部屋を兼ねた氷の宮殿に閉じ込めたとしても。彼らは生き続け、もしかすると双子に恵まれ、たいていの場合あなたをいらつかせる。

今日まで、アンナはしばしばロシア史上最悪の支配者だと言われてきた。だが、本当はそうではない。本章に登場する人物を見渡せばわかる。彼女の父親のほうがひどい皇帝だった。彼女はロシアの歴史の中で、唯一のサディストではないし、バレエを広めたのはすばらしい文化的功績だ。わたしは彼女が氷の宮殿事件で印象づけたほど恋愛や結婚に反感を抱いていたとは信じていない。彼女は亡くなる直前に、恋人のビロンを摂政に任命するという最期の言葉を記録させている。最終的には、歪んで凍りついていた心は愛によって溶かされたのだ。

恋愛と結婚、そして愛をことほぐ制度は、すべてよきことであり、すばらしい。本当だ。まじめな話、社会をひとつにする力がある。すべての人の恋愛が成就するとはかぎらないし、関係が壊れたときに動揺するのは自然な反応だ。しかし、だからといって、愛があるからこそ、たくさんの人々が朝起きてベッドから出る気になるという事実を変えることはできない。

手痛い失恋をして苦しんでいるときに、驚くような不幸が待ち構えている、と街頭で別れた恋人に言い放ちたくなっても、ちょっと待ってほしい。凍りついた心は溶かすことができるのだ。早まらないでほしい。なぜなら、心の奥底では、また人を愛したい気持ちがあるのは明白だし、どんなに大勢の召使にニワトリのまねをさせたところで、心にぽっかりと空いた穴は埋められない。そして、本章でも語られているとおり、アンナ・イヴァノヴナのように恋愛を否定した人々は恐ろしい顔つきになるのである。

第六章　妻を幽霊にした富豪
ティモシー・デクスター

幽霊《ゴースト》が不意に姿を消すように、相手との連絡がぱったりと途絶える《ゴースティング》経験はあるだろうか？　何度かデートをしたのちに、相手が電話にも出ず、メールにも返信をくれなくなるという、なんだか納得のいかない関係の終わり方だ。別れを宣告されたのではなく、相手がまるで……宙に消えてしまったようだ。あなたか相手のどちらかがもはや存在しないかのように。あたかも、相手は完全に別の次元で暮らすことを選んだかのように。

これは不愉快だ。

ゴーストのように消えるという別れ方は、気に入らないが理解はできる。泣いたりわめいたりといった、別れにつきものの修羅場がない。しかし、思いやりに欠ける。突然姿を消されたほうは、あきらめがつかないし、どうして相手は急に連絡を絶ったのだろうかと思い悩む。亡くなった可能性はもちろん、誘拐されて売り飛ばされたのではないかと想像してしまう。

だが、これとは比べものにならないほど腹立たしい状況をご存じだろうか？　あなたの夫が周囲の人々に「妻は本当にゴーストなんです」と言いふらすことだ。

あなたはティモシー・デクスターと結婚していなくて幸いだ。

ティモシーは一八世紀の実業家で、当時の基準からしてもおかしいくらいに常軌を逸した行動で知られていた。また、実在した中でもっとも幸運な変わり者と言えるだろう。彼は自伝で、「わたしは偉大な力が渦巻いていた一七四七年一月二二日に生まれた。この日の朝は激しい吹雪だった。ホロスコープの第七室に天体があった。木星がキャンドルを手にして控えているところに、火星が入っていた。わたしは偉大な人物になるよう定められていた」と語っている。生まれた日に空に二重の虹がかかっていたという、北朝鮮の金正日の数段上をいっている。

しかし、偉大な力というのは、あながち間違いではなかった。ティモシー・デクスターは莫大な富を得た。学校教育は受けずに、一〇代のときに皮をなめしたり、整えたりする皮革の仕上げ職人の見習いになった。二二歳でマサチューセッツ州ニューベリーポートに暮らす裕福なエリザベス・フロシンガム卿未亡人と結婚し、彼女の家に移り住んだ。エリザベスは彼よりも一〇歳年上だった。結婚生活は順調な滑り出しだったようだ。互いを好きで、彼女はおそらく野心的な年下の男性との結婚を喜んでいたと思われる。ティモシーは『エセックス・ジャーナル』紙にヒツジやシカ、ヘラジカの革の広告を掲載して自分の事業を営み、エリザベスは自宅の小さな店舗で果物や野菜を売っていた。夫妻は一七七一年に娘、一七七六年には息子というふたりの子宝にも恵まれた。

多くの人々にとって、こうした生活はじゅうぶんだと感じられるだろう。ティモシーは裕福な女性との結婚によって社会的地位があがり、夫婦で居心地のいい暮らしを営めたはずだ。しかし、ティモシー・デクスターにはもっと大きな野望があった。上流階級に受け入れられることを望んでいたのだ。そこで官庁での役職を求めてニューベリーポートの政府議会に嘆願をはじめた。残念ながら、かろうじて読み書きができる程度だったので、嘆願書はほとんど理解不可能だった。最終的には、そんな書類を解読するのに疲れたらしく、議会は彼に〝シカの情報提供者〟という役職を与えた。これはシカ狩りを奨励するという仕事だった。実際にシカをとるために招集されることはなかったが（そもそも、なぜそんな必要があるのか？）、一七八八年まで毎年この役職に再選された。

ティモシーはこの仕事を真剣にとらえていたものの、周りの（意地悪な）人々は彼を救いようのないばかだと思っており、投資でしくじるようにだまそうとした。われわれはここから、ティモシー・デクスターが抜け目のない実業家なのか、もっとも幸運な男なのか見極めなければならない。彼はふつうでは大失敗が約束されたような商売で大成功をおさめたからだ。

ティモシーはアメリカの独立戦争の終わりに議会が発行していた大陸通貨を大量に購入するようにすすめられた。これは紙くずも同然で、無価値な物事を言い表すのに〝大陸通貨ほどの価値もない〟という表現があったほどである。だが意外にも、合衆国政府は独立戦争後に、大陸通貨を額面価格の一パーセントで長期国債と交換できることに決定した。無価値な通貨に価値がついたのだ。ティモシーは大量の大陸通貨をただに等しい値段でかき集めていたので、突如として非常に裕福になった。

ティモシーはこの儲けをつぎ込んで商船を二隻手に入れた。とはいえ、どんな積荷を運ぶのかは決めていない。多くのイギリス製品が合衆国を経由して西インド諸島へ送られているのに目をつけた。人より抜きん出るには、まだ誰も輸出していない商品を見つける必要があった。彼は、ベッドをあたためる真鍮製のあんかを扱っている業者はいないことに気づいた。

もちろん、いないに決まっている。あんかは凍えるような夜にベッドをあたためるために使うのであって、西インド諸島は寒くない。商船の船長は頭の切れる男で、積荷が役に立たないことに気づくと、連絡の行き違いがあったのだろうと思い、あんかに長い柄をつけて、現地で製造されている糖蜜をすくう道具として売りだした。これが飛ぶように売れたので、ティモシーはさらに裕福になった。

この話を聞いて、人々は彼に、ウールの帽子と手袋を南で売ればいいと冗談ですすめた。それはいい案だとティモシーは考えた。アフリカのギニアにはウールの帽子と手袋などないのだ！　彼がウールの製品を熱帯気候のギニアへ送ると、不思議なことに、シベリアへ向かう途中のアジア人の商人たちに（高い値段で）売れた。

ティモシーの幸運は誰も想像がつかない展開で続いた。大量のクジラが死んでいると聞きつけ、すべてを買い占めて、大儲けした。クジラの骨はコルセットの材料だったからだ。

この頃までには、人々はティモシーの常軌を逸した、理屈ではまったく説明のつかない偶然に首をかしげ、同時に憤りも感じるようになっていた。そこで、今度は「石炭をニューカッスルへ送る」ようにティモシーは提案された。ニューカッスルは石炭の産地である。街の人々すべてが石炭産業に携わっているのだ。このため、〝ニューカッスルで石炭を売る〟は的外れなことをする意味のことわざになっているほどだ。ティモシー・デクスターは明らかにこの言い回しを知らなかったようで、大量の石炭をニューカッスルへ発送した。すると偶然にも、積荷は石炭の採掘労働者たちがストライキを行っている最中に到着した。これ以降彼は「金儲けをする方法とは？　なんでも船で送ることだ。文字どおり、なんでもいい。品物を船に積み込んで、それがないところに送ればいい。そうするだけで、帰りの船は金でいっぱいになる」と考えたようだ。そして、のら猫をカリブ海域諸島へ送った。すると、その頃ちょうど問題となっていたネズミの駆除のために、大歓迎された。

ティモシー・デクスターは当代きっての金持ちになった。計り知れないほどの幸運の持ち主だったので、商人たちは彼に品物を売りたがらなかった。なぜなら、ティモシー・デクスターが何か買えば、その値段が跳ねあがってしまうからだ。

彼の成功から学べることは、次のふたつだろう。一．人からの忠告は常に聞くこと。悪意ある他人があなたをだまそうとしたり、あなたを笑いものにしたりしても、その忠告を着実に守ること。二．大切なのは、悪魔との契約で、できるかぎり早く魂を売り渡すこと（ここではっきり言っておかなければならない。ティモシーは商売上の決断を下すときにはいつも、ニューベリーポートに住むマダム・フーパーという占い師のもとに通っていた。悪魔との契約はこれまでにも何度も交わされてきた。そうでなければ、小説『フィフティ・シェイズ・オブ・グレイ』が売れる説明がつかない）。生涯を通して、ティモシーは地元を大切にして、〝シカの情報提供者〟の仕事にまじめに取り組んでいた。さらに、教会の鐘を購入する資金を寄付し、貧しい人々を気前よく助けた。もしも一七九三年に悪名高い〝ディア島〟演説を行わなければ、彼への評価もあがっていたかもしれない。この演説は観衆が〝まさにキケロのように雄弁だ〟と嫌味を言うほどだった。この演説で意図されていた内容は失われているが、次の記録が残っている。

ミスター・マイコール、そして、みなさん。ブラントとロビンソンは先に発行された『ヘラルド』紙に、わたしがディア島についての演説をフランス語で行ったのが四度目だと書いてくれました。この演説をいまは英語でお届けしています。記事にする価値があると思われたら、そうなさってください。わたしは無礼にも演台や舞台をひっくり返そうとする、行儀の悪い若者のために話すのではありません。わたしがフランス語を習ったことなどないとお考えのみなさんは、わたしがフランス語で話そうとするのを聴いて驚かれるでしょう。しかし、お集まりのみなさんが、フランス人は身振り手振りで表現し、イギリス人もそうすることで雄弁に表現できるので、言葉を発せずとも舞台を演じることが可能であるとおわかりになれば、不思議に思われることもなくなるでしょう。

ティモシーは英語しか理解できない聴衆に、〝フランス語を話せないのに〟フランス語で演説をしようとしたのだ。フランス語というものは単純な手振りをあれこれすることだと思っていたらしい。まるで、テレビのコメディ『サーティー・ロック』でハンサムな登場人物がただ強引に振る舞うことで、レストランでメニューに載っていないものをたやすく注文したり、どこへ行ってもすばらしいサービスを受けたりするのをやってのける話に似ている。アレック・ボールドウィンが扮した美男子の台詞に、三〇代半ばまでは彼がとてもハンサムだったので、流ちょうにフランス語が話せると周りから思われていたというくだりがある。

ティモシー・デクスターは裕福だったが、それほどまでに美男子ではなかった。彼がフランス語をまねた演説は、彼がのっていた台をひっくり返されて強制的に終了させられた。ティモシー・デクスターの話を聞いて、「ああ、演説を理解できなくて残念だ。わたしに彼のアクセントを聞き取る力がないせいだ」と思う人は誰もいなかった。

ここで、ティモシーの妻エリザベスがこの一件についてどう思ったか考える必要があるだろう（彼はまだ彼女をゴースト呼ばわりしていない）。当初は彼女もティモシーが妻の収入に頼りきりになる可能性を心配したかもしれないが、夫が家計を支えられないという理由で責めたりはしなかっただろう。しかし、彼は金を稼げば稼ぐほど、とっぴな行動をするようになった。エリザベスがティモシーと出会ったときから、彼女は洗練された女性だった。つまり、彼女はフランス語が単に身振り手振りではないと知っていただろう。結婚当初の中産階級の暮らしからは大きな飛躍を遂げていたにもかかわらず、彼女は恥ずかしかったに違いない。

ティモシーはチェスターに巨大な屋敷を購入した。これはディア島の演説と同じくらい奇妙なものだった。イスラム寺院のような光塔があり、ドーム形の屋根の上には翼を広げたワシがついている。庭には彼が〝偉大だ〟と考える人々の彫像が四〇体もあった。たとえば、第二代アメリカ大統領ジョン・アダムズ、初代大統領ジョージ・ワシントン、巡回牧師、イギリス国王ジョージ四世、アメリカ先住民の酋長、そして……彼自身だ。彼の彫像は二体もある（読者のみなさんは、こんなことでは驚かないかもしれないが）。これらはすべて派手な色で塗られ、本人に似せて作られているとはかぎらない。たとえば、独立戦争で活躍したモーガン将軍はナポレオン・ボナパルトのようだった。

この頃から、ティモシーは自分を〝貴族〟と呼ぶようになっていた。とても裕福な人物が貴族であると誤解していたようだ。彼は貴族ではない。

季刊誌『エセックスの昔　*the Essex Antiquarian*』には、「彼は自らを〝チェスターの王〟であると言い、近隣の住民に王のような特権を振りかざすようになった。しかし、人々はこの厚かましくずうずうしい行為を、馬用の鞭をふるってやめさせた」と記されている。それでも、彼は冗談で自分のことをニューベリーポート侯爵と名乗ることがあった。フランス革命を生き延びたルイ一六世の身内を屋敷に滞在するように招いていたので、この呼び名は許容されるのかもしれない。

〝ティモシー・デクスター卿の桂冠詩人〟と名乗るジョナサン・プラマーはこの屋敷について次の

ように詠っている。

彼の屋敷は甘い芳香に満ちている
豪華な家具が各部屋に置かれ
屋敷の内にも外にも装飾が施されている
そして、屋根の上にはワシの姿がある

白く塗られ、緑に囲まれた彼の屋敷は
数キロ先からも見える
星のように輝き
その威光は彼方まで届く

彼の命によって作られた
彫像が立ち並ぶ
彼の帰りを歓迎するように
デクスター卿を見つめる

四頭のライオンが扉を守る
デクスター卿や屋敷に
襲いかかろうとする敵に
食らいつくかのように大きく口を開けている

これはいままでにない派手で大袈裟な屋敷だった。ライオンがいるとは！　巨大な彫像まで！上品なコロニアル様式が主流を占めた建国当初のアメリカでは、立派だが趣味が悪いと考えられた。独立宣言を起草した第三代大統領ジェファーソンを模した彫像に〝合衆国憲法〟と書かれた巻物を持たせようとしたときに、ティモシーは反対にあったようだ。本来なら〝独立宣言〟を持たせるべきだと彫刻家はわかっていたので、ティモシーの言うことに従わなかったのだ。あるとき、見知らぬ人が屋敷を見ていると、ティモシーは息子に彼を撃つように命じた。息子がいやがると、ティモシーは自分で彼を撃つと言い出した。怖くなった息子は、その見知らぬ人を撃った。しかし、幸いなことに銃弾はあたらなかった。

こうした話を、ティモシーをうらやむ同業者や、派手な成金の新参者（または光塔！）を嫌う気取った人々によるほら話だと考えるとすれば、ティモシー・デクスターが一八〇二年に書いた自叙伝『できる男のピクルス　*A Pickle for the Knowing One*』を読んでいないからだろう。

この本は一般的に『ピクルス』と呼ばれているが、彼がこんな題名を選んだ理由は誰にもわからない。この題名がつけられたのは、ピクルスという言葉が一五六二年に作られたジョン・ヘイウッドの詩で使われていたような、別の意味を持っていたからだと考えられる。

ときは過ぎる
運は移り気だ
人ははかない
はかなさは苦しみである

最後の行の〝苦しみ〟が〝ピクルス〟の元の意味なのだ。しかし正直なところ、真実は誰にもわからないし、〝できる男〟も理解していない。もしかすると、ティモシーは単にピクルスが好きだっただけかもしれない。彼のようにフランス語を話せば、理解できるのだろうか。この本は〝古今東西でいちばん、そして、西洋でもっとも偉大な哲学者であるティモシー・デクスター卿〟によって書かれた。読者のみなさんも自叙伝を執筆するときには、愉快で尊大な自己紹介を冒頭に書かれるといいだろう。大胆になるのがコツだ。

ティモシーの生涯が支離滅裂に自己流に綴られている。句読点がまったく使われていない。西洋でもっとも偉大な哲学者なら少しくらいは句読点を使うべきだ（ありがたいことに、もはや一六世紀ではないのだから）と指摘されたので、第二版では（八部が印刷されただけだが）、デクスターは巻末に句読点を列挙したページをつけ加えた。なので、読者は自分で必要なところに句読点を打つか、または彼が言うように「じゅうぶんな数の句読点をつけ加えたので、好きなところに振れる」ようになった。

彼の壮大な屋敷にはすばらしい図書室があった（しかし、ティモシーはそれほど利用しなかった）という話に加えて、シカの情報提供者であるティモシー・デクスター卿は私生活では幸せではなかったと『ピクルス』には記されている。エリザベスと折りあいが悪かったのだ。ティモシーはこの薄い本の中で不満をぶちまけている。全部で二〇ページほどしかないのだが、妻である口やかましいゴーストの悪口にページの大半が費やされている。そうなのだ、彼のゴーストになった妻である。

この時点で、ティモシーとエリザベスは結婚して三二年になっていたものの、手に手をとって老後を送る夫婦ではなかった。ティモシーはエリザベスが老境ではなく、死後の世界に入っているかのような態度をとることに決めたのだ。彼は妻がゴーストになったと説明した。そう聞くと、ふつうはこう思うだろう。「なんと、エリザベスが亡くなったって？　時代はアメリカの建国当初だ。『スリーピー・ホローの伝説』といった物語もあるように、いろいろな迷信が信じられていたのだろう。妻に先立たれて嘆き悲しむ男性が妻のゴーストを見たという話はたくさんあったはずだ。おそらく当時の人々には、認知症を発症していても初期の場合にはわからなかったのだろう！　気の毒な話だが、これで説明がつく」

ところが、ティモシーは次のように書いているのだ。句読点はつけ加えてある。

ゴーストの攻撃から身を守るために、屋敷と土地、およびこれに付随するすべてを売却する。さて、正直なみなさま。三五年間にわたってこの世でゴーストとともに暮らしていたわたしを憐れんでください。ゴーストとは、わたしが結婚し、ふたりの子どもを持つにいたった女性です。娘はエイブラハム主教と結婚しています。この厄介ごとは言葉では説明できないほどです。九年もの混乱した生活のせいで、この三ヵ月間は棺桶で寝ています。この中なら、ゴーストに襲われることはありません。そうでないと眠れません。わたしの命を守るために、屋敷を売ります。このまますべて売りに出します。洪水にあったノアの箱舟のように、わたしにはどこにも持っていけないので、すべてをつけましょう。馬、馬車、皿、聖書、さらに本をもう一冊。わたしひとりに体が三つあっても足りないくらいです。医者を見つけるのに一時間はかかるでしょう。ゴーストたちにつけられた頭の傷を診てもらいます。アーメン。

この前の段落には、次のような文言がある。「妻のゴーストのせいで、石工になれない。この屋敷を手放すようにゴーストと契約した」

このゴーストと別れるために、所有しているすべてを手放し、豪華壮麗な屋敷からも離れることをいとわないという。屋敷にとりついたゴーストを払いのけるのは本当に大変だ。映画『ビートルジュース』を観ればよくわかる。ここで大切な点は、エリザベスが元気に生きていることだ。ティモシーの妻は死んでなどいない。彼女は夫に物を投げつけ、彼の人生をみじめなものにして、光塔のついた派手な屋敷を嫌っているようだ。こうした行いがゴーストによるものだと考えられているからといって、妻がゴーストであるという証明には必ずしもならない。わたしの知るかぎり、ゴーストは夫が石工になろうがなるまいが気にしない。この部分はティモシーが奇妙なことを言っている可能性もある。

読者のみなさんはこのへんで、離婚という選択肢が当時はなかったのかもしれないと思われるだろう。わたしはそう思った。なぜなら、建国当初のアメリカといえば、ピューリタンやジョージ・ワシントンの木製の入歯、『リップ・ヴァン・ウィンクル』の話などを思い浮かべるが、この中のどこにも離婚は出てこない。しかし、じつは離婚は珍しいことではなかった。実際にティモシーの娘は結婚して三年で、一七九七年に離婚している。ティモシーは自分の子どもたちに関心がなかったと言われているものの、離婚を理由に娘と縁を切ったりしていない。なので、彼は結婚の誓約の〝死がふたりを分かつまで〟という部分に特別な思い入れがあったと考える理由はない。結婚生活が不幸であれば、一緒に暮らして、あれこれ物を投げつける妻が存在していないふりをするよりも、離婚するほうが簡単だったはずだ。

ティモシーの一連の話を、ちょっと奇妙な精神錯乱だと書きたくもなる。彼はもっともらしい理由をつけて妻が死んでいると信じていたのかもしれない。結局のところ、とても幸運な変わり者で、誰かがまことしやかな話をすれば、それが明らかに嘘だったとしても簡単に信じてしまうのだろう。

彼がニューカッスルに石炭を売るのがいい考えだと真に受けるほど人を疑わないのであれば、他人からおまえの妻は死んでいると言われたら信じるのではないだろうか。

しかし、そうではないと見て取れる。自分が死んだふりをできたのだから、ティモシーは死というものを理解していたのはたしかなのだ。

彼はかなりのあいだ周囲の人々に妻が亡くなったとふれ回っていた。客人が屋敷に来て、まさに彼の妻が生きた人間として生活しているのを目にすると、ティモシーはあの〝怒りっぽい〟存在は無視するようにと言った。彼は死というものに心を奪われ、妻と一緒のベッドではなく、棺桶に寝るようになった。それはとても美しい棺桶だったそうで、マホガニーと銀でできており、内側は丁寧に布で覆われていた。彼は屋敷に客が来ると、この棺桶を喜んで披露した。

ほどなくして、ティモシーは自分が死んだふりをすることに決めた。正直なところ、自分の葬儀に参列するのがすばらしいと思わない人がいるだろうか？　誰もが思うだろう。参加者の全員があなたのことを褒めてくれるパーティーなのだ。ティモシー・デクスターにはとくにわくわくする理由があったようだ。プラマーの詩に次のようなくだりがある。

デクスターが亡くなると、すべてが悲しみに沈んだ
東、西、そして北の王たちは落胆した
堂々たる南の王がやってきて

彼の亡骸を墓に横たえた

人々はティモシーの遺体を遠くへ運ぶ必要はなかった。彼は庭に墓を準備していたのだ。ティモシーの葬儀には全員が参列した。妻も子どもたちも、事前に彼が喪服を買っておいたのだ。たしかに、彼は町でもっとも有名な人物だった。なので、会葬者は多い。詩に詠われた東西南北すべての王は来なかったが、彼らは実在しないのだから仕方ない。三〇〇〇人が集まり、正装安置されているティモシーはすべてにおいて満足そうだった。しかし、それも妻の悲しみ方がじゅうぶんではないと気づくまでだった。

もしかすると、彼女は実在しないと彼が人々に言いふらしていたせいかもしれない。とにかく、参列者すべての前でティモシーは起きあがると、元気な姿で、泣き方が足りないと言ってエリザベスを鞭で打ちはじめた。そして、屋敷の窓から金を投げた。彼の息子は大泣きしていた。これは、息子がひどく酔っていたからで、もしかすると頭のおかしいティモシーの息子だったというのも理由かもしれない。

『ピクルス』の序文には、ティモシー・デクスターは「アルコール依存症で、息子や友人とともに、屋敷のすばらしい部屋でどんちゃん騒ぎを繰り返したので、すぐに高価な家具は壊されたり、傷ついたりした」と書かれている。アルコール依存症が数々の奇行の原因だったのだろう。妻がゴーストだと周囲に言い続けるのは、愛した人と縁を切るにはもっとも奇妙なやり方である。

ティモシーは一八〇六年に本当に亡くなった。ゴーストではなく、どこからどう見ても人間で、長いあいだつらい思いをしてきた妻はその三年後に亡くなる。

自宅の一階で妻と一緒に――ブルックリンに住む可愛らしい夫婦のように――小売り店を営んでいた彼が、彼女をゴースト呼ばわりして、人前で鞭を打つまでになったのが不可解だ。われわれの多くが別れを経験したときに思うのと同様、ティモシーはエリザベスの存在がなくなったと口にしていたにもかかわらず、にせの葬儀に参列していた妻から愛され、承認されていると感じたかったのだ。彼女にはそれが茶番だとばれていても！　彼は妻に、夫が亡くなったと考えただけで涙してほしかったのだろう。経緯はどうであれ、妻から愛され続けたいと思っていた。少なくとも、にせの葬儀では誰よりも激しく泣き崩れてほしかったのだ。

われわれはかつて親しかった人を、いまは亡き者にしようとすることがある。人をゴーストにする方法はいくつかあるだろう。たとえば、別れた相手からの連絡をことごとく拒絶したり、パーティーで顔を合わせたときに（礼儀正しくうなずきながら、あるいは背中に氷のように冷たい風があたったかのように踵を返して、反対側の部屋のすみへ逃げて）無視したりするのだ。いずれにしても、すばらしい破局などない。幸せな関係であれば、別れる必要などまったくないのだ。別れた相手を意図的に無視しているあいだは、冷静に自分の感情を抑制できる。しかし、相手があなたのことを完全にふっきったような兆候を感じたら、そんな態度も維持できない。フェイスブックに新しい友達と楽しそうにしている写真ばかり投稿したり、にせの葬儀でじゅうぶんに悲しんでくれなかったりしたら――あなたは正気とは思えない行動をとりたい気持ちになるだろう。別れた人をゴーストにしても、何も解決しない。あなたがゴーストにした相手は気持ちがおさまらないし、あなた自身もけじめがつかないために、関係が復活するかもしれないという期待を捨てきれないのだ。そしてある日、その関係が完全に終わったのが明確になると、棺桶から飛び起きて妻を鞭で打ったり、窓から金をばらまいたりしてしまうのだ。

イングランド王ヘンリー八世でもないかぎり、別れた相手の存在を亡き者にして関係を絶つ方法などないだろう。別れは気持ちいいものではないが、相手をゴーストのように存在しないものにするよりも、どこかの時点で「これからは別々の道を行く」という意思表示をするのが大切だろう。通りすがりにばったり会ったときに、取り乱さない方法も見つけるといい。シカの情報提供者にして、史上最高に幸運な男であるティモシー・デクスターにさえ、妻がゴーストだというふりを貫き通せなかったのだ。ほかの誰にもできるわけがない。

第七章　別れた恋人に血まみれの手紙を
キャロライン・ラムとバイロン卿

愛する人と別れたあとで、相手にばかな手紙を書いたことのない人というのは、人間味に欠けているか、ひどい失恋を経験したことがないのだろう。ふつうはみな、後悔していることを手紙やメールで送ってしまうものだ。

こうしたやりとりは、相手の持ち物を送るのにかこつけて行われたりもする。たとえば、出ていった彼女がスマートフォンを置きっぱなしにしていた場合、きちんと梱包して「血も涙もないサキュバス［女性姿の夢魔］へ。スマホを忘れていたよ」という手紙をつけるのが礼儀にかなっているだろう。このとおりに書かないほうがいいのはもちろんだ（元彼に書くときには、サキュバスをインキュバス）［男性姿の夢魔］に変えればいい）。

本当に連絡をとるのが必要な場合だけでなく、居間のテーブルの上に恋人が忘れていったのがただ単にビックの青ボールペン四本だったり、一緒に公園で過ごしたときに彼のコートについた葉っぱが落ちているのを見つけたりしただけでも、すぐに返してあげなければならないと思う。そして「あなたが筆記用具にこだわりがあったのを知っているから、送るわね。葉っぱも一緒に」という手紙を書く。あなたがどこにでも売っているボールペンや葉っぱを送る――または反対に、怒りながら返してくれと要求する――とき、この行動の裏にある本心は、連絡をとり続けたいという未練だ。心の底では、こうした思い出の品が別れた相手に、ふたりがかつて抱いていた気持ちを思い出させてくれるのを願っている。愛した人が手紙や丁寧に包まれた荷物を開けて、「リサがぼくにボールペン四本と葉っぱを送ってくれるなんて。いったい、自分は何を考えていたんだろう？　彼女をずっと愛してきたじゃないか。ほかの誰を愛するよりも強く」とつぶやいてくれるのを夢見るのだ。

これはあり得ない話ではない。もしかすると、古いものや、どこかから出てきたものがきっかけで、相手にあなたとよりを戻させることはできるだろう。しかし、あなたへの気持ちを再燃させられないものがある。そのひとつは、血にまみれた陰毛だ。だが、バイロン卿の愛人キャロライン・ラムは躊躇しなかった。

ふたりの破局後に、彼女は彼に手紙を書いて、何かを交換しようと提案した。それは良識ある人の手紙とは違い、次のように書いてあった。「わたしはあなたに血は勘弁してくださいと頼みましたが、やはり送ってください。もしもそれが愛を意味するのであれば、持っていたいからです。わたしは生え際近くで毛を切りすぎたので、必要以上に出血してしまいました。同じ間違いはなさらないでください。はさみの先端を生え際に近づけすぎないでください。早く腕か手首から血を採ってください。どうぞお気をつけて」この手紙には「あなたの野生のレイヨウより」という署名があったが、状況から考えると「毛を刈ったレイヨウ」という表現のほうが適切だろう。

読者のみなさんは、別れた相手に血まみれの陰毛を送りつけて、その代わりに血を送ってくれと要求したことがあるだろうか？　いや、ないだろう。みなさんは感情を抑えられるし、体の隠すべきところは隠しているはずだ。

こんなことがうまくいくのか？　と思っているだろう。もちろん、答えはノーだ。うまくいくはずがない。

いったいどんな女性が陰毛を送るのだろう？　キャロラインは一七八五年にキャロライン・ポンソビー閣下として生まれた。第三代ベスバラ伯爵とベスバラ伯爵夫人ヘンリエッタのひとり娘だ。七歳のときにおばのジョージアナから、キャロラインは「とてもいたずら好きで、頭に浮かんだことをすべて口にする」し、「好きなものに対しては異常なほどの欲望を示す」と言われた。彼女はおかしな質問をたくさんしたり、家具を飛び越えたりしていた。物心がつくと、嫌いな相手に対して、顔が真っ青になるほど悲鳴をあげ続けた。彼女はこの性癖を改めることなく、「両親がほんの少しでもつきあうのは我慢できないと思っている人々を、子どもに押しつけるのが平然と行われているからだ」と言って正当化している。

彼女は人の好き嫌いが激しかった。一〇代の頃には、エアリアル〔空気の精〕やスプライト〔妖精〕、若い野蛮人といったあだ名がつけられ、神経を鎮めるためにアヘンチンキを服用するようになっていた。

一八〇五年、キャロラインが一九歳のとき、初代メルバーン子爵の子息であるウィリアム・ラムに出会った。彼女はすぐに、彼に対して舌足らずな赤ちゃん言葉で話すようになった。これは現在でも、細身のブロンドの娘たちがやっていることで、効果的なようだ。キャロラインとウィリアムも、少なくとも最初の頃はとても幸せだった。キャロラインは彼のあとをついてまわり、膝の上に座りたがった。こんなことをしていると、いまでは眉をひそめられるだろうが、当時は可愛らしく映ったようだ。

ウィリアム・ラムはきわめて礼儀正しい男性だったと言われている。一八三四年には首相になり、キャロラインが亡くなって六年後には、ヴィクトリア女王の大切な相談相手になった。彼は「寛容で、正直であり、身勝手なところがない」と評されていた。悲しいかな、このような人となりに熱狂する女性はめったにいない。

彼らは結婚すると、ふたりの子どもに恵まれた。だが悲しいことに、一八〇七年に誕生した長男には精神障害があった。今日では自閉症だと考えられている。一八〇九年に生まれた娘は、誕生してすぐに亡くなってしまう。ふたりの性生活はうまくいかなかった。一八一〇年にキャロラインは次のように記している。「彼はわたしを堅物呼ばわりして、上品ぶっていると言います。わたしが聞いたこともない、知らないこと——そして、この世でもっとも邪悪だと感じられ、耳にしたこともないような嫌悪感を抱くこと——をやらせて楽しんでいるのです。そのせいで、気づかないうちに少しずつ道徳観が麻痺し、この短いあいだに倫理観がゆるくなってしまいました」

これを読むと、ウィリアムがフェラチオを要求したり、明かりをつけたままセックスをしたがったりするので、キャロラインが言葉にできないほど不快に感じているように思われる。だが、それは違う！　陰毛を切り取って人に送りつけるような女性が、そんなにおかたいわけがない。ウィリアムが蠟燭を消さないでセックスしたがっても、彼女は気にしなかったはずだ。時代物のドラマをたくさん観てきた経験から言わせてもらうと、一八一〇年当時、とくに堅物ではない人々にとって、それはごくふつうのことだった。

しかし、ドラマは現実ではない。のちにささやかれた噂によると、ウィリアムは叩くことで性的興奮を覚えたのみならず（キャロラインはこのせいで彼の前では子どものように振る舞っていたのかもしれない）、女性を鞭で打つことで快感を得ていた。この夫婦は互いに満足できなかったのだ。

二年後の一八一二年、キャロラインはバイロン卿に出会った。彼は『チャイルド・ハロルドの巡礼』を出版しており、一八〇〇年代においてロックスターのような存在で、キャロラインは彼の大ファンだった。彼女の友人たちがバイロン卿のことを、醜く、内反足で、病的に爪をかんでいる（当時の女性は爪をかむ男性をひどく嫌っていたようだ）と酷評しても、キャロラインは「彼がイソップみたいに醜くても、わたしは彼を知りたいの」と言い返すのだった。しかし、友人のレディー・ウェストモーランドの屋敷で紹介されたときには、彼女はバイロン卿とその取り巻きたちから逃げてしまった。知りあう機会を逃して後悔したのか、勝手に焼きもちを焼いたからか、彼女はバイロン卿が「頭がおかしく、悪人で、知りあったら危なそうだ」と書いている。これは「寛容で、正直であり、身勝手なところがない」のとは正反対だ。だが、はるかにそそられる（SMに興味がなければ、バイロン卿のほうが魅力的だろう。だが、SM好きには、ウィリアムはもってこいの男性だ。まじめな話）。

ところが、レディー・ウェストモーランドのところで、バイロン卿はキャロラインに気づいていた。おそらく、彼女がほかの女性たちのように彼の周りに寄ってこなかったからだろう。これはまるで、過激なコメディで有名なジョン・ウォーターズが監督する、高校生を主人公にした映画のようだ。バイロン卿はキャロラインを目にすると、即座に却下したのだ。彼は彼女に魅了されず、友人のトーマス・メドウィンに彼女は「痩せすぎで、いいと思わない」と語っている。バイロン卿は胸の大きい女性が好きなのだ。このまま何事もなく終わるはずだったが、キャロラインは恋に落ちてしまい、「あの青ざめた美しい顔に出会ったのは、わたしの運命だ」と記している。

バイロン卿
Patrick Guenette /123RF

ふたりには共通の話題があった。キャロラインは、赤ちゃん言葉を話せることからもわかるように知的だった。彼女は（この時代の女性にしては珍しく）ラテン語とギリシャ語を操ることができ、詩について深い知識を持っていた（明らかに、彼女がバイロン卿に惹かれたのは詩がきっかけだった）。ふたりは冗談を言い合うこともできた。ある晩餐会で彼女が義理の兄弟に、七番目の戒律は「汝よ、邪魔することなかれ」だと言ったのを、バイロン卿は覚えていた。彼女は彼の才能を称賛しながらお世辞を言えるくらい頭がよかった。そして、なんと、いつも彼を高く評価していた。世の中の誰も彼以上に幸せになる資格がないのだという ファンレターを書く。相手に好かれているという理由で恋に落ちてしまうことがあるが、このときのバイロン卿はまさにそうだった。キャロラインがバイロン卿を運命の相手だと決めてすぐに、ふたりの情事がはじまった。彼は次のように書いている。「あなたはこの世で、あるいは二〇〇〇年前に生きたであろう人の中で、もっとも賢く、感じがよく、常識に反しており、気立てがよく、理解しにくく、危険で、興味をそそられる、いたいけな女性だ」

まさか。彼はキャロラインが痩せすぎだと思っていたのに。だが、すてきな言葉だ。こうして彼らの情事がはじまり、二日ほどはとてもうまくいった。バイロン卿は「すべてにおいて……すばらしく、魅力的な才能を持った」女性には、これまで会ったことがなかったと断言している。この（短すぎる）蜜月期間が終わると、ふたりは人前で派手な喧嘩を繰り広げた。バイロン卿は彼女が「活火山のような心臓を持ち、血管には溶岩が流れていて」、「常識的に振る舞うことがまったくできない」と言った。キャロラインの嫉妬は度を超えていて、バイロン卿がほかの女性たちを追いかけているのだと思い込んでいた。じつのところは本当だった。バイロン卿はよく、ウィリアムを聖人に、自分自身を悪魔にたとえていた。これはまったく驚くにはあたらない。なんと、ヴェネツィアの街だけで、彼は一年間に二五〇人の女性と寝ていたのだ。彼は〝イソップみたいに醜く〟なかったようだ。しかしバイロン卿も、キャロラインが夫を愛していないと明言するのを拒否したときには、嫉妬に駆られて激怒した。

こうした大騒ぎはすべて、キャロラインの喜怒哀楽のせいだった。あるパーティーで、バイロン卿が女性と話しているのを見た彼女は、グラスを強くかみすぎて、粉々にしてしまった。パーティーに行くときには、キャロラインが人妻であるのを考慮して〝偶然に会った〟のを装うのではなく、一緒に行きたいと言い張った。キャロラインが招待されていないパーティーにバイロン卿が参加しているときには、終わるまでずっと外に立って彼を待ち続けた。雨の中。

バイロン卿はフランスのヌーヴェルヴァーグにかぶれたような、新しい考えの持ち主ではなかった。彼は貴族社会で受け入れられたいと必死に思っていて、キャロラインの激しさには魅力を覚えつつも嫌悪するという相反する思いを抱いていた。バイロン卿が人妻と逃げたりすれば、スキャンダルになる。しかし、社会的地位のある女性が慣習を打ち破るという考えに、バイロン卿は一時的に興奮を覚えたようだ。彼はキャロラインに駆け落ちしようと持ちかけた。彼女は断った。夫と自閉症の息子がいるせいだろう。彼は「その強情で小さな心が苦しめばいい」と手紙を送って悪態をついた。すると、この言葉は説得力があったらしく、彼女は同意した。今度は、彼のほうが彼女との結婚など望んでいないことに気づいた。彼女が彼のためにすべてを犠牲にする覚悟があるという証拠を目にしたかっただけなのだ。だが当然のことながら、キャロラインは駆け落ちの約束を真に受けた。彼女は小姓に変装して彼の家に現れた。ちょうどそのとき屋敷に居合わせたバイロン卿の友人ジョン・ホブハウスは次のように語っている。

召使をはじめとして屋敷の全員が、誰がそんな変装をしているか理解していた。そして、駆け落ちという大惨事が起ころうとしているのを止めようとせずに、そんな状況の友人を放っておくのは……間違っているように思われた。そのため、わたしは夫人が寝室で着替えてくるのを居間で待った。彼女は小姓の格好をしていたが、屋敷の召使が持っていたゆったりしたドレスに靴、ボンネット帽子を身につけるようにと、居間にまで聞こえてくるほど懸命に説得されていた。

キャロラインは奇妙なまでに変装が好きだったと、多くの歴史家が語っている。必要に迫られれば、誰しも小姓姿になるのではないだろうか?　わたしは、みながそんな経験をしていると思う。いま、わたしは小姓の格好をしているが、それはただ単に、面白いからだ。

ホブハウスはふたりに駆け落ちを思いとどまらせようとした。すると、キャロラインはナイフを手にして、自分を刺そうとした。キャロラインが自分を刺そうとしたことは何度もあったとされるものの、これが最初だと記されている。バイロン卿とホブハウス閣下は彼女をウィリアムのもとへ帰らせた。

それからほどなくして、おそらくまだ取り乱していたのだろうが、キャロラインがバイロン卿に陰毛を送りつけてくる。偶然にもこの頃には、バイロン卿は彼女への関心を完全に失っていた。

彼を崇拝するために生きているように見えた頃のキャロラインは魅力的だったとはいえ、自殺未遂や、体の一部を交換したがったりするようになると、興味もそがれてしまう。これは彼だけではないだろう。ある種のロックスターのファンという一部の人々を除いて、われわれの多くはこうしたことに関心がない。もしも彼女と駆け落ちなどしたら、「頭が爆発してしまうだろう」とバイロン卿はホブハウスに語っている。

キャロラインはバイロン卿に手紙を送り続けた。しかし、バイロン卿はすでにオックスフォード伯爵夫人レディー・ジェーンに乗り換えていた。彼とレディー・ジェーンは青春映画の意地悪なカップルを一九世紀風にもっとひどくしたような人間で、キャロラインの手紙を読んで笑いものにしていた。レディー・ジェーンはバイロン卿に次のような返信を送らせた。


わたしはもう、あなたの恋人ではありません。わたしにこんなことまで言わせて、女性らしからぬ態度で面倒をかけるので、はっきり言います。わたしは別の人とつきあっています。もちろん、その名前を明かすという不名誉なことはできません。あなたがわたしに示してくれた、偏った愛情は忘れないでしょう。わたしはこれからも、あなたの友人でいましょう。あなたがわたしの邪魔をしないのであれば。友人として忠告しておきましょう。うぬぼれるのはやめたほうがいい。滑稽だから。あなたのばかげた気まぐれは、ほかの人にぶつけてください。わたしをそっとしておいてほしい。

バイロン卿とレディー・ジェーンのふたりは——歴史書の多くではこの事実が語られないが——残忍だった。レディー・ジェーンの心は生きたコブラからできていると思われるほどで、のちに彼女からインスピレーションを受けて、バットマンに出てくるスーパーヴィランのジョーカーや、映画『ミーン・ガールズ』の意地悪でまったく共感できない登場人物が作られた（この話を裏づける証拠はないが、わたしの心は正しいと感じている。わたしの心は愛でできているからだ）。

キャロラインがアイルランドからロンドンに戻ると、バイロン卿は彼女と社交の場で顔を合わせなければならず、救いようのないほどいやなやつではいられなくなった。バイロン卿に辛辣すぎるだろうか？　彼自身もつらい状況にあった。しかし、キャロラインに対してあいかわらず無礼なので、このままいこう。彼を嫌いでいいだろう。

またもやキャロラインがバイロン卿の毛——おそらく陰毛ではなく髪の毛——を要求してくると、彼は彼女にレディー・ジェーンの髪を送った。「髪質や色が似ていてよかった……これは見下げ果てた振る舞いに対する、無邪気な懲らしめにすぎない」という冗談を彼は言った。

これはなんともやりきれない。なぜなら、バイロン卿は才能ある作家なので、わたしは彼の味方につきたいけれど、できないからだ。オスカー・ワイルドは『ドリアン・グレイの肖像』の中で、「もう愛していない人が流す涙というものは、愚かしく見えてしまう」と語っているが、実際にそうなのだろう。だが、つらい破局を経験することの利点は、別れを告げるほうの立場になったときに、相手に対して謙虚で、きわめて思いやり深くあれと戒められることだ。倒れている人を蹴るようなまねはするべきではない。あなたの足元にひざまずきながらすすり泣く、打ちのめされた人間を絶対に蹴り飛ばしてはいけないのだ。

バイロン卿はこんな冗談を口にしたことがある。「考えてもみるがいい。もしもラウラがペトラルカの妻だったら、彼は生涯を通してソネットを書いていただろうか?」彼は相手から拒絶されることなどめったにない。失恋経験のない人間すべてがクズのようになるとは言わないが、その可能性は強く示唆しておきたい。バイロン卿はとくに、キャロラインの深い悲しみに対する思いやりが欠けていたように見える。そんな彼も、愛するものを失うという主題の詩を書いている。

この近くに
亡骸が埋葬されている
美しいがうぬぼれることなく
強いが傲慢ではなく
勇敢だが残忍ではなく

すべての美徳を備えながら、欠点は何ひとつない
こうした称賛は、無意味なお世辞になってしまうだろう
もしも、人の墓石に刻まれたなら
しかし、愛情のあかしとして捧げたい
愛犬ボーツウェインとの思い出に

そのとおりだ。彼はイヌを愛したことしかないのだ。

キャロラインは服のボタンをすべて〝バイロンを信じるな〟と刻印されたものに取り換えた。この状況からすると、とてもいい考えだろう。なぜなら、バイロン家の家訓は〝バイロンを信頼しろ〟で、陰毛を送ってくれという彼女の要求に対し、バイロン卿はこの家訓が彫られたロケットペンダントを送ったからだ。

この頃までに、キャロラインはロケットペンダントを含めて、バイロン卿から贈られたものをすべて処分することに決めていた。この行動は理解できる。今日でも多くの雑誌には、別れた相手に関係するものは捨てるようにと書かれている。クロアチアの首都ザグレブには『失恋博物館』なるものがあり、昔の恋人からもらった品物を寄付することができる。しかし、キャロラインはバイロン卿からの贈物を、ただ単に箱に詰めて捨てるだけでは満足できなかった。彼女は盛大なパーティー

を開くことにした。このパーティーで大きなたき火をして、その中に品物をすべて投げ込む。そして、村の娘たちに白いドレスを着せて、内反足のバイロン卿にはけっしてまねできないような踊りを火の周りで舞わせるのだ。

めちゃくちゃな騒動を繰り広げながらも、キャロラインの結婚はずっと続いていたと指摘しておく。気苦労の絶えない、気の毒なウィリアム。

話をもとに戻そう。彼女はパーティーを実行に移した。こんなパーティーはメロドラマのようだと気づいて、早々に切りあげたのではないかと読者のみなさんが思ったとしたら、大外れだ。巨大なたき火をおこし、バイロン卿が書いたものや贈物をすべて燃やした。それから、天才的と言うべきか、偏執的なのかわからないが、バイロン卿の彫像を火の中に放り込んだ。次に村娘たちが踊るのに合わせて、詩を朗読した。この詩は「ああ、わたしをご覧にならないで。悲しみに打ちひしがれているのです。頭を横に振って、この女性はどうかしているなんておっしゃらないで。わたしに何か言っていいのはひとりだけ。その人には、わたしの気持ちがわかるはず」とか「燃えろよ、炎。燃えろ。驚きながらも少年たちが叫ぶ。そして、燃える炎の中では金や宝石がきらめいている」といった内容だ。

わたしには驚いた少年たちの気持ちがわかる。「どうしてこんなところに来たんだろう？　おかしな怒りに満ちた、やりたい放題のパーティーに？」と大声で叫んだかもしれないが、当時はただのパーティーに呼ばれた身では、文句など言えなかったのだろう。これはクリスマスの日に行われたのだ。ウィリアム・ラムはとても寛大だったに違いない。家族とともに祝祭日をこんなふうに過ごしたいと思う人間はそうそういないはずだ。

悲しいことに、このようなパーティーを開いても、キャロラインのバイロン卿への執着はなくならなかった。彼女がたき火に投げ込んだ手紙は、バイロン卿の直筆ではない。写しだったのだ。一八一三年に彼女は彼の家に侵入して、机の上に置かれていた本に〝わたしを忘れないで！〟という言葉を刻みつけた。その返答として、バイロン卿は詩を詠んだ。

そなたを忘れない！　そなたを忘れない！
忘却の川が人生の流れをのみ込むまで
そなたは深い後悔と恥辱にさいなまれるがいい
そして、熱に浮かされたような夢にうなされるのだ！

そなたを忘れない！　ああ、それは疑う余地がない
そなたの夫もそなたを思い
どちらからもそなたは忘れられないだろう
彼には不実で、わたしには悪魔のようなそなたよ！

それから、彼は手紙を書いた。もういい加減にしろという内容だった。冷静な、感情を抑えた手紙だ。「あなたはわたしを〝破滅させる〟と言うが、おかげさまで、わたしはすでに破滅している。わたしを〝叩きつぶす〟と言うが、それはわたしの助けにしかならない。あなたに言い聞かせても無駄だ。すでにわかっていることを繰り返しても」

その夏にバイロン卿の異母姉オーガスタが訪ねてきたことで、彼も少しは救われただろう。バイロン卿と異母姉は男女の関係にあったと憶測されていた。その答えは「もしかすると」か「おそらく」のどちらかだ。バイロン卿はキャロラインにそう思い込ませたに違いない。彼は愛人としてふさわしくないと思わせたかったのだろう。バイロン卿とオーガスタはパーティーでも互いに愛情を抱いている様子だった。可愛らしいあだ名で互いを呼び、バイロン卿は彼女を溺愛していた。ところが、キャロラインが彼は異母姉と男女の関係にあるという噂を流しはじめると、そんな侮辱的な嘘を広めるべきではないと手紙を送った。キャロラインの返信はこうだ。「この噂の出どころは存じません。あなたはわたしを責めますが、それは間違いです。でも、あなたがいま噂されていることをすべて知りたいとお望みなら、あの方から……とはいえ、あなたの敵はあなたからずっと無視されています。これ以上ないほど。彼女が生きているうちは、あなたに会ったり、話したり、あなたを許したりすることはないでしょう」

ここでは、わたしはバイロン卿の味方だ。彼はキャロラインが無実だという主張を信じなかった。誰も信じなかったし、信じるべきでもない。キャロラインがバイロン卿はオーガスタだけでなく、「彼が堕落させた三人の学生」とも関係していると噂をたてた証拠がある。別れた愛人が近親相姦の関係を持つ、同性愛の小児愛者だと非難するのは今日でも大変なことだが、一九世紀にはもっと大きな影響力があった。

ふたりが最後に公の場で喧嘩をしたのは、駆け落ち騒動から一年ほど経った頃で、レディー・ヒースコート主催の舞踏会においてだった。キャロラインはバイロン卿に歩み寄り、「いまここで、ワルツを踊ってくれたら、もう終わりにするわ」と――彼は内反足のためにダンスが嫌いだったのに!――言った。すると、バイロンは「みなと交代で踊ればいい。いつも誰よりも上手にそうしているじゃないか」と答え、「きみの手際のよさには恐れ入るよ」とあざ笑った。一九世紀の人々が互いに侮辱しているのを理解するのは難しい。言外の意味をくみとらなければならないからだ。この場合、バイロン卿はキャロラインのことを身持ちの悪い女だと言いたいのだろう。彼の言葉に、彼女はナイフを振りかざした。一八一三年にはナイフがいたるところにあったようだ。バイロンは言った。「やるなら、やればいい。ローマ人のように刺したければ、ナイフを向ける方向に注意することだ。わたしのほうではなく、自分の心臓に向けてくれ。前に刺したのと同じところだよ」この結末は、文献によって異なる。彼女が「バイロン」と叫びながら逃げたという説もあるし、取り押さえられたという説もある。この事件はすべてのゴシップ欄に掲載された。『サティリスト』紙は、「角製の柄がついたナイフでラム［子羊］が殺され、羊肉のように冷たくなるところだった」というキャプションつきのイラストが載せられた。

おそらく当時は、バイロン卿よりも有名な人物などいなかった。いまのセレブがこんな事件に巻き込まれたら、タブロイド紙をひとしきり席巻したあとで、どうなるだろう？　あまり有名でない新聞がきわどい暴露記事を書くだろう。このできごとから一〇〇年後、作家のヘンリー・ミラーは「女性への気持ちにけりをつけるには、小説にすることだ」と言った。これはまさに、キャロライン・ラムがバイロン卿に対してしたことだ。

　彼女は『グレナヴォン』という小説を執筆した。ご想像どおり、バイロン卿になぞらえたとおぼしき登場人物は、すべてにおいて好意的に描かれたわけではない。彼女が手紙で彼を〝チャイルド・ハロルド〟と呼んでいたのに、〝メフィストフェレス〔悪魔〕、ルーク・マケイ、ド・ラ・トゥーシュ、リチャード三世、ヴァルモント、マキアヴェリ、プレヴォー、邪悪なオルレアン公〟に変えたことからも想像がつく。この小説の放蕩な主人公ルスヴェン卿は、常に女性を誘惑している。『グレナヴォン』はルスヴェンが悪魔にとりつかれ、もてあそんだ女性たちから呪われて自殺するという結末だ。

　この本は飛ぶように売れた。人々はバイロン卿の描写に心を躍らせた。だが、小説全体を通して、自分たちの家庭を風刺しているところはあまり面白くない。キャロラインはすぐに上流階級からは距離を置かれるようになったが、気にする様子はあまりなかった。彼女の夫――すばらしく寛大な夫――は第二作目も発表するようにとうながし、彼女はその助言に従った。

　バイロン卿も負けてはいなかった。彼はこの小説がそれほど真実を暴露してはいないのだと主張した。一八一七年に彼は『グレナヴォン』に対抗する詩を書いた。

わたしは『クリスタベル』を読んだ
とてもよかった
『ミッショナリー』を読んだ
とても美しい
『イルデリム』を読もうとした
エヘン！
『マーガレット・オブ・アンジュー』を一ページ読んだ
あなたにできるだろうか？
ウェブスター作『ワーテルロー』のページをめくった
フン！　フン！
ワーズワースの書いたミルクのように白い『ライルストンの雌鹿』を見た
ハロー！
『グレナヴォン』も読んでみた。キャロル・ラムが書いたのだ
くそっ！

キャロラインは小説をさらに二冊出版した。いまでは、彼女は『グレナヴォン』を執筆したこと

で記憶されており、仮装パーティーでときどき小姓の格好をした女性を目にすることもあるくらいだ。バイロン卿への執着心は消えることがなく、彼が一八一九年に『ドン・ファアン』を出版すると、その中の登場人物の格好で仮面舞踏会に参加した。彼女にはそうする理由があった。この詩『ドン・ファアン』の中に、「悪魔のように振る舞い――そして、小説まで書き出した」というくだりがあったからだ。このことは新聞でたくさん論評された。キャロラインはバイロン卿の『ドン・ファアン』に対して、怒りをあらわにしている。彼の詩の形式をまねて、『新たな一篇の詩　*A New Canto*』という作品を書いた。

冗談のつもりだろうか？　わたしの詩はわたしのもので、すべては無関係だ
イタリアとスペインの破天荒でばかげた物語
金切り声が響き、叫び声がわき出し、花嫁は
青い瞳や、黒い瞳、そして彼女の恋人と
月に照らされた波打ち際に近い洞窟で口づける
常識ある男たちには明白であるが
凶暴な両生類を除いて
じめじめして湿った場所はふさわしくない

まさに、そうだ。誰も洞窟でセックスをしたいなどと思わない。もちろん、プレイボーイ・マンションに作られた洞窟は別だろう（わたしはそう確信している）。『マンスリー・レヴュー』誌は次のように書いている。「この無意味な詩の作者は明らかに、バイロン卿をまねようとしたのだろう。はじめから終わりまで大袈裟で、突然に訪れた破滅を描写している。無節操が好きな人や、韻律がそろっていない詩が好きな人は楽しめるだろう」

一八二四年にギリシャの独立のために戦っていたバイロン卿が亡くなると、キャロラインは「意地悪な言葉を一度だけ言ってしまったのが、残念でならない」と発言した。本全体が意地悪な言葉であふれているような作品を書いていなければ、こうした発言も人の心を打ったはずだ。

本書を読んで、キャロライン・ラムはきわめて刺激的な人生を送ったと思われただろう。たしかに、そうだ。バイロン卿もしかり。ふたりはバイロン卿が言ったように、〝卑劣なこと〟をしてきたが、けっして退屈はしなかっただろう。実際に、キャロラインは自分の感情をすべて味わい尽くしたと彼女を称賛する歴史家もいる。失恋騒動の中にドラマがある一方で、幸せな関係の中にもドラマがあり得るのだ（たとえば、小姓の格好をして自分の体をナイフで刺す代わりに、プロポーズされて、そのまま結婚するのも、心が躍る話だ）。いつもあなたのそばにいて、あなたを支え、愛してくれる、ウィリアムのような人がいることに比べて、ドラマとは、それほど楽しいものではない。キャロラインがそれに気づけなかったのは気の毒だ。

キャロラインはバイロン卿ほど才能にあふれる作家ではなかったが、彼女の本にすばらしい一文がある。『グレナヴォン』の登場人物が死ぬ間際の言葉で、これを読むとキャロラインに対してやさしい気持ちを抱かずにはいられなくなる。その最期の言葉とは、「傷ついた心に平安を」である。これは失恋して絶望の淵にいる人すべてに贈りたい。キャロラインが自分の心に平安を見出せなかったと思われることが、ただただ残念でならない。

第八章　妻の肉体を受け入れられなかった理由
ジョン・ラスキンとエフィー・グレイ

わたしが若かった頃、大人向けのセックス記事が載っている雑誌のお悩み相談をよく読んでいた(言わずもがな『コスモポリタン』誌だ)。あるとき、騎乗位のセックスに関する相談がとりあげられていた。ひとりの女性が、この体位ではボーイフレンドに下腹部の贅肉を見られ、幻滅されてしまうのではないかと心配していた。回答は「あなたとセックスするときに至近距離にいる人は、そんなことを気にしないくらいに親密だから、至近距離にいるのです」というものだった。このすばらしい回答は衝撃的だった。「電気を消せばいいのかしら?」というわたしの解決策とは段違いだ。一五歳では回答者になれないのも納得だ。

たしかに現実的には、あなたが大切に思っている人があなたの裸を目にして、あなたの体が原因で突然逃げ出すというのは、なかなかあり得ない。ジョン・ラスキンと結婚していないのに、そんなことになったとしたら、お気の毒に思う。

一見したところ、ラスキンは結婚するのにそれほど悪い相手だとは見えない。才気あふれる美術評論家で、彼の年代では間違いなく最高だ。著述家としても多くの作品を生み、画家、慈善家、植物学者であり、地理学の知識も豊富。ヴィクトリア朝の多才なルネサンス的教養人だ。研究課題として流行する以前から環境保護主義に関心を抱いていた。さらに、ラファエロ前派の芸術革新運動にも多大な影響を及ぼした。セント・ジョージのギルドの創設者で、この慈善団体は産業資本主義や公害を非難していた（なんと、今日でも存在しているのだ！）。しかも、とてもハンサムだ。映画化されたら、ガブリエル・バーンが演じるのがぴったりだろう。もちろん、若い頃のガブリエル・バーンだが。

ラスキンはどこから見ても、夫の候補として文句なしのようだ。この点について、深く掘りさげるべきだろう。『ニューヨーク・タイムズ』紙の書評欄で、スザンヌ・フェイジェンス・クーパーが書いた伝記『エフィー・グレイ――ラスキン、ミレイと生きた情熱の日々』について、チャールズ・マクグラスが次のように述べているからだ。

ミズ・フェイジェンス・クーパーは彼に同情的なようだが、ラスキンが性欲の少ない、自己陶酔型の仕事中毒だったのみならず、その年代の偉人のひとり――聡明で疲れ知らずの著述家、批評家、そして、ヴィクトリア朝の人々の世界に対する認識を変えた社会改革主義者――であった、あるいは、彼の最期は悲劇的で憐れだったなどと早合点してはいけない。

ジョン・ラスキンはハンサムだがひどい男だ。
duncan1890 / istockphoto

ああ、チャールズ・マクグラス、スザンヌ・フェイジェンス・クーパー、あなた方はこの章を憎らしく思うだろう。まさにラスキンは、ここまで書いてきたような称賛に値する人物だ。だが残念なことに、こうした肯定すべき長所が彼をなおさら薄気味悪いやつで、見下げ果てた夫であることを際立させ、この薄気味悪く、見下げ果てたところが彼の美徳を帳消しにしているからだ。

ラスキン自身もこの点を自覚していた。「もしもわたしが女性であったなら、わたしのような人間を愛さないだろう」と彼は言っている。これは彼が内気で、異性のそばにいるのに気後れする性格であるのと同時に、感心できない行いのせいだった。ユーフェミア・グレイ（彼女がエフィーという省略形の名前を使ってくれていて幸いだ。本書でもそれにならうことにする。わたしはユーフェミアと綴るのをすでに二回も間違えてしまった）はラスキンが家族ぐるみでつきあっていた人物の娘だった。彼女が一二歳でジョンに出会ったときには、彼を好ましくないとは思わなかったようだ。そんなふうに思うべきでもなかった。彼はいまやヴィクトリア朝の古典となった『黄金の川の王さま』を彼女のために書いた。このおとぎ話には、自然は偉大だ、困っている人を助けるのはいいことだ、資本主義は腐敗しているといった、彼の哲学的な主張がふんだんに盛り込まれている。

エフィーは成長すると、彼女を好ましくないと思う者はいないような女性になった。まじめな話、誰ひとりとして。彼女は快活で異性の気を引く女性だ。自分が褒めそやされるのを面白がり、愉快に思っていたとも言われている。ラスキンはエフィーと出会ったときには婚約していたのだが、すぐに彼女の魅力のとりこになり、「生意気で、悪ふざけが好きで、魅惑的で、意地悪で、無慈悲なまでにいたずら好きで、ひどく悩ましく、相手を苦しめるような山の妖精、それがあなただ」という手紙を送っている。彼はエフィーにロンドンの文学界や芸術界を紹介し、彼女もとても気に入っていた。そして、エフィーが一九歳で自分が二九歳のときに、彼女に結婚を申し込んだ。エフィーはのちに、そのときのことについて、「それほど愛されていると思うと、喜びに涙があふれた」と語っている。

ラスキンは結婚式が待ち遠しくて仕方のない様子で、一八四八年に式の数日前、「何も身につけていないあなた！　ああ、わたしのいとおしいレディー。みだらなことをわたしは想像してしまった」という手紙を書き、彼の屋敷に来たら「長い、長い口づけで」迎えようという言葉を送っている。

しかし、ラスキンのみだらな考えは、結婚初夜に突如として消滅してしまい、彼は嫌悪感を覚えて妻から離れたと言われている。一般的にこれは、彼が女性にも陰毛があると知らなかったせいだと信じられている。エフィーが生理中だったのでラスキンがおののいたと考える歴史家もいる。今日では滑稽に思えるが、まったく非論理的な理由というわけでもない。なにしろ、彼らが生きていたのはヴィクトリア朝で、上流階級の人々はセックスについてほとんど何も教えられないという悪夢のような時代なのだ。ラスキンは美術評論家だった。女性の裸体はたくさん目にしてきただろうが、それは大理石の彫像やルネサンス時代の油彩画だった。こうした女性たちの陰部はいつも、ブドウの房などで隠されている。彼は実際の女性も芸術作品のようだと思っていたのかもしれない。あるいは、陰毛のある女性もいるが、自分の妻は彫像のようであることを願っていたのだろうか。
　とても賢くてハンサムなラスキンは、女性に陰毛が生えていると知らないだけだった可能性もある。エフィーは後日、ラスキンが夫婦の床入りを拒否したと報告する手紙を父親に送っている。

わたしは結婚したふたりの互いに対する義務について教えられませんでしたし、この世でもっとも親密な関係についてもほとんど、あるいはまったく知りません。来る日も来る日もジョンはこうした関係について語りますが、わたしを本当の意味で彼の妻にする気はないと断言しています。彼は子ども嫌いだとか、宗教的動機、わたしの美しさを守るといったさまざまな言い訳を並べたてました。そして、ついに昨年、本当の理由を口にしました（それは、わたしにとってきわめてつらいものです）。彼が想像していた女性は、わたしとは全然違うと言うのです。わたしを妻にしてくれない理由は、初夜にわたしの体に嫌悪感を抱いたからだと認めました。

かわいそうなエフィー。

彼女があの結婚初夜に、わたしには心と体の両方を愛してくれる男性がふさわしいのだと言いながら寝室を飛び出し、ラスキンとの結婚を終わらせたと言いたいところだ。しかし、彼女はそうしなかった。男性が相手に魅力を覚えないと言い張り、女性がその理由は自分の体が変だから、あるいは醜いからだと思わされた場合には、現代ならこのように反応するだろう。だが、実際にそんなことが起こるかどうかわからない。女性たちは今日、自分たちの外見が醜いと感じさせられるような有害な情報にたっぷりとさらされている。三キロ痩せろ！　ビキニの似合う体型に！　豊胸手術を割引料金で！　お得な歯のホワイトニング！　セレブご用達の新しい眉用脱毛ワックス！　こんな変な形のおへそは誰からも愛されません。縫いあわせましょう！（最後のうたい文句はわたしのでっちあげだ）このように、女性は男性に姿形が気に入られないと、自分に責任があると思いがちだ。ところが、女性に罪はない。

あなたが結婚したら、夫があなたを魅力的な女性として扱うように望むのは当然だ。結婚初夜は言うまでもない。本当に幸せなカップルのすばらしい点のひとつは、長年のあいだに外見が変化しても、変わらずに相手を求め続けるところだ。わたしがもっとも心あたたまる褒め言葉を聞いたのは、八〇代の男性が妻のことを、彼女は自分にとっては六〇年前に結婚したときと同じく美しいと言ったときだ。そんなふうに思える――あなたがいつも若い頃と変わらないと誰かが思ってくれる――のは、結婚生活のもっともすばらしい特典のひとつで、誰かと生涯をともにするのが楽しい理由のひとつだ。

ラスキンに最初に拒絶されたときに、「エフィーは退場します！」と叫んであきらめるべきだったという事実はあまり語られない（ふたりが四旬節の期間に結婚したので、ラスキンが敬虔にセックスを自制しているのだと当初は思っていたと彼女は主張している）。ラスキンがエフィーを拒絶したのは、彼は全裸の女性がどんな様子か知らなかったからだ、あるいは実際に彼女の体にふつうでないところがあった——たとえば、人形のように体の各部位が縫いあわされていた——からであるという説が述べられるほうが多い（人形のような体の読者のみなさんにはお詫びしたい。ファンタジー映画の巨匠ティム・バートンが配役を用意してくれるのは喜ばしい）。ラスキンはエフィーの体に汚らわしいと思うところがあったようだ。数年後の離婚訴訟の最中に、「多くの人には魅力的だと感じられる女性なのに、わたしが拒絶するのを奇妙に思われるでしょう。彼女の顔は美しいのですが、体は情熱をかきたてないのです。それにもかかわらず、彼女の体をすみずみまで調べることもしたのです」とラスキンは公の場で証言している。

こんな発言は受け入れられない。アン・ブーリンなら、けっして離婚した相手のことをこんなふうに言わないだろう。彼の言葉を要約すると、「そうなんです。彼女は服を着ていると可愛いのですが、脱いだらとんでもないんです」となる。別れた妻のことを第三者の面前でこんなふうに言うなんて軽蔑に値する。ドレスの下の体の一部がトカゲだったとしても口にすべきではない。

しかし、ラスキンは結婚当初、床入りに気が進まないのは、エフィーの体が原因だとは考えなかったようだ。ラスキンの擁護者が言う奇妙な言い訳のように、エフィーに生まれつき膣が備わっていなかったわけではない。ラスキンは六年後、エフィーが二五歳になったら夫婦の営みをしようと約束した。彼は二度目の初夜に、「彼女の雪のように白い肩からドレスを脱がせた」と言っている。おいおい、六年間とは、待つには長すぎる時間だ。

ラスキンが躊躇したのは、彼の経済力ではなく、彼自身をエフィーに愛してほしいと望んでいたからだとする歴史家もいる。これはもっともらしい理由だ。だが、当時は女性が自立する手段は皆無だったので、家柄のいい男性との結婚を期待する時代であったとはいえ、エフィーが彼の経済状況を結婚の申し込みを受け入れる理由にしたことについて、ラスキンが憤るというのは現実的ではない。彼が経済的および社会的な影響力について知らなかったと考えるよりも、厳しい家庭環境と勉学に没頭していたせいで、女性の体について無知だったと想像するほうが容易である。彼は結婚したときに、彼女の家庭が経済的な問題を抱えていたのを知っていたはずだ。

だからといって、エフィーが悪意を持って結婚に臨んだわけではない。エフィーが結婚に際してラスキンの経済力を考慮に入れたとしたら、それはこの時代の女性全員が考えるべきことだったのだろう。ヴィクトリア朝のイングランドでは女性はいかなる資産も所有できなかったので、自分と生まれてくる子どもたちを養うだけの甲斐性のある夫を選ぶのが正解だった。

ラスキンが夫婦の床入りを遅らせようとしていたにもかかわらず、一九歳という年齢は女性が妻となるには不自然なほど若いと彼が考えていたと推測する歴史学者は誰もいない。もちろん、当時の感覚では一九歳での結婚が早いとは見なされなかった。しかし、ラスキンが若い妻を欲しがっていたという可能性が指摘されている。一九歳よりもずっと若い相手だ。エフィーについては、彼女が一二歳のときのすばらしい外見を失ってしまったと口にしている。

二度目の初夜までの六年間、彼女は結婚生活に不満で、夫からは不快感を示されていたという事実にもかかわらず、快活で気丈に振る舞った。あるとき、ヴェローナでふたりの男性が、どちらが先に彼女とダンスをするかを理由に決闘した。「このふたりの若者は決闘を、葉巻を吸うほどの些細な行為だと考えています」と彼女は書いている。ラスキンはうるさく言わなかった。彼女が屋敷にいないほうが、彼の執筆時間が増えるからだろう。

彼はひとりで書斎にこもって書き物をしているのが好きだった。成熟した大人の女性に邪魔されずに、孤独を味わいながら思索と執筆に没頭するのだ。

手紙の中で、ラスキンは次のように思い起こしている。

わが身を振り返ると、わたしは少年時代、いや、子どもの頃から体の成長以外は何も変化していない。気性、好み、弱さはこれまでと同じだ。より多くのことを知り、考えているので賢くはなっている。しかし、性格はまったく変わらない。これはエフィーも同様だ。われわれが結婚したときに、わたしは彼女の変化を望んだし、彼女もわたしが変わることを望んでいた。

この手紙を読んで、「ラスキンは変わらぬ好みを持ち続ける、同性愛者だったのだろうか?」と考える歴史家もいるだろう。もしそうであったとしても、とくにこの時代のイングランドにおいて、ラスキンはおくびにも出さなかったはずだ。だが、この可能性はなさそうだ。彼が同性愛者だとしたら、服を着ていないエフィーを想像するのは腑に落ちない。

いずれにせよ、ふたりの性生活に前進はなかった。エフィーはほぼ毎晩、ひとりで泣きながら寝ていた。このせいで、ラスキンはエフィーの父親に、彼女が〝脳が侵される病気〟に罹患したことがあるかどうか問いあわせたほどだった。

もし読者のみなさんが「エフィーには生まれつき膣がなく、ラスキンは六年後にセックスをしようというやさしい嘘を口にしているのではないか」といまだに思っているとしたら、それはただ単に誤解であると、これからすぐにわかる。

結婚して五年後の一八五三年、エフィーはラスキンが目をかけていたジョン・エヴァレット・ミレイにふたたび紹介された（最初の出会いは彼女が一〇代の頃だった）。彼はこの時代におけるもっとも傑出したラファエロ前派の画家だった。ラスキンは夫妻でスコットランドに滞在していたときに彼を招待した。ミレイはすぐさま、エフィーに絵のモデルになってくれるよう頼んだ。こうして『一七四六年の放免令』という、絵の内容にふさわしい題名をつけられた秀逸な作品が完成することになった。この絵で彼女はとらわれていた夫のスコットランド人の妻として描かれている。

ミレイはエフィーをとても美しい女性だと思った。ラスキンが彼女の体を拒絶しているという事実は驚きだったに違いない。ミレイは夫婦の寝室の隣の部屋に滞在していた。部屋が小さかったので、彼女が夫と夫婦の営みをしていない気配を感じとっていたことだろう。
エフィーはミレイに夫婦の問題を相談しはじめた。彼女の話を聞くと、彼は――ほぼ一瞬で――長いつきあいのメンターを憎むようになった。彼はひどく動転して、エフィーの母親に手紙を書いて現状を知らせた。

何よりもひどいのは、彼女の置かれた状況が悲惨なことです。夫妻でどこかを訪問すると、ラスキンがひとりで孤独にひたる一方で、彼女は見知らぬ人々の相手をさせられるのです。彼女を幸せにするつもりもないのに結婚した彼の厚かましさには、首をかしげてしまいます。彼は父親と母親以外の人間を愛しているようには見えないと言わざるを得ません。これが、妻の欠点をあげつらうという傲慢さにつながっているのは明白です（当初から彼女は胸の悪くなるような扱いを受けています）……この目に余る状況を鑑みると、わたしが立場を越えて干渉するのも正当化されるでしょう。わたしはあなたのお嬢さまの幸せを望んでいるだけです……彼女がこの世に生きる女性の誰よりも耐え忍んでいるという事実を隠すことはできません……彼女には幸せになる権利があります。わたしを信じてください、父なる神はすべてをご存じなのです。

ミレイはすべてをエフィーの母親に打ち明けるつもりはなかったが、彼は状況をすべて承知していたようだ。しかし、この手紙を読んでみると、その退屈さに驚かされる。母親がこれを読んで、「夫に見知らぬ人々の相手をさせられているですって？　すぐに離婚させなければ！」と思うだろうか？　ヴィクトリア朝の社会的道徳観が現在とは大きく違っているのか、または、人々は行間に込められた意味をすくうのがとても上手なのだろう。

幸いなことに、ミレイに勇気づけられて、エフィーはついにこのみじめな、夫婦の営みが皆無の結婚生活を終わらせる決意をした。これは当時、信じられないほど難しいことだった。一八五〇年代に離婚するのは犠牲が大きく、ヴィクトリア女王の時代には申し立てをした女性のうち四人しか認められなかった。これはすべて、夫が近親相姦の関係にあるのが立証されたからだった。さらに、先に述べたように、女性はいかなる資産の所有も認められなかったので、離婚後は実家に帰るという選択肢以外はないも同然だった。エフィーは義母に宛てた最後の手紙で、ラスキンから「彼女の心をくじいて」実家に帰るようにさせてやると言われたと書いている。

だが、そうはならなかった。

エフィーは父親に手紙を送り、この結婚を終わらせてくれるように頼んだ。「わたしはジョン・ラスキンの妻だとは感じられません」と言って、「彼との不自然な関係からわたしが解放されるのを助けてくださるようお願いいたします」と依頼した。さらに、子どもが生まれるのを願って夫婦の営みを持つようにうながし続けると、ラスキンは彼女が「ひどく不道徳」でないとすれば、「頭がおかしい」のだと言い放ったと父親に打ち明けた。

彼女の家族はすぐさま婚姻解消の手続きに入った。父親はこの件について驚くほど冷静で、進歩的な考え方をしていた。弁護士をしていたので、同じような不幸な結婚生活から妻が解放される例を見てきており、いい結果が得られるだろうとエフィーを元気づけた。結婚して六年後に婚姻解消を求めるのは容易ではなかった。ヴィクトリア朝の妻たちは夫の望みに従うものだと考えられ、この望みという言葉の中にはセックスも含まれていた。離婚するには、エフィーがいまだに処女であるという医者の診断書の提出が必要だった。かわいそうなエフィー。女性として大切なところをはじめて見せる相手が医者というのは屈辱的だ。これというのも、夫婦の営みを忌み嫌うように育てられた男のせいなのだ。検査を受けると、彼女の主張が正しいと証明された。だが、この証明がうまくいかない可能性もあったのだ。彼女が幼い頃から熱心に乗馬をしていたらどうなっていたか。読者のみなさんも聞いたことがあるだろう。ラスキンは男性だから関係ない。彼は近寄りたくもないような、ひどく不快な馬に乗る男だ（わたしはラスキンが大嫌い）。

エフィーはこの婚姻をラスキンの「治療が不可能な性交不能症」を理由として解消したかった。ラスキンはこの申し立てに対して、「わたしの生殖能力はすぐにでも証明できる！」と異議を唱え、マスターベーションはしていると証言した。これはみなが知りたがるような興味深い事実だ。ルクレツィア・ボルジアの頃と比べると、離婚劇も大きく変化している。彼は逆提訴することを決め、エフィーとセックスできないのは彼女が「精神的に不安定」なせいで、子どもに遺伝する可能性があるからだと論陣を張った。

彼は敗訴した。

ラスキンとの婚姻解消が完了してから一年後、エフィーはミレイと結婚した。そしてなんと、喜ばしくもふたりは床入りをした。ふたりは子どもが八人生まれるまで夫婦の営みを続けたので、エフィーはやむにやまれず「もう、たくさん！」と手紙で夫に訴えた。知られているかぎりにおいて、どの子にも精神疾患の症状は見られない。ようやく彼女は自分が男性の情熱をかきたてられると証明することができた。人形のような体なのか、陰毛、または生理が原因なのか不明だが、ラスキンが嫌悪感を抱いた体でありながらも。

この結婚生活も完璧ではなかった。ミレイは短期間だったらしいが、エフィーの美しい妹ソフィーにのぼせあがった。彼女も彼の絵のモデルになっていた。こんなことは耐えがたいので、エフィーは妹に家から出ていくように命じたものの、効果はなかったらしい。エフィーとソフィーはあいかわらず仲がよく、行き来は続いた。そして、一八六一年にソフィーはふたたび姉の一家と暮らすようになった。

悲しいことに、エフィーは離婚が原因で、ヴィクトリア女王が臨席する催しへの参加が禁じられた。このために社交がいくらか制限されたが、彼女は精力的に人をもてなし、夫妻は人から好かれていた。芸術的な才能にあふれたミレイと魅力的なエフィーの屋敷には、有名人の訪問が絶えなかった。

ミレイはエフィーを描き続けた。おそらく、もっとも印象的なのは『平和の終焉』という絵である。

永遠の愛と豊穣のシンボルという意味を込めながら、負傷兵を腕に抱く妻として表現されたもので、その足元には子どもたちの姿も見える。ラスキンでさえも、この絵は「世界有数の傑作だ」と断言している。ミレイも年齢を重ね、家族が大きくなると、上流階級の人々の肖像画を描くようになり、そのできばえは最高級だと考えられていた。一八八五年に彼は世襲制である準男爵の爵位を与えられた。

エフィーとミレイはその後幸せに暮らし、いまでは天国の中でもとくに画家や社交界の著名人たちが集うところでダンスをしていることだろう。ここはかなりの広さを占め、少なくともニューヨークくらいの大きさがある。

ラスキンは婚姻解消と離婚騒動をずっと苦々しく思っており、「平凡なスコットランド人妻」から解放されてよかったと言い、「父と母がいてくれる意味をこれまでは理解していなかった。妻から無視され、見捨てられるのが、どういうことか経験するまでは」と書いている。ねえ、ちょっと、ラスキンさん。あなたが奥さんに向かって頭がおかしいとか、変な体をしているとか言いがかりをつけて、寝るのを拒否していたのだ。ここでのあなたは被害者ではありません。

しかし、彼が愛したのはエフィーだけではなかった。三九歳のときに、一〇歳の少女ローズ・ラ・トゥーシュの家庭教師になるように頼まれる。彼は次のように記している。

いろいろなできごとが重なった一八五八年、グリーン・ストリートのあたりに住むある女性から手紙が届いた。当時はたまにこのようなことがあったのだが、彼女はわたしが唯一まともな美術教師であると考え……子どもたち――男の子ふたりに女の子ひとり――にきちんとした美術の手ほどきをしてほしいと依頼してきた。とくに女の子のほうには、育むべき才能をわたしが見出すだろうと母親は考えていた。

ラスキンはすぐにローズに恋をした。「あの子をどのように思えばいいのだろう……彼女はまるい縁の帽子を小生意気にかぶり、きっぱりとして、勝ち気な小さい存在」だと公言していた。彼女はまだ一〇歳だ。

この子のほうも彼に好意を感じていたようだ。ラスキンを〝聖クランペット（ホットケーキ）〟と呼び、彼のほうはローズからの手紙を金紙に包んで保管していた。彼女が彼にはじめて書いた手紙が残されている。

わたしは心からあなたの幸せを願います。神さまは幸せになるようにとあなたをお創りになりました。教えられたことを忘れないようにします。あなたはとてもいい人です。わたしたち全員、感謝しています。ママはあなたがドクター・ファーガソンのところへ寄ってくれたのを喜んでいます。あなたは彼を見捨てないとママは言います。おじいさんに会って、お話をしてくれるなんて、なんと親切なのでしょう。たしかに、あなたの評判はそれほどよくありませんが。

わたしたちはあなたの手紙を読んで、大切にしています。それはまさに「親愛なるアイルランドの労働者へ」です。彼らにわたしたちの愛を捧げてください。そして、あなたも欲しいだけ受け取ってください。わたしたちが贈った愛をすべて受け取ったら、とてもたくさんあります。わたしはニースが好きです。でも、移住はいやで、家に帰ります。あなたのローズより

まさに一〇歳の子どもが書くような手紙だ。

おそらく、一九歳のエフィーが成熟した大人の女性の体になっていたのがラスキンには気に入らなかっただけなのだろう。彼女には一二歳のときと同じ外見でいてほしかったのだ。八〇歳の妻が二五歳の頃のように見えるというすてきな老人を思い起こさせる（しかし、ラスキンの場合はこれとは違い、腹が立つし、いい話ではない）。この見解がいちばん真実に近いと思われる。この説の裏づけとして、ラスキンが地元の女子高生に手紙を書きはじめたという事実がある。そのひとつに、ローズに手を焼いているという内容の手紙がある。

わたしの親愛なる小鳥たちへ
わたし宛の手紙を見つけて、その最後の部分を写してくれてありがとう。しかし、ロージーには見せられない。彼女の父親は頑固で保守的な福音主義者で、ギリシャ神話を信じていない。この手紙の中で情け深く誤解について語る表現が気に入らないかもしれない。ロージーは父親

と母親、そしてわたしを信用しているものの、頭が三つある地獄の番犬ケルベロスのようになった。母親とわたしが吠えている頭をふたつ、別の方向に向かせるのだが、いちばんうるさいのはどうにもできない。彼女がわたしを信じているなどと言うべきではない。しかし、そう言うのが間違いではなかったのであれば、言いたいのだ。彼女は鋭い爪を隠したヒョウのようにわたしをなでる。その爪の下にはいつも昔と変わらないヴェルヴェットのような心がある。彼女は昨日わたしをなでた。上か下か（わたしにはどちらかわからない）。夜になってわたしは絵を描きはじめた。ヴェネツィア派を気に入らないことに気づいた。だが、アンジェリコの絵だけは見ていられる。日曜日の手紙を今日書くことはできない。真っ暗で雨が降っている。太陽が出ないとわたしは考えをまとめることができない。

この手紙を手元に置いて、もう少しつけ加えようと思う。ロージーが来週イタリアに行ってしまうので、絶望感にさいなまれているが、少しは気持ちもおさまるだろう。

わたしはあなたのことを性的魅力に欠けると感じている人間が、すべて小児愛者だと言うつもりはない。だが、少女たちに強く惹かれているラスキンはそうだろう。しかし、このような憧れは正常だと考える人々もいる。ラスキンの伝記を執筆したロバート・ヒューイソンもそのひとりで、次のように言っている。「彼と同じくらい社会的地位と教養のある男性と同じく……ラスキンは少女たちと一緒にいるのを喜んだ……彼女らの純粋さに引きつけられるのであって、女性の文通相手への手紙に見られるように、性的感情は先生と教え子という関係へと昇華するのだ」

本当だろうか？　ふん。このような場合に、ルイス・キャロルとアリス・リデルが引きあいに出される。だが、彼らの関係にも、ひどく当惑させられる。たしかに、性的な関心を抱いたりせずに子どもと親密な関係を築ける人もいるが、だからといって、一九世紀に小児愛者が存在しなかったという理由にはならない。

ラスキンはローズが一八歳になるのを待って、結婚を申し込んだ。彼女は断らなかったものの、三年間待ってくれと頼んだ。ラ・トゥーシュ一家は――すでにラスキンとは宗教的にも違っており――エフィー・グレイとジョン・ミレイに連絡をとって、ラスキンとエフィーの結婚が破綻した理由を尋ねた。さらに、ミレイはローズの母親に、ラスキンの妻に対する態度がきわめて悪質だったのだと返事をした。ミレイは以前の結婚について触れられるとエフィーがひどく動揺するので、もう手紙を送らないでほしいと要請した。しかし、彼女はまた手紙を書いた。なぜなら、先の回答には本当に聞きたいことが記されていなかったし、母親というものは気丈にしつこく振る舞えるのだ。エフィーは返事を書いてやった。ラスキンが結婚初夜に床入りができないと言い出し、それは彼女に「心の病」があるせいだと言い放ったと綴った。そして「わたしの神経はずたずたになり、回復するとは思えません。ご息女はこのような目にあわれませんように」と締めくくった。

この手紙を読むとすぐに、ローズはラスキンとの婚約を解消した。

本書の一貫したテーマは、「たいていの場合、別れた相手を他人の前でおとしめるのはよくない。われわれの多くは感情の高ぶりに任せてやってしまうかもしれないが、本当に、やめたほうがいい」というものだ。エフィーがラ・トゥーシュ一家に知らせた情報は、妥当なものだろう。

ああ悲しいかな、命拾いしたローズだったが、ハッピーエンドは訪れなかった。彼女は一八七五年に二七歳で亡くなった。失恋が原因という説もあるが、拒食症のせいらしい。自分の体に嫌悪感を抱くようになる病気で亡くなるとは悲惨な話だ。まさに、同じことが繰り返されたのだ。ローズは自分の体を受け入れられないと思い込み、エフィーも同じように信じ込まされた。いずれにしても、ラスキンの人生に関わった女性たちは、その女性らしい体をすばらしいと感じることができなかった。

ラスキンはローズの死後おかしくなった。降霊術者に心酔し、すでに埋葬されているローズを呼び寄せようとした。これは必ずしも正気を失ったとは言えない。悲しみへの向きあい方は人それぞれだ。占星術を信じる人もいる。わが家のトイレは勝手に流れるときがあり、それは、このアパートメントが何かにとりつかれているからだと思っている。しかし、彼の場合は幻覚を起こすようになり、手紙は支離滅裂になった。

ラスキンの書く評論も必要以上に手厳しくなった。ジェームズ・ホイッスラーの描いた『黒と金色のノクターン——落下する花火』に対して、「わたしはこれまでに何度もコックニー（ロンドン子）の厚かましさを見聞きしてきた。しかし、絵の具の入った容器を市民の顔に投げつけただけでの作品に、気取り屋が二〇〇ギニーの値をつけるなど、思いもよらなかった」と言った。これはラスキンの評論の中でもっとも辛辣で、ホイッスラーは彼を名誉棄損で訴えた。一八七八年の裁判で、ホイッスラーには一ファージングの損害賠償が認められた(一ファージングは四分の一ペニーなので、ほんのわずかな金額だ)。

だが、この訴訟はそんなにのんきな話ではない。一八七九年にラスキンは不本意ながらもオックスフォード大学での美術の教授を辞めてしまう。「健康状態が思わしくないので、残念ながら美術の教授を辞するものとする。オックスフォード大学において微力ながら貢献できたことを祈るばかりだ」という言葉を残している。悲しいことだ。

わたしほどラスキンを嫌っていない読者の方々には朗報だ。一八八三年には体調も回復したようで、ラスキンは教授に再任された。彼は家でじっとしているのは苦手なので、いいことだった。彼の世話をしていた、いとこのジョーン・セヴァーンが「大泣きしたあとで、落ち込んだ様子」を次のように記している。

落ち着いて抑制された声でわたしを責めるのを無視するのはとても難しいことです。彼は耳にしたこともないような不愉快なことを――わたしが諸悪の根源だと――言うのです。わたしが彼に毒を盛ったので、彼は棺桶に入っているのだと、わたしの手を握りながら言います。そして、彼がただ息をしているだけだとわたしが考えており、周りの人々と彼を対立させ、彼の屋敷と財産を狙って殺そうとしているとまでも。わたしは心が張り裂けそうです！

ラスキンの精神錯乱はローズの死によって悲嘆に暮れたことが原因だとされている。これはもっともな理由だが、彼はアルツハイマー病を引き起こす神経変性疾患にかかっていたようだ。病状が回復する期間もあったことから、皮質下梗塞と白質脳症をともなう常染色体優性脳動脈症だと考えられている。これは認知症につながる疾患だ。ラスキンは一九〇〇年に九七歳でインフルエンザにより亡くなった。

英国首相ウィリアム・ユワート・グラッドストンはラスキンについて質問されたときに、「ミレイや彼の妻、あるいはミスター・ラスキンを非難する声を聞いたことがあるだろうが、誰のせいでもないということを覚えておいてください。悲劇と言えるほどの不幸があったとはいえ、この三人の誰にも罪はないのです」と語った。

すばらしい意見だと思うが、本章をお読みになった方々には同意できないだろう。さあ、読者のみなさん、大切な人たちに「あなたの存在が魅力的なのです」と言いに行こう。あるいは、友人に「すてきだね」と言うのでもいい。そして、忘れないでほしい。あなたが自分の体を嫌う原因を作った人々は、おそらく、ラスキンのように孤独な悲しい人間で、晩年には頭がおかしくなって、ひとりで寂しく死んでいく一方、あなたはセクシーな芸術家と幸せになるのだということを。彼はあなたを愛し、片時もあなたから手を離したくないと思ってくれるような人物だ。健全な自尊心とともに、そんな人がいれば、自分の体をすばらしいと感じられるものなのだ。

第九章 〝名乗ることのできない愛〟の裏切り
オスカー・ワイルドとアルフレッド・ダグラス卿

本章はこの本の中でもいちばん悲しい物語だ。常軌を逸した振る舞いや殺人は出てこない。破天荒で頭のおかしい人の話は痛ましさを感じない。嫌悪感を抱かせるようなふたりが破局後にどうなるかを知るのは、見てはいけないものを目にするような満足感がある。

キャロライン・ラムとバイロン卿の大騒動がいい例だろう。ふたりが互いに攻撃しあうのは滑稽で、こうなる運命にあったのだろうと思わずにはいられない。つまり、彼らの強烈な性格は愛するのではなく戦うほうに適していたのだと。キャロライン・ラムとバイロン卿が天国へ行っているとしたら、互いの技量を称えあいながら、永遠に戦いを楽しみ続けるのだろうとわたしは思っている。まったく罪のない犠牲者の物語も心を打つ。ネロとスポルスの話を読むと、人気のテレビドラマが作られるはずだと確信する。まるで倒錯したホラー小説だ。だから『glee／グリー』と『アメリカン・ホラー・ストーリー』を制作したライアン・マーフィーが監督を務めるのがいいだろう！（このドラマを暗いブロードウェイ・ミュージカル風にすれば、大儲けできること間違いなしだ。この計画をちらっとでも思い浮かべた人がいれば、わたしに著作権料を払うのをお忘れなく）

さらに、意志の弱さやありふれた愚かさ、不当な社会的重圧の物語がある。賢くて愉快なすばらしい人が悲しい結末を迎える話もある。彼らがふつうであるがゆえに、悲しみも増す。人生はおとぎ話ではなく、公平でもないし、悪人が勝つこともあるのだ。その中には、おかしいくらい明らかに悪党だという悪人だけでなく、小心で心の狭い意地悪な人もいる。聡明で、親切な、輝かしい人よりも、愚か者が勝利をおさめることもある。

わたしにはオスカー・ワイルドとアルフレッド・ダグラス卿の物語を書くことで喜びは感じられない。

オスカー・ワイルドは彼の生きた時代において、もっとも機知に富んだ劇作家で、『真面目が肝心』と『ウィンダミア卿夫人の扇』の二作品が有名である。これらの作品をまだ観たことがないのであれば、カンザス州の小さな町にある、定番の演目を上演している劇場に行けばいい。きっと観られるだろう。すると、ドロシー・パーカーの名言にもあるように、多くの観客はその台詞について語りだすだろう。あたかも、このオスカーなんとかという作家が選ぶ言葉のすばらしさを最初に理解したのが自分であるかのように。

わたしはオスカー・ワイルドの言葉を五〇くらいはすらすらと引用できる。彼がいかに軽妙なユーモアにあふれた人間かを示すような格言だ。ドロシー・パーカーの名前を出したついでに、オスカー・

ワイルドのすばらしさをもっとも的確に表現している発言をお借りしよう。「もしも教養があって、気の利いた警句を吐いたとしても、わたしはけっして自分で思いついたとは口にしない。オスカー・ワイルドがすでに言っていると、誰もが承知しているからだ」

わたしが気に入っているのは、「人に真実を告げるときには、相手を笑わせなければならない。そうしないと、あなたは殺されてしまうだろう」という言葉だ。残念ながらこれは、ワイルド自身の人生に必要な格言だ。彼は同性愛者だったからだ。ヴィクトリア朝のイングランドは同性愛者が生きにくい時代だったと言えるが、これは歴史を通してずっと変わらない。イングランドでは一五三三年にヘンリー八世が同性愛を違法とした。有罪と認められると死刑に処せられ、これは一八二八年まで変わらなかった。一九世紀終わりには、罰則は禁固刑に軽減されたものの、ワイルドと彼の若い恋人アルフ

オスカー・ワイルド
photograph by Napoleon Sarony, 1882/
shutterstock

レッド・ダグラス卿には朗報とまではいかなかった。

オスカーが困難を乗り越えなければならなかったのは、アルフレッド卿がすてきだったからだと言いたいところだ。これを「愛のために失われた世界」だと曲解したいところだが、本書ではそんなことはしない！　アルフレッド・ダグラス卿のいいところをお知らせしたいけれど、とても難しい。そんなものは皆無に等しいからだ。

当時の彼はハンサムだと思われていたが、わたしはそれにも賛成しかねる。彼は脳卒中で倒れたイギリス人か、王室の一員であるかのような、間延びした退屈な顔をしている。オスカー・ワイルドはこの顔をすてきだと思う人々のひとりらしい。好みは人それぞれだ。

彼は一八九〇年にアルフレッド・ダグラス卿と出会った。三六歳のときだ。アルフレッド・ダグラス卿（あだ名はボジー）は第九代クイーンズベリー侯爵ジョン・ダグラスの息子で、甘やかされて育った二〇歳の若者だった。

読者のみなさんが今度〝もの知りクイズ〟に参加するときのために言っておくと、第三代クイーンズベリー侯爵（一七〇〇年頃の人物）は人肉嗜食の性癖があった。一〇歳のときに召使を殺し、その肉を串に刺して焼いて食べていたところを見つかっている。もう一度書くが、彼が一〇歳のときだ。ボジーが幸せな家庭に育ったとは言いづらい。

ボジーは文学の才能があると見せかけているだけの、女々しい小僧だった。少なくとも、オスカー・ワイルドとの関係が終わったあとからは、しばしばこのように評価されている。彼は自分がどれほど才能にあふれた作家であるかと吹聴し続けていたが、それを裏づける実績は何もなかった。

しかし、そもそもなぜアルフレッド・ダグラス卿が魅力的に見えたかは理解できる。オックスフォード大学の学生だったときに、学部生向けの文芸誌『精神の光』を編集していた。これは〝啓蒙された人々のみ〟に関心を持ってもらうのを目的として作られた雑誌であるという編集者の手紙からはじまっている。伝記作家のリチャード・エルマンによると、ボジーには「オックスフォード大学で同性愛を黙認させようとする企て」もあったらしい。なんとも勇気ある行動だ。これはボジーが先見の明のある格好いい人物になると思わせる瞬間だ。この一瞬をぜひとも覚えておいてほしい。

この雑誌がどのようにして、オックスフォード大学に同性愛を黙認させようとしたのかと疑問に思う読者もいらっしゃるだろう。答えはこうだ。発刊されていた一四カ月間に、オスカー・ワイルドほか三名がオスカー・ワイルドの偉大さについて語った雑誌が四冊発行されただけだった。この文芸誌はオスカー・ワイルド本人にアルフレッド・ダグラス卿を黙って受け入れさせることができたので、オックスフォード大学に同性愛を黙認させるほうには、それほど力を入れなかったようだ。

これは大きな成功だった。オスカー・ワイルドは戯曲『サロメ』をフランス語から英語に翻訳させるためにボジーを雇った。まさに、大変なできごとだ。ワイルドは一八九一年にパリに住んでいるときに『サロメ』を書いた。執筆中にル・グラン・カフェにふらりと入り、ジプシーの楽団に、恋人を殺し、その血の海で踊っている人に訴えかけるような音楽を演奏してほしいと頼んだ。

彼らが奏でたのはケイティ・ペイリーの『ファイアーワーク』だった。

というのは嘘だ。どんな曲だったかはわからない。だが〝死んだ恋人の血の海で踊る〟曲を聴いて創作されたという事実から、『サロメ』が狂気に満ちた挑発的な作品だとわかる。検閲官もこの意見に賛成だった。この作品は舞台で上演されるまでは、イングランドで発刊禁止だった。そんな挑発的で物議をかもした作品の翻訳が、フランス語をろくに話せない二一歳の若者に任されたのだ。ボジーはフランス語を話せると思っていたが、それは彼がこの時代の基準からするとハンサムで、その考えに異を唱える人があまりいなかったせいだろう。

誰が見ても明らかにお粗末な、ボジーの『サロメ』の翻訳をめぐって、オスカーと彼は喧嘩をした。和解の印として、オスカーは翻訳の訂正をあきらめ、「この戯曲の翻訳家である、わが友アルフレッド・ブルース・ダグラス卿へ贈る」として『サロメ』を捧げた。

後年、刑務所に収監されているときにも(この話はのちほど)、オスカーはボジーに書いた手紙の中で、あの翻訳はお粗末だったと嘆いている。オスカーは「きみをつかまえて、翻訳を取り返してやる」と息巻いていた。

しかし、これほどの失敗をしてもボジーはめげなかった。彼は天才作家だと自負していて、のちにこう語っている。「二三歳のときに、自分は偉大な詩人かもしれないと思った。年月が過ぎる中で、その思いは確信に変わった」こうした発言は、威張り散らしている天才作家が口にしていたら、もっと楽しめたはずだ。ヘミングウェイが言ったとすれば、傲慢だが事実なので、周りの人はクスっと静かに笑うだけだろう。『ティーンエイジ・ミュータント・ニンジャ・タートルズ』のラファエロのように、ヘミングウェイはすてきだが横柄に見えてしまう。なので、もしあなたがこんな発言をする場合は、周りが同意しているかどうか確かめてからにしたほうがいい。

何はともあれ、ふたりは――文学界の星オスカー・ワイルドと、間延びした顔の思いあがった若者は――幸せそうだった。

一八九三年にはふたりのつきあいは最高潮を迎えていた。オスカーはボジーに次のような恋文を送っている。「赤いバラの花びらのようなきみの唇が、音楽と歌に熱中するためだけでなく、キスをむさぼるためにあるのは、驚嘆すべきことだ。きみの輝くような魂が情熱と詩のあいだを歩いていく」

ボジーはオスカーの美しい手紙を一通、アルフレッド・ウッドという若い男娼に贈ったスーツのポケットに入れた。すると彼は、失敗に終わったものの、オスカーを脅迫しようとした。オスカーは、自分が書いた手紙はすべてソネット集として出版する予定だと言って弁解した。

この頃には、オスカー・ワイルドは自分の同性愛的嗜好を隠す――彼には妻と子どもがいた――ことなく、堂々と振る舞うようになっていた。公言はしなかったが、ボジーのすすめで、若い男娼と時間を過ごすようになった。彼らと一緒にいるのを、「まるでヒョウとの饗宴だ。危険も楽しみのうちだ」と語っている。

一八九四年には次のように書いている。

「そなたの名は?」彼が答える。「わたしの名は愛」
まっすぐに歩いていた彼がわたしのほうを向く
そして叫んだ。「彼は嘘をついた。その名は恥だ
しかし愛なのだ
わたしはこの美しい庭にひとりでいたい。彼が来るまで
夜に尋ねられてもいないが、わたしは真の愛なのだ。
わたしは少年や少女の心を互いの炎で満たす」
そして、ため息をついて言った。「望みを持つのです
わたしは名乗ることのできない愛」

〝名乗ることのできない愛〟というのは同性愛を表す言葉になった。いまでもそうである。この瞬間もだ。読者のみなさんがこの本を、誰ひとりとして自分の性的嗜好を隠さないような、人々の考えが進歩した未来で読んでいるのでないかぎり(そんな時代にいるのなら、連絡してほしい。タイムトラベラーのみなさん、連絡を乞う!)。

アルフレッド・ダグラス卿の父親クイーンズベリー侯爵はオスカー・ワイルドが息子と関係していると耳にして、気を悪くした。〝ボジーは独特な一族の出身だ〟と先に述べたので、クイーンズベリー侯爵もまさに滑稽な人物だというのもお知らせしておいたほうがいいだろう。彼は無神論者

で、牧師を怒鳴りつけるために教会の礼拝へ行ったりした。難しく、きわめて教育的な詩を書いている。

わたしが死んだら火葬してほしい
遺灰をまいてほしい
母なる大地のおっぱいに
わたしは死ぬのも怖くない

わたしは自分がやりたいことを書き連ねた詩が好きだ。

〝もの知りクイズ〟に役立つ情報をもうひとつ。彼の妻は「生殖器の奇形と不感症および性交不能症」が判明したとして、離婚を申し立てた。生殖器の奇形とはどういうことだろう？　小陰茎症だったのか？　おそらくそうだろう。しかし、真実は不明だ。永遠の謎である。将来、誰かの生殖器が奇形だと非難するときには、〝歴史家のために〟写真を撮っておいてほしい。

とにかく、侯爵はセックスがあまりできなかったようで、そんなことをする人々は気に入らなかった。死ぬのも恐れていなかった。一八九三年にはアルフレッド・ダグラス卿に手紙を送り、オスカー・ワイルドとのつきあいをやめなければ勘当すると脅した。

こうした奇妙な行動は、侯爵がボクサーで、しょっちゅうパンチドランカーの症状を呈していたのが原因かもしれない。彼はクイーンズベリー・ルールというボクシングのルールを生み出した。そんな侯爵がオスカー・ワイルドに近づいて言った。「おまえとうちの息子が一緒にレストランで食事をしているところを見かけたら、殴ってやるからな」それを聞いたオスカーは「クイーンズベリー・ルールがどういうものか知らないが、オスカー・ワイルド・ルールでは、見かけたら、拳銃で撃つんだよ」と答えた。

それから、侯爵はオスカーの作品が上演されている劇場に、舞台に向かって投げるつもりの野菜を抱えて姿を見せるようになった。彼は入場を許されなかった。「三時間もうろうろしたあげく、ぶつぶつ言いながらサルの怪物のように去っていった」とオスカーは言っている。ちょっとここで、これがどれほど奇妙な行動かを考えてみてほしい。侯爵は社会的地位の高い、きわめて影響力の大きい人物だ。たとえば、アメリカの上院議員がブロードウェイに姿を現して、出演者に向かって野菜を投げようとしているので、出入り禁止になった。これは、すごい話ではないだろうか？

そんな楽しいことは最近では起こらない。

オスカー・ワイルドが侯爵の言うことを真剣に取りあわないのも納得がいく。誰も真に受けなかった。ボジーでさえ父親の長口上に、「まったくもって、おかしな人ですね」と言った。気持ちはわかる。そして「もしオスカー・ワイルドに名誉棄損で刑事裁判所に訴えられたら、そのひどい誹謗中傷のせいで懲役七年は確実ですよ」とも言っている。

クイーンズベリー侯爵は、おかしな人だったにもかかわらず、名誉棄損の裁判は、オスカー・ワイルドが息子とつきあっているのを世間に立証する機会になり得ると考えたようだ。一八九五年に侯爵は社交クラブでオスカーにカードを渡した。そこには「気取った色男家オスカー・ワイルドへ」と記してあった。

色男家？　こんな言葉はない。

これを受け取ったあとで、オスカー・ワイルドは「野蛮な怪物キャリバンと女装させられたネロの妻スポルスのあいだに立たされたようだ」と書いている。これはクイーンズベリー侯爵とボジーのことをたとえているのだろう。ボジーがスポルスにそっくりだったとしても、オスカーはそれほど彼に興味を示さないだろう。

そんなわけで、オスカー・ワイルドはボジーの依頼で、侯爵を名誉棄損で訴えた。ボジーは彼の兄弟と母親がオスカーの訴訟費用を負担するからと言って、強くすすめたのだ。

オスカーが告訴したとき、彼の社会的地位は盤石だった。『真面目が肝心』の批評記事で『ニューヨーク・タイムズ』紙は、「ワイルドはついに、一撃で敵を打ちのめすだろうと言われている」と書いている。

ああ、悲しいかな。そうはならなかった。

クイーンズベリー侯爵は嬉々として裁判に同意した。彼はオスカー・ワイルドを「気取った色男家」と呼んだことを認め、それは社会的正義のためにやったのだと主張した。

オスカーの友人たちは、この裁判に乗り気ではなかった。もしも刑法改正法令における品位に欠けるみだらな行為で有罪になったら、彼は刑務所に入れられてしまうのだ。しかし、当人はわたしや読者のみなさんほど心配していなかったようだ。彼は議論の的になるのに慣れていた。とくに同性愛がほのめかされている『ドリアン・グレイの肖像』が出版されてからは、人々は彼自身が同性愛者であると疑っていた。さらに、ジェームズ・ホイッスラーからは剽窃で非難されていた。それにまつわる面白い会話が残っている。

オスカー・ワイルド：なんてことだ、ジェームズ、わたしがそれを言っておけばよかった！
ジェームズ・ホイッスラー：きみは言うさ、オスカー、まねするよ。

オスカーはさまざまなできごとを無傷で切り抜けてきて、人々からは以前にも増して快活で、興味深い人物だと目されていた。なので、新たにはじまった名誉棄損の裁判でも不死身でいられると考えたのかもしれない。念のために言っておくと、非難されるようなことをしていたら、けっして名誉棄損で訴えたりしてはいけない。敏腕弁護士と歴史を題材にするエッセイストが断言する。名誉棄損を主張するには、真実が最強の弁護になるからだ。裁判がはじまると、侯爵はオスカーが男色であると主張しているが、その一二件の訴因はすべて嘘であるとオスカーは彼の法廷弁護士に断言した。これは、まったく意味をなさない戦術だった。オスカーは自分の恋愛事情について、ただ語るのではなく、長々と語っていたからだ。オーブリー・ビアズリーにいろいろな使い走りの少年たちを誘惑した話（「彼らはみな薄汚れているんだが、そこがいいんだよ」）をすると、ビアズリーは「わたしは彼の倫理観は気になりませんが、同じ話を何度も女々しく繰り返すのにはうんざりです」と言っている。なので、彼の友人らがオスカーにイングランドを離れて、アメリカかフランスへ行くようにと懇願したのもまったく不思議ではないのだ（余談だが、脱出先としてはフランスが正解なようだ。本書では、フランスへ逃げていればその後の人生を幸せに送れたであろう人がたくさんいる）。

オスカー・ワイルドの裁判はソクラテスの裁判を思い起こさせる。この哲学者はアテネの若者たちの道徳観を堕落させた罪で裁判にかけられた。ソクラテスはこの裁判にずっと不まじめな態度で臨んでいた。おそらく罪状がばかばかしいと考えていたのだろう。自分を弁護するように言われると、「みなさんは、わたしを糾弾する人々の意見をどう思っているか知りません。しかし、わたしは心を奪われました。彼らの言うことにはとても説得力がある。にもかかわらず、その言葉に真実は含まれていないのですから」と主張した。裁判の途中で自分に科すべき刑を問われると、彼がアテネに奉仕するのと引き換えに、生涯にわたって政府が食事を提供するのはどうかと言ってのけた。ソクラテスは法廷にいた誰よりも機知に富み、魅力的で、頭がよかったので、彼は真実を告げることによってみなを笑わせていたのだ。結局、彼はドクニンジンを飲まされて、死刑に処された。

誰もオスカー・ワイルドにソクラテスの話を聞かせなかったのだろう。

裁判中に相手側の弁護士がクイーンズベリー侯爵による主張をすべて読みあげると、オスカーは冗談まじりに反論した。

クイーンズベリー卿は言いました。「汚らわしい行為がばれるとすぐに、おまえたちはサヴォイ・ホテルを追い出された」わたしは「それは嘘だ」と反論しました。彼が「おまえは彼のためにピカデリーに家具付きの部屋を借りた」と言います。「わたしとあなたの息子さんについて、あなたは根も葉もない嘘を吹き込まれているんですよ。わたしはそんなことをしていません」と説明しました。彼はさらに言いました。「息子に胸が悪くなるような手紙を書いたせいで、脅迫されていると聞いているが」その言葉を聞いて、わたしは言いました。「その手紙はとても美しい手紙で、出版を目的として書いたのです」

それから、わたしは尋ねました。「クイーンズベリー卿、あなたは本当に息子さんとわたしを不適切な行為のために非難しているのですか？」彼は言いました。「おまえたちが同性愛者だとは言っていない。そう見えると言っているんだ」

わたしは彼が出版を目的として書いたというくだりが好きだが、法廷を笑わせたのは、同性愛者だとは言っていない、そう見えるという部分だろう。しかし、これは侯爵側のすばらしい一手となった。侯爵はオスカーを〝気取った色男家〟と呼んだだけだと主張することにより、彼はオスカー・ワイルドが男色家のように見えると証明するだけでよかったのだ。

しかし、オスカーはもうしばらく法廷を魅了しようとしてしゃべり続けた。

反対尋問者：若い男性を激しくあがめたことはありますか？
ワイルド：激しくは、ありません。わたしは愛を大切にしますから。これは高尚なものです。
反対尋問者：その話はわきに置いておきましょう。いまは話をそらさないでください。
ワイルド：わたしは自分以外の誰もあがめたことはありません。
（大きな笑いが起こる）

残念ながら、裁判官はオスカーのユーモアを好きにならなかったようだ。裁判にかけられているときには、ユーモアのセンスを披露している場合ではない。
そして、次のやりとりがオスカーの運命を決定づけてしまった。

反対尋問者：ウォルター・グレンジャーを知っていますか？
ワイルド：はい。
反対尋問者：彼は何歳ですか？
ワイルド：知りあったときには一六歳くらいでした。彼はオックスフォードのハイストリートにある、アルフレッド・ダグラス卿が部屋を借りている家の使用人でした。わたしは何度かそこに泊まったことがあります。グレンジャーはテーブルで給仕をしていました。彼と食事をともにしたことはありません。給仕をするのが仕事なら、給仕をする。食事を楽しむ者は、食事を楽しむ。それだけです。

反対尋問者：あなたは彼にキスをしましたか？

ワイルド：とんでもない、していません。彼はこれでもかというくらい、ふつうの少年です。残念ながら、とても不細工ですし。

オスカーが冗談を言っただけだと何度も繰り返し主張しているにもかかわらず、反対尋問者は、もしも少年がハンサムならオスカー・ワイルドはキスしていたはずだと言い続けた。おそらく、それは本当だからだろう！　オスカー、どうしてこんな裁判を起こすことにしたんだ？

オスカーはかつて書いたことがある。「笑いを入れることで、悲劇的だと感じさせることができる。聴衆の中で笑いが起こっても恐怖を打ち消せないが、笑いをなくすと、恐怖が消える。笑わせると悲痛さが消えると誤解してはいけない。その反対に、強調されるのだ」

これは真実かもしれない。登場人物のことを笑うと、彼らをもっと好きになり、そのせいで、彼らに悲しいできごとが降りかかると、怖くなってしまうのだ。そのためにも、裁判中に冗談を言って笑わせるべきではないのだろう。

判決は、侯爵による名誉棄損を認めず、オスカーに訴訟費用を全額負担させるというものだった。

この支払いのせいで、彼は破産した。

侯爵はこれ以上の行動を起こさないだろうと思われていた。しかし、それは間違いだった。侯爵は名誉棄損裁判の書類一式に加えて、オスカーと男娼との関係を嗅ぎつけた探偵の調査結果をすべて、ロンドン警視庁に提出した。この証拠をもとに、オスカーは品位に欠けるみだらな行為で告訴された。二度目の裁判の日程が決められた。今度の裁判はオスカーを同性愛の罪で投獄するかどうかを決定するものだった。

彼は男色であると認められ、訴因のひとつを除くすべてにおいて有罪となった。

裁判官は次のように判決した。


被告が有罪であると判決された犯罪は非常に悪質である。よって、わたしが使うのを控えるような言葉を使って、この二度のひどい裁判において名誉を重んじる人々の胸を悪くする考えを被告が著述することをかたく禁じなければならない……こうした状況を鑑みると、法律で許される中でもっとも重い刑は避けることが望まれている。わたしの判断では、本件に関してはそれでは不じゅうぶんである。本法廷の判決は、二年間の禁固刑と重労働とする。

ここで、ヴィクトリア朝の社会全体をののしらせてほしい。この刑は不公平なだけでなく、損失を与えている。オスカーはこの二年間に、すばらしい作品を生み出せたかもしれないのだ。しかし、当時の、そして、いつの時代も、同性愛者に対する迫害は尋常ではない。聖書にあるもっとも大切な戒めや、よきサマリア人のたとえを読んで、「ゲイは地獄で焼かれる」と言う人々は、大切な教えに気づいていない。彼らはみな、ユーモア作家のマロリー・オートバーグが言うように、聖書を読んで「最初にやるべきことは、ヘビをつかまえてきて飼い慣らすことだ」と言う人々と同じなのだ。彼らは、この章を読んで「偉大な作家になるには、荒々しいジプシー音楽を聴くのがいい」と言い出す人とも同じなのかもしれない。

われわれはオスカー・ワイルドの裁判に行って、必死に弁護することは叶わない。そして、彼は二年間の重労働を科された。これは悲惨だ。彼が耽美主義者だからではなく、重労働は誰にとっても過酷な刑なのだ。彼はひどい飢えに苦しみ、ワンズワース刑務所に収監されているときに耳の鼓膜も破れてしまった。このせいで、彼はのちに感染症にかかり、そこから髄膜炎になって命を落とす。最初の頃は、本はもちろん、ペンと紙も許されず、面会は三カ月に一度で、しかも二〇分だけだった。

彼の友人がかけあったおかげで、レディング刑務所への転移が認められた。そこの刑務所長だったネルソンは思いやりがあったようで、「内務省はあなたが本を読むのを許可してくれました。これなど、ちょうどいいかと思いまして。わたしも読んだばかりなのです」という言葉とともに、彼の本棚から選んだ本をオスカーに渡してくれた。オスカーは涙を流し、「レディング刑務所に来てから、はじめて聞いた親切な言葉だった」と語っている。のちに、オスカーは自著『真面目が肝心』

に「高貴なすばらしいやさしさに感謝を込めて」と記して、ネルソンに贈っている。一八九七年にには執筆を許されたが、一日一ページだけだったので、全体の流れを追うことはできなかった。獄中での体験をもとにした詩である『レディング牢獄の唄』で、オスカーは次のように記している。

毒のある草のように下劣な行為が
牢獄の空気の中では栄える
人間のよきところだけが
ここでは枯れて、しおれていく
青白い顔した苦悩が重い門を守る
そして、看守は絶望をもたらす

空腹のために、小さな怯えた子どものように
昼夜たがわずすすり泣く
彼らは弱い者を罰し、愚かな者を鞭打つ
そして、白髪の老人を嘲る
ある者は狂気に走り、みなが悪に走る
言葉を発する者はいない

われわれが暮らす狭い独房は
狭く、汚い厠
生ける屍のくさい息が
牢格子までいっぱいに充満する
欲望以外のすべてが塵となる
機械と化した人間の内側で

こうした絶望の中でボジーの面会が目に見えて減り、刑務所から送られた手紙をボジーが出版するという計画に腹を立てながらも、オスカーのボジーへの気持ちは変わらなかった。
彼が出所してすぐに、ふたりはナポリで再会した。一八九七年にオスカーは新しい出版社のレオナルド・スミザーズ宛に手紙を送っている。

アルフレッド・ダグラス卿がナポリにいるかどうかを、なぜそんなに確かめようとし続けるんだ？　彼が、いや、われわれが一緒なのは知っているだろう。彼はわたしとわたしの芸術を理解し、このふたつを愛してくれている。彼とはもう二度と離れたくない。彼はもっとも繊細で洗練された詩人であり、イングランドの若い詩人たちに比べてはるかにすばらしい。彼の次の作品を出版するべきだ。美しい抒情詩、フルートの音楽、月の音楽、象牙と金のソネットであふれている。彼は機知に富み、優雅で、見た目に美しく、一緒にいると愛らしい。彼はわたしの人生を破滅させ、それゆえに愛さずにはいられない。たったひとつすべきことが、彼を愛することなのだ。

オスカー・ワイルドが刑務所での日々――まさに人生の破滅――を、激しい恋愛における一風変わったできごととして、乗り越えられたのは驚きだ。はた目には、ボジーとの関係がオスカーの人生を完全に叩き壊したように映っていた。

本当に。完膚なきまでに。彼の人生を台無しにしてしまった。

オスカーはボジーをただ許した。彼はボジーを刑務所に送られる前のように甘やかすことはできなかった。なんとか生き延びはしたものの、破産してしまったからだ。彼はイングランドで好ましくない人物となった。この頃、ボジーは遺産を相続していた。オスカーに大金は渡さなかったが、オスカーの友人たちから彼の義務だと説得されて、いくばくかの手当は支払っていた。しかし、家族から資産を差し止めると脅されると、最終的にはオスカーと別れた。ボジーは正直で、端的な手紙を編集者のモア・アデイへ送っている。「オスカーと暮らしているせいで飢え死にするというのなら、別れるのが妥当でしょう」また「地に落ちたあなたには、もう魅力がない」とオスカーに向かって言い放ち、関係が終わる頃には、母親に「苦労したり、世間からひどい扱いを受けたりするのに疲れてしまった」と書いている。

オスカーは二度と書くことができなかった。別の表現にするならば、彼が言うように「書けるが、書くことの喜びを見失ってしまった」のだ。一九〇〇年に髄膜炎で亡くなるまでの数年間を酒に溺れて過ごした。彼の最期の言葉は、「あの壁紙がだめになるのが早いか、わたしが亡くなるのが早いかだ」であったと記録されている。わたしは彼が自分の言葉で最後を締めくくったと記憶されるほうを選ぶと思う。しかし、最後の秘跡を行ったダン神父は、「わたしが耳もとでイエスの御名、痛悔、信仰、徳、隣人愛についての使徒言行録、そして神の意思への服従をささやくと、彼はこの一連の言葉を繰り返した」と語っている。

このとき、ボジーはスコットランドで狩猟に興じていた。

オスカーが刑務所からボジーへ送った五万語に及ぶ手紙である『獄中記』はその完全な状態で出版された。われわれがなぜかボジーを嫌ってしまうのは、ボジーのひどいところ(とオスカーが思っているところ)が数多くこの作品の中に書かれているからだろう。

一九一四年に出版されたボジーの回想録『オスカー・ワイルドとわたし *Oscar Wilde and Myself*』がなければ、オスカーの記憶に偏りがあったと思っていただろう。この頃までには、ボジーは結婚して、宗教に目覚めていた。この本がオスカーに対して同情的でないのは、そのせいかもしれない。本の中で彼は、次のように述べている。

オスカー・ワイルドは浅はかで、いくぶん心が弱く、ちょっと複雑なだけの物事にも助けなしには取り組むことができなかった。そして、新しい考えを生み出す力がないために、古い考えにたわむれるだけで何もしない傾向にあった。二足す二は四というという当たり前のことに喜びを見出し、二足す二は五という考えには、喜びを見出すふりをするだけだ。彼の書いたものはすべて、もちろん、詩を除いて、弱く、二流で、意味もなく輝いているだけで、どれだけ一生懸命になろうとも、愚かな人々がただ叫ぶように、何も言うことはできない。

これは完全に間違っている。事実にさえ基づいていない。ここでちょっと立ち止まって、言ってみよう。「いや、彼は天才作家だ。おまえは自分を見失っている」さあ、一緒に言おう。ちゃんと言っただろうか？　よろしい！　では、次に進もう。

ボジーはあなたの言ったことを聞いていなかった。

前の編集補佐だったトーマス・ウィリアム・ホジソン・クロスランドが部分的に代筆した――天才作家だと常に豪語していたにもかかわらず、ボジーは一冊の本を書きあげることができなかった――『オスカー・ワイルドとわたし』では、意志が弱く、年老いたオスカー・ワイルドに比べて、彼がいかにすばらしく、すぐれた人間かを延々と書き綴っている。代筆に協力した男も、これに同調している。ボジーはこうした発言を亡くなるまで繰り返し、オスカーとは表面的なつきあい以上のものがあったとはけっして認めようとしなかった。一九四〇年に出版された二冊目の自叙伝『オスカー・ワイルド——その評価 *Oscar Wilde: A Summing Up*』では、「わたしは、みなさんにもご理解いただいていると思いますが、同性愛には嫌悪感しかありません」と主張している。幸い、こちらのほうが元恋人への風あたりは弱い。それにしても、まったくひどい。ボジーはどんな言い訳をしようと同性愛者で、オスカー・ワイルドに男娼を紹介した張本人だ。それは法廷でも証言されている。「ちょっと待ってくれ。ぼくは男なんか好きじゃない！」と言って抗議するのは、遅すぎたようだ。

　ボジーを除く世界中の全員が嘘をついていて、彼は杜のようにストレートな性的嗜好を持っていると仮定しようとしたが、わたしは陰謀説を唱えたりする人間ではない。彼はただ、オスカー・ワイルドが受けたような罰を受けるはめにはおちいりたくなかったのだ。ボジーはオスカーが刑に処されるのを間近で見ていた。オスカーへの愛やふたりの関係を否定するのが、同じ轍を踏まないようにする唯一の道だったのだろう。ボジーが自分の性的嗜好を嫌悪すべきものと見なす必要のある時代に生きたという事実は、とても痛ましい。残念な話だ。ボジーは真の悪人ではない。ただのつまらない男だ。怪物ではなく、亡くなるその日まで女々しい子どもだったにすぎない。

　その一方で、オスカー・ワイルドは天才作家であるのみならず、女々しい子どもではないことも証明してみせた。彼はユーモアのなさ、意地悪、醜さ、そして、壁紙とも勇敢に戦って勝った。重要な戦いにすべて勝利をおさめた。

　さらに、オスカーには自分の望むがままに世界を見るという、卓越した能力があった。彼にとって世界は、美しく、想像力に富み、愉快で、愛すべき人々であふれているのだ。本書の読者のみなさんも、このように世界を見たいと思っていらっしゃるだろう。彼が失望せざるを得なかったのは気の毒なかぎりだ。

ほかのものに比べて面白味に欠けるかもしれないが、本章の最後にぴったりなオスカーの格言がある。「よい人間であるというのは、通俗的な善良さを基準にしていれば、とても簡単だ。少しばかり卑屈に怯え、想像力を持たず、中程度に尊敬されたいという情熱があればこと足りる」

人生において究極の勝利をおさめるとは、勇気と想像力を持ち、慎み深い心でいることだろう。端から見て、これで〝よく〟なっていないのであれば、より上を目指して努力するべきなのだろう。少なくとも、歴史書で語られている人はよく見えるものだ。だからこそ、パリにあるオスカーの墓の周りに柵が設置されている。あまりに多くの人々が墓石に口づけるために、すり減ってしまいそうだからである。

読者のみなさんは、まだボジーの美徳を見つけたいと思っているかもしれない。オスカーも、そうしてくれと願っているだろう。なので最後に、彼が書いた作品で唯一、いいと評価されている詩を紹介して本章を締めくくろう。驚くにあたらないが、これはオスカー・ワイルドを詠った詩で、題名は『亡くなった詩人』だ。

昨日の夜に彼が夢に出てきた。わたしは彼の顔を見た

その顔は輝き、苦悩の影はなかった
老いてはいるが、音楽に乗せて計り知れないほど
彼の金色に光るような声を聞き、彼を追いかけた
ありふれたものの中に優雅さが隠れ
無から驚きを引き出す
卑劣な物事がドレスのような美しいものに覆われるまで
世界中がうっとりするような場所になるまで

そして、かたく閉ざされた門の前にいる
書き留められずに失われていった言葉を悼む
忘れられた話や半分しか語られなかった謎
すべてが語られていたかもしれないと思う
さえずっていた鳥が殺されたような、声にできない思い
わたしは目覚めると、彼が死んでいるのを知る

第一〇章　愛の喪失がもたらしたもの
イーディス・ウォートンとモートン・フラートン

あなた方やわたしのように、ふつうに見えるからという理由で作家が好きだということもある。たとえば、デイブ・バリーはいい人に見える。彼はプールサイドで開かれるホームパーティーで面白い冗談を言うだろうが、全員に受けるわけではない。七五パーセントが心から笑ってくれれば、彼がパーティーにいてくれてうれしくなるだろう。だからといって、奇妙なことに、突然、お笑いショーを見ている気にはならない。そして、彼は人が口をはさんできても受け入れるだろう。あなたが近所の人たちとロックバンドを組んで、スティーブン・キングが仲間に入ってきても、彼がバンドの中でいちばん目立つことはないだろう。ジェニファー・ウェイナーがあなたやわたしの母親の友達だとしたら、次に母親に電話をしたときに、きっと彼女の近況を尋ねるだろう。

ここで、本題のイーディス・ウォートンの話に入ろう。彼女は読者のみなさんが知っている人、あるいはこれから出会うであろう人の人生とは似ても似つかない人生を送った作家である。みなさんの母親が一九〇〇年代前半に生きていたとしても、友達にはなっていないと断言できる。イーディス・ウォートンが理不尽で無意味なくらい金持ちだというだけで、一般人とわかりあえるのだろうかと心配する人々がいる。あまりに裕福なので、F・スコット・フィッツジェラルドの〝金持ちはあなたやわたしとあまりにも違っている〟という格言が、彼女に向かってしばしば投げつけられるほどだった。しかし、彼女は当時の超富裕層を小説という形で見事に描いているので、われわれは彼女を愛しているのだ。

『エイジ・オブ・イノセンス――汚れなき情事』の著者の作品で、わたしがいちばん気に入っている逸話はなんだと思うだろう。彼女は作品のすべてを朝食後にベッドの中で、手書きで書いた。そして、一ページ書き終えるごとに床に落とした。すると、彼女の秘書がやってきて、落ちている原稿を拾って順番に並べるという具合だ。彼女の小説の辻褄が合っているのは、秘書がちゃんと仕事をしたからだろう。

イーディスがベッドの中で長い時間を過ごす女性になったのは、生まれたときから運命づけられていたようだ。彼女は一八六二年にニューヨークでジョージ・フレデリック・ジョーンズとルクレツィア・スティーブンス・ラインランダーの娘として生まれた。「隣近所の人《ジョーンズ》に負けまいと見栄を張る」という言い回しに登場するジョーンズだ。これはウォートンの一族を指している。成長すると、彼女はヨットに乗ったり、ハーレムに行ったりするのを趣味にした。モロッコを訪れたときには、スルタンのハーレムにも行くことができたらしい。その中でくつろいでいる女性を見て、「衣装デザイナーのバクストが夢にも思いつかないような衣服を着ている」と言った。

しかし、莫大な財産と特権があっても、テレビドラマ『ダウントン・アビー』が教えてくれるように、必ずしも人と幸せな関係を結べるとはかぎらない。『ニューヨーカー』誌に掲載された『共感を持たれないイーディス・ウォートンに捧げる応援　*A Rooting Interest: Edith Wharton and the Problem of Sympathy*』の中で作家ジョナサン・フランゼンは、「イーディス・ニューボールド・ジョーンズは不利な点をも相殺してくれるような問題がひとつあった。美人ではなかったのだ。彼女がいちばん結婚したいと思った相手は、友人のウォルター・ベリーだった。彼は有名な美女好きで、結婚向きの男性ではない。二回の失恋を経て、彼女はささやかな財力を持つ愛想のよい役立たずのテディー・ウォートンで手を打った」

この描写は事実を残酷なまでに誇張している。イーディス・ウォートンは美人とは言えないだろうが、顔とスタイルを自分に似合うように整える方法をちゃんと知っていた。男性とのつきあいも上手だった。子ども時代には男の子と遊ぶほうが好きで、大人になっても変わらなかった。彼女の仲のいい友達は男性で、中でもヘンリー・ジェームズとは親友だった。歴史学者のシャリ・ベンストックはその著書『必然的な才能：イーディス・ウォートンの生涯　*No Gift from Chance: A Biography of Edith Wharton*』の中で、次のように語っている。

男の子のような女の子だったが、イーディスは女性らしさというものをじゅうぶんに理解していて、その才能をいかんなく発揮した。ハリーやウィリー、ジョージといった男の子たちと一緒にボール遊びをしたり、縄跳びをしたりする中で、彼女は「太陽に当てたいの！」と言って、長い赤毛をこれ見よがしに揺らした。その数年後、リヴィングストン家の娘からハンサムなドイツ人の婚約者を奪って、ほくそ笑んだ。この男性は彼女の「面白いところ」が気に入り、彼女は「彼のかわいそうな婚約者が数週間のあいだひどく苦しむ」のを楽しんでいた。

「わたしの友達はみんな男なの」と大胆にも言ってのける女性は、「誘惑できない相手との関係などつまらない」とほのめかしていることが多い。イーディス・ウォートンはこのタイプではない。人の婚約者を奪ったときにも、最終的には彼はもとのさやにおさまったのだが、イーディスはその後何週間も苦しんだ。わたしが驚きを隠せないのは、このように快活で、気まぐれに人の婚約者を奪ってしまえるほど感情の機微を理解でき、ものおじせずにハーレムに行けたり、『エイジ・オブ・イノセンス――汚れなき情事』――これほど胸が張り裂けそうになる恋愛小説はない（まだの人は、すぐに読んでほしい！）――を書けたりする女性が、生涯で一度しかオーガズムを経験していないということだ。しかも、相手の男性はそのあとすぐに彼女を捨ててしまった。

その男性とは、夫のテディー・ウォートンではない。

彼女の経験がかぎられ、抑制されていたのは、ここでもヴィクトリア朝の抑圧が原因である。イーディスの場合は社会と、さらには母親が悪かった。イーディスが一〇代の頃、ポニーに乗ったり、隣家の男の子とダンスをしたりしていると、なんだか気持ちよく感じるのはなぜかと母親に尋ねたとしたら、「そんなことを口にするのは上品ではありませんよ」という答えが返ってきたのだろう。なにしろ、汚れなき時代だったので、神のもとに人々も汚れなくあろうとしていたのだ。

彼女の母親は、ただ単に知らなかったのだ。イーディスが一五歳のときに書いた短編小説に、次のような会話があった。「あら、ご機嫌いかが、ミセス・ブラウン？」ミセス・トムキンスが言った。「いらっしゃるとわかっていたら、客間を片づけておきましたのに」この台詞を読んだ母親は、けげんそうに「でも、客間はいつも片づいているでしょう」と言った。

イーディスが育った世界では、屋敷の中の家具調度は完璧に整っていたが、女性の性的欲望や夫婦間の性についての理解は著しく欠落していた。

そんなわけで、イーディスとテディー・ウォートンは結婚したものの、これは白い結婚《マリアージュ・ブラン》だった。つまり、この夫婦にはセックスがなかったのだ。あるいは、一、二度はしたかもしれない。性交についての知識が皆無だったのも裏目に出たのだろう。一八八五年にテディーと結婚する直前、彼女は母親にセックスとはどういうものか尋ねた。そのときの様子は次のようだった。

> 結婚式の数日前に、わたしはまったく何もわからない不安にとらわれていた。なので、息ができなくなるほど心臓をどきどきさせながら、勇気を振り絞って、「結婚とはどのようなものか」教えてくれるようにと母に懇願した。彼女の美しい顔に一瞬で、わたしがもっとも恐れていた、

氷のごとく冷たい、軽蔑するような表情が浮かんだ。そして「これほどばかげた質問は耳にしたことがないわ！」といらだたしげに言った。わたしのことを下品だと思っているのが手にとるようにわかった。

しかし、どうしても知りたかったので、わたしはあきらめなかった。「お母様、わたしは怖いのです。何が起こるか知りたいのです！」

母の冷たい表情は、いっそう険しいものになり、問いかけへの答えはなかった……わたしはこの短い会話を残しておこうと思う。なぜなら、きちんと教えられていたならば、わたしの人生の進むべき道が、まったく違うものになっていたはずだからである。

彼女の人生は、誤った方向に進められてしまった。

あら、二〇代前半の長い求婚期間を経て結婚し、セックスをするのは生涯ひとりの人という時代のおつきあいのほうがよかったはずよ、と思っているすべての人に向けて本章は書かれている。おっしゃりたいことは理解できる。『ミスター・オースティン・ウィッカムを殺したリディア』というような題名の、表紙に油絵があしらわれたジェーン・オースティンもどきの本を読みながら、ヴィクトリア朝のデートはすばらしかったに違いないと想像していらっしゃるのだろう。実際には、そんなにすばらしくはない。いまとは違うだろうし、違うからこそいいこともあっただろう。しかし、全体的に見ると、あなたは四〇歳になるまでオーガズムを経験できない上に、それがどういうことだったのかじゅうぶんに理解できないまま放り出されるという、最悪の失恋に耐えるはめになる。

ヴィクトリア朝の——イングランドとアメリカの——人々に、彼らのセックスを取り巻く環境がいかにつまらないかを理解させるのは困難だ。本章と前の二章（オスカー・ワイルドと気の毒なエフィー・グレイ）については、「ヴィクトリア朝——最悪か？　最悪よりもひどいのか？」という副題をつけられるほどだ。イーディス・ウォートンの話は、ひとりの相手とこの上ないほどロマンチックにデートしているだけでは、どんな結果になるかということを物語ってくれている。

この悲惨な状況は、テディーを夫として選んだという失敗とは関係ない。彼は酷評されているが、それでは彼がかわいそうだ。イーディスが二三歳で結婚したとき、彼は三五歳。彼はイーディスと同じく、旅行がとても好きだった。名門一家の出身で、ペットを愛していた。スケートの最中に氷が割れて、池に落ちてしまったいとこたちを助けたこともある。彼が卑劣な男だったという記録はどこにもない。しかし、現在では、彼の家系が双極性障害をわずらっていたことがわかっている。彼の父親は「ベッドから出られなかった」ので、精神科の治療を受けていた。テディーはアルコール依存症だった。これは彼が極端に悲観的だったのが原因かもしれないし、依存症のせいで悲観的だったのかもしれない。当時、彼はうつ病をわずらっていると思われていた。イーディスと彼女の家族は、最初の頃には彼の症状に気づいていなかったのだろう。なぜなら、ヴィクトリア朝には、少しゅううつな顔をしているくらいでなければ、まぬけだと思われていたのだ。もちろん、冗談だ。

しかし、彼がイーディスとセックスを控えていたのは、彼女がセックスとはどういうものか知らなかったことも原因だと見られている。イーディスはセックスについて話すのを拒否した母親に、心の底から、ほぼ一生涯において腹を立てていた。〝上品な〟女性はセックスについて何も知らないと思われていた時代だというのを考慮に入れると、テディーは彼女に余計なことを教えて、下品な男だと軽蔑されるのを避けようとしたのかもしれない。彼は〝生殖〟について話したことがあったが、これも結婚して数週間経ってからだった。彼女が間接的にではあるがセックスの話を聞いたのは、一〇歳の頃に赤ちゃんはお花から生まれるのかと尋ねて、母親が何も答えなかったという経験以来、はじめてのことだった。こんなに……無知と言うのはかわいそうなので、やめておこう。あの時代らしい花嫁を迎えたテディーが、彼女になじみのないことを教えたがらなかったのも理解できる。彼自身、たくましい女たらしではなかった。結婚初夜に、彼らはなんらかの夫婦の共同作業を行ったらしい。

夫妻の結婚生活は一九一三年の離婚にいたるまで、完全に、あるいは実質的に性交渉はなかった。完全にないのか、実質的になかったのかは、文献によって異なる。いちゃついたり、ペッティングをしたりしていたのかどうかは、まったくわからない。だが、イーディス・ウォートンは一生、そして結婚中もセックスをしなかったのではない。一九〇七年、彼女が四五歳のときにジャーナリストのモートン・フラートンと、最初で最後であると考えられている情事を持った。その頃までには、彼女は有名な小説家になっていた。『歓楽の家』を出版してピューリッツァー賞を受賞していた。彼女はずっと性交渉をしたことが——先の夫婦の共同作業がどの程度のものだったか不明だが——

なかったのだろう。こう考えると、作家のニコール・クリフが指摘するように、本来ならセックスに展開するような場面でとくに、「自分を投影しながら『歓楽の家』を読んでいると、どうしてももの足りなさを感じてしまう」理由の説明がつく（この場を離れて寝転んでみるといい。それだけでも、想像がふくらむ！）。イーディス・ウォートンはセックスを描写できなかったのだ。自分に一度も経験がなかったから。

モートン・フラートンと出会って、話は変わる。

彼はたしかに、格好いい浮気相手だ。ろくでなしで、社会病質者のきらいがあるかもしれないが、格好いい。ハーバード大学を卒業後、パリへ移ると、半いとこのキャスリーンと婚約しているにもかかわらず、年上の舞台女優マダム・ミルクールと一緒に暮らした（この婚約は破綻）。イーディスとモートンは共通の友人であるヘンリー・ジェームズを通じて知りあった。フラートンはロンドンの『タイムズ』紙に所属するパリの特派員で、イーディス・ウォートンは彼を〝理想の知的なパートナー〟だと考えた。そして、彼は禁欲とは程遠く、血のつながりのない姉妹とも男女の関係にあった。これは同じ状況を単に〝ひんしゅくだ〟としかとらえていない映画、『ザ・ロイヤル・テネンバウムズ』を観たばかりでなくても、想像するだけで不愉快な話だ。イーディスの人生を描いた『エイジ・オブ・デザイア *The Age of Desire*』の作者ジェニー・フィールズはナショナル・パブリック・ラジオで語っている。「モートン・フラートンは男女を問わず、いろいろな成功者たちと情事を重ねていました。彼は社会病質者的なところがあります。それは、彼が相手と関係を持った直後に姿を消してしまうところです。これは彼の手口なのです」

レオン・エデルはその著書『ヘンリー・ジェームズ――その生涯 *Henry James: A Life*』で、フラートンが〝放蕩者〟であり、〝エレガントな誘惑者〟〝中年の口髭を生やした女たらし〟と書いている。エデルは彼が抗いがたいほど魅力的で、人々はこの〝さっそうとして身なりがよく、立派な口髭を生やし、物憂い目の、ボタンホールにあざやかな花を挿して、女の扱いに慣れた男〟に魅了されてしまうのだと断言している。彼がオスカー・ワイルドや舞台美術デザイナーのパーシー・アンダーソン、小説家のジョージ・メレディス、そしてヘンリー・ジェームズと親交があったのも納得がいく。フラートンは両性愛者で、小説『ドリアン・グレイの肖像』に登場するヘンリー卿のモデルになったと言われているロナルド・サザーランド・ガワー卿とも関係していた。オスカー・ワイルドとの情事はなかったと言われている。オスカーが晩年に借金を申し込み、それをモートンが断ったためらしい。

モートン・フラートンがすてきに思えてきた。彼はこの時代の抑圧的な慣習に絶対に従いそうに見えないからだ。ヘンリー・ジェームズは彼に手紙を書いている。

親愛なるフラートン。いったいなぜ、真正面からそんなに率直に書けるのだ。わたしはその場所をなんと呼ぶか知らない。スパイスの香りのする熱帯のエデン島――金色に輝く島――最高の島というのだろうか？　前にも言ったが、意味ありげにやさしく手を置くのは、もう終わりだ。ちゃんと理解してほしい。わたしが生みだしたどの作品よりも完璧に、終わったのだ……わたしとやりたいことをやったではないか……きみはわたしが手に入れられるものの中で、最高のものだ……いったいどうして、きみとやっていけるなどと思ったのだろう。しかし、きみに固執してしまう。これはずっとわかっていたことだ。本当は、もっときみが欲しい……きみはまばゆいばかりだよ、愛するフラートン。きみは美しい。きみは頭がいい。きみはやさしく、不思議なほどなめらかだ。

これがラブレターでなければなんだろう?

モートン・フラートンが男性にも女性にも非常に魅力的だとわかった。イーディス・ウォートンは性に奔放な男性から関心を寄せられるのに慣れていなかった。なので、彼女はすぐにモートンの手に落ち、性的な関係を結んでしまった。彼女は大喜びした。おそらく、一度もセックスをしたことがないせいか、セックスで満足感を味わったことがないせいか、あるいはその両方だからだろう。『愛の日記　*The Love Diary*』では次のように書いている。

わたしは言葉に表せないような絆を誰かとのあいだに感じたのははじめてだ。感じる。途切れることなく、しっかりと。あらゆる感覚や嗜好を凌駕する。「これが幸せな女性が感じていることなのだろう」

ついに人生の美酒を味わうことができた。知るべきことをようやく知れた。どんどん熱くなる。これが終わるまでは冷たくなることはない。

もちろん、これを恋に溺れる経験と言えるのだろう。ウォートンが〝出版できない部分〟とする次の引用は、さらに多くを物語っている。

彼の手がはい上がってくると、彼女は体にある秘密のつぼみがふくらむのを感じた。花を咲かせようと、熱くふるえながら切望する。ああ、彼が人差し指をあてがい、かたい花びらをそっと広げる。そして、円を描くように敏感な部分をやさしく、しかし火をつけるかのようになぞる。すべてを甘んじて受け入れようとする体の深層部が脈打ち、全身を稲妻のように熱が駆け抜けていく。指先まで、そしてほどけた髪の先まで。

そうだ、そのとおりなのだ。ただの恋に溺れるという経験ではなく、オーガズムを体感しているのだ。相手はモートンで、かわいそうなアルコール中毒のテディーではない。

テディーは気の毒に思われてしかるべきなのだろう。伝記ではのきなみ彼を憐れな怠け者として切り捨てているが、うつ病の症状が重く、妻の秘密のつぼみを熱くして開かせるほど毅然と振る舞えなかったようだ。モートンは立派な口髭を生やし、有名な作家たちを右往左往させるほどだったので、ふたりを比べても意味がないのだ。

彼女の情事は、すばらしいできごとになり得たのかもしれない。イーディス・ウォートンの体に熱い稲妻が駆け抜けたのを、わたしもうれしく思う。まるでこの話のような、スティーヴ・カレルのちょっと変わったロマンチックコメディがある。可愛い中年の処女の女性がついにセックスをするのだ。もしもイーディス・ウォートンがモートン・フラートンと駆け落ちするか、または性に目覚めてたくさんの相手と幸せな関係を結ぶか、テディーと一からはじめてみるか、またはすべての情事をすばらしいと感じられたなら、めでたし、めでたしだったのだろう。

しかし、そうはならなかった。モートンは彼女のもとから去った。彼がいつ頃姿を消したかについては意見が異なる。イーディスが彼に書いた手紙の数から推測して、歴史家の多くはふたりの関係が数年続いたと考えている。最近では、数週間という説も出てきた。イーディスの意見では、数カ月である。

ふたりの情事から一年経った一九〇八年に、彼女は手紙の返事をくれと彼に懇願する――かなり痛切な手紙を書いている。悲痛な叫びに耐えられないなら、最後のページへどうぞ。

あなた、何も連絡をくれないのは、どうしてなの？

先日、あなたからの手紙を読み返しました。あのような手紙を書く人に心がないとは信じられないし、相手の女性のもとから姿を消して、何もわからないという苦しみに陥れるのではなく、彼女の愛と勇気を信じるべきです。

何があなたをそんなに変えてしまったの？　ああ、その理由がなんであれ、わたしに話してちょうだい！

その理由がわかったら、勇気を出して自分の人生を生きていきます。あなたにとってこの数カ月がどんなものであれ、わたしにとっては贈物でした。すばらしく豊かで、いまでもうれしく思い、感謝しています。あなたはわたしを長い眠りから目覚めさせてくれました。必要もないのにずっと抑えつけてきた本能を。もしもわたしがぎこちなく、はっきりと意見も言えなかったのであれば、それはわたしの一面が眠っていたからです。

『イオリオの娘』を観に行ったのを覚えています。娘が彼を母親のもとに帰らせる洞窟の場面で（登場人物の名前を忘れました）、彼が去る前に彼女に口づけると、彼女は彼を放せなくなってしまいました。あなたはわたしのほうを向いて、笑いながら言いましたね。「こういうことを、きみは全然理解していないんだ」

まさに！　そのあとすぐに、わかるようになりました。もしもあなたが指摘するように、わたしがまだ気持ちを表現せず、反抗的で、〝ひとりの世界に引きこもっている〟のであれば、わたしには恐れている感情があるからです。もしもあなたにわたしを愛することを許したならば、別れる勇気がなくなってしまいます！　この手紙を読まれたら、わたしがほんの束の間でも、どれほどあなたと一緒にいたいと思っているか理解されるでしょう。まるでわたしのような、しがみついて相手を苦しめている〝若くもない女〟は、自分を抑え、身を引くことで、あなたへの愛を示せるとでも思えばいいのでしょうか？　あなたはそれを、わたしがあなたを愛するゆえだと思うのですか？

そして、あなたが将来は不透明で、別れて自分の思うように仕事をしたいと言ったとき、わたしの心が張り裂けるのがわからなかったのですか？　わたしが若く、美しければ、すべては違っていたのでしょう。短いあいだでもふたりで、見事な共同作業を成し遂げることができたでしょう。そんな人生で、あなたの才能は大きく開花し、顕著なすばらしい功績をあげることができたはずではないでしょうか？　いま、わたしはあなたの人生が幸せで順調に進むことをお祈りしています。でも、これはあなたがわたしを〝型にはまっている〟とおっしゃったときのことです……。

そうなのです。わたしは以前も、いまも変わらずにあなたを愛しています。あの頃にあなたがわたしに望んだように、目の前の一瞬を幸せに思わなければいけないと学びました。わたしはもうけっして、あなたを〝悲しい気持ちで〟愛したりしません。あなたをいやな気持ちにさせてしまいますから。

あなたが姿を消してしまったにもかかわらず、わたしの気持ちを理解してもらえると思っているのが、おわかりになるでしょう！　われわれふたりはさまざまな面を持ち、想像力に富んでいて、強い絆で結ばれているのに、こんなふうに月日が無為に過ぎてしまうなんて。たった数週間のうちに、あなたの心から消えるのでしょうか？　わたしが知っているあなたと、意識の高いわたしには、そんなことはあり得ないと申しあげましょう！

あなたはわたしが、この恋愛経験を書くべきだとおっしゃいました。わたしも同感です。この作品があなたを喜ばせると思うと、興奮しました！　しかし、このわけのわからない沈黙と、わたしに対してのあなたの無関心さには驚くばかりです。あまりにも突然です……。

あなたに手紙を書くのもこれで最後でしょう。このおかしな魔法が解けなければ。わたしの最後の言葉は、愛する友人へのやさしさにあふれています。わたしがあがめていた恋人に贈ります。

さようなら、いとおしい人。

お願いですから、わたしの手紙を送り返したりしないでください！　前に送った手紙の中では、あなたが次に進みやすいようにと慮ってお願いした次第です。

あなたが大切にしてくれなかったらどうなるかと、わたしが心配していると思われたでしょうか？

これは本当に、わたしの大切な友人――ヘンリーの友人でもある――すなわち〝親愛なるモートン〟に対して書かれたものなのでしょうか？

この手紙が長すぎるのであれば、次のように要約できる。

・あなたはどうしてわたしに手紙をくれないの?
・わたしを愛していると言っておきながら、どうしてまったく手紙を書かないなんていうことができるの?
・わたしたちは幸せだった。
・あなたを愛しています。
・ああ、あなたを愛しています。
・もう二度と、あなたとお話しすることはありません。この、ろくでなし。
・わたしの手紙を送り返すようにと、きつく言ってごめんなさい。
・あんたのことなんて、もうどうでもいいわよ、ばか野郎。

つきあいが短かったわりに、イーディス・ウォートンのモートン・フラートンに対する口調が大袈裟すぎると感じる人もいる。これはイーディスが芝居がかった女性で、書きあげた原稿を床にばらまくような、奇妙なところがこの手紙にも表れているのだろう。そして、イーディス自身が自分の振る舞いに当惑していると『愛の日記』にも書いている。「人生を謳歌してきたわたしが立ちすくみ、意思や自分らしさが消えたかのように謙遜して、心ここにあらずなのだ! わたしが築きあげてきた強い人格は粉々に砕け散り、ほんのひとつまみの灰しか残されていない!」

しかし、わたしには彼女の行動が奇妙だとは思えない。モートンは大勢から、なぜ自分を捨てたのだという手紙を送られている（作家のチャールズ・ハミルトン・エデは、「きみから連絡がないのに慣れてしまっていたので、手紙を見ると、かえって驚いてしまうほどだ」と記している）。とはいえ、イーディスの経験は痛烈だった。愛していると信じ、それゆえに寝た相手が、その後すぐに音信不通になるのだ。これは現代でも起こることだ。時代など関係ない。しかも彼女には、上品な女性はそのような事柄を口にすべきではないと刷り込まれているので、相談できる人が誰ひとりとしていなかった。彼女がこんな話をできる唯一の人間はセックスをした相手なのに、手紙の返事もくれないのだ。これ以上につらい状況はないだろう。とくに、彼女が自ら言うように、ふだんは何事にも毅然と立ち向かっている女性にとっては。状況から判断するとイーディスはメロドラマを演じるような性格ではないようだ。

さらに、期間が短いからといって、この情事の意味が軽くなるわけではなかった。持続した長さによって、その関係が与える精神的な影響がはかられるのは不公平だ。相手を慰めようとして、こう言う人が必ずいる——立ち直って元気になるには、つきあった長さの半分の時間か、同じだけの時間、倍の時間、あるいは八カ月と三日かかると。長い期間つきあった恋人同士の情熱が薄れ、最後には友人同士として穏便に別れられることもあるだろう。その関係が長いというだけで、周りからはひどく同情される。だが、当人たちはすっきりとしている場合もあるのだ。もしかすると、数週間や数カ月間つきあっただけで別れたほうが、はた目には理解できない理由で打ちのめされていたりするのだろう。イーディス・ウォートンのように。

スローン・クロスリーは著書の『どこでこの電話番号を知ったの　*How Did You Get This Number*』で、失恋した相手とのつきあいの長さをきかれたときの反応を、次のように表現している。

人は幸せを、一緒に過ごした時間の長さではかるのだ。どのくらいつきあったの？　どのくらい？　早口で言ってみると、まるで昔の皇帝の名前のように聞こえてくる。カナシー朝のドノクラー皇帝。わたしにとっては、つきあった長さは一生にも匹敵するのだ。何カ月も沈黙しているしかないときに、何よりも言いたいのは、こういうことだろう。「わたしの一生と言えるほどのあいだ、わたしたちはデートしていた。たとえて言っているのではない。わたしがつきあう男たちは同じタイプなので、同じことが繰り返されてしまうのだ。まるでブラッド・ペイズリーが子どもの人生を淡々と歌うように。わたしが生まれ、彼が生まれ、そして、恋に落ちる。そして、わたしには忘れられない、そして、カーリー・サイモンの曲の歌詞のような思い出が残った」言葉に出す代わりに、一カ月ほど背中を丸めてやり過ごすのだ。

つきあっていた長さでは、別れたときの悲しみの深さははかれないのだ。感情とはそういうものだ。

ふたりがまた、もしかするとよりを戻すかもしれないということがあった（モートンはついに彼女に返事を書いて、一年後に再会した）ものの、イーディスはわれわれの多くがそうするように、新しい人生に踏み出すことにした。彼女は彼に次のように書いている。

あなたが望んだのは、わたしの人生を根こそぎ奪うことだったのですね。あなたの都合のいいときだけ、いまも昔も女性が――わたしのような女性が――与えられるものを利用する。そして飽きると、あなたの心の中や人生から締め出してしまう。まるで男たちが気晴らしにつきあった女性を捨てるように。わたしはそのような扱いに甘んじるつもりはありません。はっきり言って、わたしはそんな無価値な女性とは程遠いのです。

イーディス、そのとおり。あなたはもっと大切にされるべき女性だ。この言葉にもろ手をあげて賛成する。

イーディスはモートンを憎んで別れたのではなかった。彼への手紙は友情を感じさせるものへと変化していった。しかし、彼は彼女が願ったような返事を書くことはなかった。そして、彼の人生は思いどおりには進まなかった。オスカー・ワイルドの裁判が行われている頃、同性愛の傾向が露見するのを恐れて、友人から距離を置くようになった。第一次世界大戦中は軍の諜報機関に所属し、終戦のときにはヴェルサイユ条約に異議を唱えた。彼は一九五二年に亡くなった。さらに多くの人の心を傷つけたか否かはわからない。今日ではヘンリー・ジェームズの友人として、さらにはイーディス・ウォートンの恋人として記憶されているのみだ。

世間とは違い、イーディスはけっしてモートンのことを忘れなかった。つきあっているときに、モートンは彼女にこの関係が作品に影響を与えるようになるだろうと言っている。彼は正しかった。恋に落ちたことで、世界を見る目が変化した。彼との情事を経験する以前に、彼女は『人生の豊かさ *the Fulness of Life*』という作品を書いていた。

「あなたは結婚していますね」聖霊が言った。「しかし、結婚生活において人生の豊かさを感じていないのですか?」

「ええ、そうですの」自嘲するように笑いながら言う。「わたしの結婚は完璧とは程度遠いのです」

「あなたはご主人を好きなのですか?」

「まさに、おっしゃるとおりですわ。わたしは主人が好きです。ええ。わたしが祖母を好きなように。そして、生まれた家や子ども時代の乳母を好きなように。わたしは彼を好きで、周りからは幸せな夫婦だと思われています。でもときおり、女性というものは部屋がたくさんある大きな屋敷のようだと感じるのです。玄関広間があって、そこを通って人が出入りします。客間ではお客さまをお迎えします。居間では家族が気ままに過ごします。しかし、それ以外にも奥のほうに別の部屋があるのです。誰もそのドアノブには触れたことがありません。誰もその場所を知りませんし、何があるのかもわかりません。このいちばん奥の部屋は聖なる場所で、聞こえるはずのない足音が聞こえるのをひとりで待っているのです」

足音はイーディスのところにも聞こえてきた。われわれの多くにも聞こえるだろう。そして、それは去っていくが、まったくないよりもましなのだ。彼女はそう思っているに違いない。

一九一三年にイーディスはテディーと離婚した。彼女は一九三七年に亡くなるまで、パリやコートダジュールで過ごした。執筆活動に精力的で、毎年新しい小説を生み出していた。一九二〇年に『エイジ・オブ・イノセンス――汚れなき情事』が出版される。多くの人々がこれを彼女の作品の中でもっともすばらしいと評し、史上最高であると考える人もいる。愛しあうふたりが、その時代の社会的制約のために一緒になることができないという話だ。中心となる葛藤は、ふたりが結ばれるのを快く思わない人々に対して、彼らが礼を失したり、怒らせたりできないところにある。『エイジ・オブ・イノセンス――汚れなき情事』の根幹にあるのは、けっして満たされることのない憧れや欲望だ。悲しみや痛みだけでなく、ほんの少し味わえただけの情熱的な幸せに対する感謝の気持ちも描かれている。この幸せは腹立たしいほどささやかだし、長くは続かないかもしれないが、そこにあるかぎり、われわれは大切に味わうことができるのだ。もしかすると、イーディス・ウォートンにとってそうであったように、失恋の痛みも美しいものに昇華するのかもしれない。

喪失からは逃れられないが、その喪失を甘んじて受け入れるからこそ、人は人と一緒になるのではないだろうか。ふつうの人々はイーディス・ウォートンが暮らしたような稀有な世界に共感できないかもしれないけれど、彼女の小説は読み継がれている。それは、彼女がわれわれの心と共感できるからだ。

第一一章　別れた恋人の代わりには

オスカー・ココシュカとアルマ・マーラー

うちの母親のお気に入りの映画のひとつは、二〇〇七年に公開された『ラースと、その彼女』だ。これは等身大の人形に恋をした男性の物語だ。こうした筋書きは好まれるようで、このほかにも、スカーレット・ヨハンソンが声を担当している超高性能コンピューターのオペレーティングシステムに恋をした男性を描いた映画『her／世界でひとつの彼女』がヒットしている。一部の人たちは、この手の話が好きなのだろう。だが、わたしは違う！　ぞっとしてしまうのだ。人間よりも動物のほうが好きだと言う人に会ったときのように、怖さを感じる。人との関わりを拒否したいとまで思うとは、いったい人からどれほどひどい虐待を受けたのだろうかと考えてしまうからだ。

つまり、映画のような状況は恐ろしく思える。あるいは、そんなことはないのかもしれない。アルマ・マーラーは恋人たちと別れ、彼らがたまたま根に持っただけなのかもしれない。

作家のブルック・ドナトーンは先日、ミレニアル世代は失恋をきちんと消化できないと主張し、

「一世代前のわれわれは学生の頃、失恋するとパイントサイズのアイスクリームを買って、ピーチシュナップスを一杯（または二杯）飲んで、失恋を乗り越えようとしたものだ」と振り返っている。彼女の世代が一九一五年のウィーンに生きていなかったのはたしかだ。二〇世紀初頭のウィーンの人々は、もっとも熱く生きた世代だろう。わが道を行く芸術家オスカー・ココシュカは失恋から立ち直るのに、ピーチシュナップス二杯ではとうてい足りなかったに違いない。

ココシュカは芸術家として、その当時すでに高く評価されていた。初期の絵には、ぞっとするような子どもたちが死体のように横たわる素描が何枚かあり、彼の芸術は心を乱すと評価されている。だが、それほどおかしな絵ではない。亡くなった子どもを描いたのだろう。ウィーンの著名人を数多く描いているが、そのすべての絵が奇怪なわけではない。一九一四年の作品『風の花嫁』はとくに美しく哀愁的だ。ここには恋人のアルマ・マーラーのそばに横たわる彼の姿がある。彼は目覚めていて、彼女は目を閉じているものの、死体のようではない。あるいは……そうなのかもしれない。彼らの二年間にわたる関係がどれくらい激しかったかによるだろう。

ココシュカに出会うずっと前から、アルマは嵐のように情熱的な性格だった。一九〇二年に作曲家のグスタフ・マーラーと結婚した。彼は当時、ウィーン宮廷歌劇場の芸術監督で、彼女よりも一九歳年上だった。アルマが彼と結婚したのは、音楽を愛していて、作曲をしたかったからだろう。しかし、グスタフはそれに反対だった。「妻と夫の両方が作曲家だとどうなるか、想像がつくだろうか？」と彼は彼女に手紙を書いた。「それがどれほどばかげていて、おかしなライバル心がふたりの足を引っ張りあうことになると、きみにはわかるだろうか？　きみの頭に曲のアイデアがあふれていて書きたいときに、わたしのために家事をしたり、わたしが必要なものを準備したりしなければならない、または、わたしのために細々とした用事を片づける必要があったら、どうなるだろう？」

要するに、グスタフが妻にサンドイッチを作ってほしいときに、作ってもらえないことになると思ったのだ。彼女の芸術のせいで。いまではこんな考えはばかげているように見えるが、これは一九〇二年のことだ。夫と妻のふたりともが立派な仕事を持っている夫婦は多くなかった。アルマは不満を日記にぶちまけている。「彼はわたしの芸術のことなど考えてもいない。彼の頭にあるのは自分だけだ。そして、わたしは彼の芸術など頭になく、自分のことしか考えていない。これが現実だ！」

それでもなお、アルマは自分の夢をあきらめてマーラーと結婚し、社交界で女主人役として一目置かれるようになった。彼女が美しくなかったら、誰もその芸術的才能になど関心を示さないのだとグスタフはアルマに言い放った。当然のことながら、彼女は夫の作品を憎むようになった。ふたりの幼い娘のうちひとりが亡くなって以降はとくにひどくなり、娘の死は彼が家で『亡き子をしのぶ歌』を作曲していたせいだと言って責めた。彼女は「弾きたくて仕方ないのでピアノの前に座るが、楽譜を見てもどうにもならない。わたしの目は音符を追えなくなってしまった。自ら腕をつかんで自分を音楽から引き離してしまったのだ。昔に戻りたい」と記している。

グスタフが作曲に集中するために家を離れると、アルマはヴァルター・グローピウスとの浮気に走った。彼は建築家で、バウハウスの創立者だった。わたしはバウハウスを好きではない。しかし、読者のみなさんが建築の新たな潮流を確立した人物とデートしはじめたら、いい人を見つけたわねと言って応援しよう。わたしはあなたのいい友達なので、お相手と会ったときには、ちゃんと彼の建築を気に入っているふりをする。いずれにせよ、アルマは浮気女になり、芸術への関心は満たされないままだった。とはいえ、彼女は自ら男性を選んだのだ。

グスタフは妻の浮気に気づくと、アルマに音楽の道を歩ませることにした。結局は彼自身が彼女を助けたことになるのだろう。「配偶者から自由と尊敬を勝ち取りたければ、偉大な人物と浮気するのがいい」とは『The Rules――理想の男性と結婚するための35の法則』には書いていない。この一九九五年の実用書にはそんな冗談は載っていないだろうが、この教えはアルマには効果があった。

一九一〇年に夫の曲を扱っている出版社から、五つの歌曲を発表した。そして、グスタフ・マーラーの未完の交響曲第一〇番の中の三楽章分は、アルマの浮気とその後の夫婦の和解にいたる過程の感情からインスピレーションを受けて作曲されたと言われている。なので、ふたりは夫婦としてはとてもうまくいっていたのだ。それから一年も経たないうちにグスタフの死によってすべてが台無しになっていなかったら、アルマは本書に登場することもなかっただろう。

ひとりになったものの、アルマが建築家とよりを戻すとは、彼女自身も周囲の人々も（とくにグロー・ピウス本人が）思ってはいなかった。彼女はこう考えたのかもしれない。「そうね。わたしはこの時代でもっとも有名な作曲家と寝たし、建築家とも関係を持った。次は、いちばん有名な芸術家にしよう。効果抜群の恋の媚薬を持っているから、きっとだいじょうぶ」

それは無理だ。わたしの知るかぎり、魔法の出る幕はなかった。恋の魔法を使っていると考えると納得がいくのだが、ウィーンの成功者がひとり残らず彼女に恋をするからといって、彼女が魔女だと決めつけるのは間違っている。いずれにしても、その時代でもっとも有名な男性とのデートに関しては、彼女は輝かしい記録を保持している。この分野における彼女の才能は、モデルである上に、シンガーソングライターでもあり、フランスの元大統領夫人でもあるカーラ・ブルーニに似てはいないが匹敵するだろう（わたしはカーラ・ブルーニが魔女だなんて言っていない。彼女は美しく、才能に恵まれているのだ）。

そういうわけで、アルマはオスカー・ココシュカとつきあいはじめた。ここで、ご質問のある読者もいらっしゃるだろう。「オスカー・ココシュカとはどんな人物なんだ？　死んだ子どもの絵を描いていたそうだが、まともな男なのだろうか？」

まあ、彼は青年時代にはかなりふつうの芸術家だった。そして父親を憎んでいた。親と敵対していると、なんらかの結果を引き起こすことがあるが、彼の場合はよくある話だった。オスカーの父親は息子に芸術の道には進んでほしくなかったのだ。しかし、オスカーは絵を描く衝動が抑えられず、ウィーン応用美術大学を志願し、一九〇四年に入学した。一五三人が応募し、入学を認められたのはたった三人だった。合格率はわずか二パーセントだ（ハーバード大学の合格率は六パーセントなので、いかに難しいかわかるだろう）。彼は難関校に入り、すぐに死体のような子どもたちの絵を描きはじめた。一九〇七年に彼は児童書を作ろうとしたが、失敗に終わっている。その本には次のような詩が載っていた。

小さな赤い魚
赤く小さな魚
三面ナイフで切り裂いて死なせよう
それから、指でふたつに引き裂こう
そうすれば、静かにぐるぐると泳ぐのをやめられるだろう

これは、母親や父親たちを震えあがらせた。だが、すべての人が震えあがったわけではない。パートナーのグスタフ・クリムトは気に入ったのだ（グスタフ・クリムトの作品を知らなければ、世界中どこでもいいから、大学の学生寮に行けばいい。きっと貼ってあるだろう）。

一九〇九年に卒業する頃までに、彼には知識階層のファンができていた。マスコミは彼を芸術家集団の中で〝もっとも獰猛な野獣〟と名づけた。彼は応用美術大学でヌード絵画の教鞭をとりはじめる。野獣には適任だったのだろう。アルマと出会ったときには、彼はこのように大学で教えてい

たのだ。

ちなみに、アルマはクリムトとも短期間ではあるが男女の関係にあった。誰でもいいからこの時代の著名人の名前を思いついたら、アルマ・マーラーと関係していたと思ってもらっていい。この頃のウィーンに生きていたにもかかわらず、アルマといちゃついていなかったとすれば、その人はひとかどの人物ではないということだ。こうした状況なので、彼女とオスカーには共通の友人がたくさんいたのだろう。

ふたりは一九一二年にアルマの養父カール・モルが開いたディナーパーティーで知りあった。アルマはオスカーに肖像画を描いてくれるように頼んだ。これはディナーパーティーで肖像画家の隣に座ったら、何気なく口にするようなことだ。誰も本気にしていない。しかし、このときは違った。オスカーは真に受けたのだ。彼は彼女と出会ってから約三時間後に結婚を申し込んだくらいなので、不思議ではないだろう。

オスカーはアルマをモナ・リザのように描くことにした。誘惑するような、謎めいたとらえどころのない微笑みをたたえる女性のようにだ。ところが、オスカーの描いた絵ではそんなふうに見えない。本人にも似ていないのだ。彼女は黒髪なのだが、絵の中の女性は赤みがかったブロンドだ。アルマ・マーラーは、この絵の中ではまるでルクレツィア・ボルジアのように見えると指摘した。

だが、この肖像画がアルマに似ていないからといって、心配はいらない。オスカーはこのほかに何枚も描いた。翌年には、彼は彼女を描いて、彼女と寝て、ときには寝ている彼女を描いた（『風の花嫁』を見ればわかるだろう)。

一八八四年にジョン・シンガー・サージェントが描いた肖像画『マダムX』が、ドレスのストラップが肩から落ちかけているように見えるという理由で、スキャンダルになったのを思い出してほしい。三〇年後、結婚していない男女が明らかに裸で、ベッドの上に仲睦まじく横たわっているのだ。人々はこれを……オスカーのほかの作品に比べてずっといいと思った。とはいえ、アメリカでは一九六〇年代まで、こうした描写を映画の中で見せることはできなかった。一九世紀終わりから二〇世紀はじめにかけてのウィーンは、開放的で自由奔放な場所だったのだ。当時のウィーンは、今日のアイオワの人々が思い描いているブルックリンと同じようなものだった(ブルックリンはそこまで洗練されてはいない)。

以上のことからわかるように、ふたりのあいだの問題は社会からの抑圧のせいではなかった。関係がうまくいかなくなったのは、オスカーが嫉妬心にとりつかれていたのが原因だ。彼はアルマに、「わたしと一緒にいようがいまいが、片ときもわたしのそばから離れることを許さない。どこにいようと、その目は常にわたしのほうを見つめていなければならない」という手紙を書いている。こんなことを言うのは滑稽だ。いつなんどき、どこにいようと、相手が振り向くまでそちらの方向を見つめているとは。

アルマはしくじったかもしれないと考えはじめた。オスカーの子どもを身ごもると、中絶してしまった。アルマは割り切っていたが(アルマは当時の常識よりもはるかに先を行っていたと、繰り返しておこう）、オスカーは打ちのめされた。彼は病院で使用されたアルマの血に染まった布を手にして、「これはわたしのたったひとりの子どもだった。そして、これからもずっとわたしの子どもだ」と言って悲しんだ。気の毒なオスカー。彼はそれからずっと、その布を肌身離さず持っていた。

ここから、状況は転げ落ちるように悪くなる。オスカーの母親はふたりの仲を認めなかった。というよりも、ふたりの関係が息子に及ぼす影響を心配した。なにしろ、彼はいまでは、血を吸った布をまるでお守りのように持ち歩いているのだ。彼女はアルマに手紙を書いた。「ふたたびオスカーに会うようなことがあったら、わたしがあなたを撃ち殺します」恋人の家族といくらか摩擦があるのは受け入れざるを得ないが、あちらがあなたを殺すと明言したら、別れるのが賢明だ。

別れの原因となるような、殺人をほのめかす言動はこれだけではなかった。アルマはオスカーの性的嗜好がちょっと……ふつうではないので驚いたと書いている。彼は女装が好きで、アトリエでアルマの真っ赤なナイトガウンを着ていた。しかし、アルマはそんなことを気にしたのではない。「オスカーは頭の中で考えたいちばん忌まわしいことだけを愛しているのです。愛を交わすときに、わたしが彼を叩くのを拒否すると、身の毛もよだつような殺人を思い描いて、ぶつぶつとひとりごとを言い出しました」

アルマはふたりの関係を終わらせた。殺すと脅されたり、嫉妬されたりしたことを思えば、ヴァルター・グローピウスはずっとましに思えた。彼女は彼とふたたびつきあいはじめる。オスカーが第一次世界大戦に従軍しているときだった。アルマの母親が彼を臆病者呼ばわりしていたのが、従軍した理由のひとつ。このときに彼は頭を負傷したので、この怪我が原因で、奇妙な振る舞いをするようになったのだろうと考える人もいた。しかし、忘れてはいけない。彼はその前から、手に負えない人物だと思われていたのだ。なので、これから語る話が、すべて怪我のせいで起こったとは言えないだろう。読者のみなさんは、お好きな理由を選んでほしい。

オスカーが負傷したと聞いても、アルマは見舞いに行かなかった。「まったくそんな気になれませんでした。彼が怪我をしたこと自体、あまり信じていないのです。この人を信用することはもう不可能なのです」と述べている。彼女はグロピウスのほうをずっと大切に思っていた。彼が怪我をしたときには半狂乱になってベルリンまで駆けつけたのみならず、一九一五年に結婚してしまった。オスカーとの別れは乗り越えたのだ。完全に。

オスカーは同じようには思っていなかった。戦争が終わって一九一八年にウィーンに戻ると、彼はアルマ・マーラーとの思い出にとりつかれた。彼女のことが頭から離れなかった。彼が描くどの作品も彼女に似ている（これは奇妙だった。ふたりがつきあっていたときの作品は似ていなかったのだから）。この年、彼は絵だけでなく、演劇も創作した。『オルフェウスとエウリュディケー』という題名で、驚くにはあたらないが、愛の喪失が主題のギリシャ神話をもとにしている。これは一九二一年にはオペラにもなった。オスカーには失恋の悲しみを跳ね返すような何かが必要だった。それがなければ、何年にもわたって悲しい目をしながら、自分を〝捨てた〟恋人について語り続ける人間になっていただろう。多くの人は、生身の人間の力を借りて乗り越えるのだろうが、オスカーは多くの人とは違っていた。

一九一八年七月二二日、彼は人形制作者にきわめて特殊な人形を注文した。

詰めものがどうなっているかについて、非常に関心があります。説明図には平らな部分と、わたしが重要だと考えている開口部の入り口としわについて、おおまかに描いてあります。体のこの部分には、その機能から考えて、どんな感触の、どのような素材がいいか時間をかけて考えています。皮膚の材料によって肌触りがよりよくなって、人間らしくなるものでしょう？

八月二〇日には、「わたしの敏感な部分がその中で快感を得られるように、脂肪の層と筋肉がぎゅっと、しなやかに肌を包み込むようにしてほしい」と書き送っている。

オスカーは人形とセックスをしたかったのだ。だが、まずは交際からはじめたかった。ここが何よりも不可解なところだ。もしもわたしが別れた恋人に似せた人形を作ることに決めたら、秘密にしたい。失恋したあとに、ベッドの上に枕を三つ人間の形のように並べる人がいるように、人形を作りたい気持ちはわからなくもない。しかし、わたしは何があっても絶対に、誰にも人形のことを知られたくない。人形制作者への手紙の最初には、いつも必ず「本件について誰にも口外しないように」と書いておくだろう。一方、オスカーはこの美しい人形を隠すことはなかった。彼は彼女と外出し、楽しいひとときを過ごしはじめたのだ。ふたりは馬車で遠出をした。オペラにも一緒に行った。ディナーパーティーではオスカーの友達に紹介した。彼女がオスカーの母親に紹介されたかどうかは不明だ。紹介されていたとしても、アルマほどは嫌われなかったのではないだろうか。人形専用のメイドが雇われ、オスカーは彼女とセックスをするようになった。自叙伝の中で、彼はこう書いている。「いらだたしいほどに無関心な様子で、彼女はわたしが死について考えるのをやめさせたいのだと言った。彼女の義務は、わたしと生涯連れ添う運命にある人形の世話をすることだけだ。それなのに、彼女の健全な心は、わたしのベッドにはぬくもりが欠けていることに気づいてくれたのだ」

わたしが驚いたのは、この特別な友人に対する人々のやさしさだ。メイドだけでなく、みんなだ。周りの人間は、オスカーがこの人形とセックスをしているのかどうか気になっていただろう。それは仕方のないことだ。彼はおそらく、していたのだろう。そうでなければ、脂肪の層や筋肉についてあれほど熱心に考えない。そしてもしも、あなたがディナーパーティーに行って、友人のひとりが別れた恋人そっくりの等身大の人形を連れて姿を現したとしたら、それは最初に頭に浮かぶ疑問のひとつだろう。

しかし、これがウィーンの社交シーズン中にいちばんの憶測を呼ぶ話題だったと言われているが、誰もその人形を拒否しなかったのだ。オスカーがパーティーにこのセックス・ドールを連れていくと、人々はまるで彼女が生身の女性の同伴者であるかように応対した。繰り返しになるが、あなたにちょっと奇妙なところがあって、タイムマシンを持っているとしたら、二〇世紀初頭のウィーンがおすすめだ。人々はとても寛大で、オスカーをドレスデン美術大学の教授にするほどなのだ。もちろん、大学関係者はみな、人形のことを承知していた。知らない者はいなかった。
悲しいことに、みなに受け入れられたにもかかわらず、人形はオスカーを性的に満足させるにはいたらなかった。人形制作者への最後の手紙がある。

皮膚はホッキョクグマの毛皮でできているので、ラグの代わりにはいいかもしれないが、女性のやわらかく、しなやかな肌とは程遠い……人形にドレスを着せたいという希望を知らせておいたにもかかわらず、着せることはできない。繊細な凝ったドレスなど絶対に無理だ。片方の足に靴下をはかせるだけでも、フランス人のダンス教師に、ホッキョクグマとワルツを踊ってくれと頼むくらい骨が折れる始末だ。

オスカーを弁護するようだが、人形はぼこぼこしていて、アルマ・マーラーにも、ルクレツィア・ボルジアやモナ・リザ、そしてほかの誰にも似ていなかった。大きなぬいぐるみにしか見えなかった。結局、筋肉や皮膚、腱など、彼が望んだような人体を完璧に再現するのは難しかった。女性的な部分は言うまでもない。
友人たち全員に人形を紹介すると、オスカーは盛大なパーティーを開いた。これは最高のパーティーだった。シャンパンとワインは飲み放題で、陽気に浮かれ騒いだ。人形はいちばん美しいドレスを着せられて（オスカーと寝ているメイドが手伝った）、オスカーは客人全員とグラスを合わせた。夜が更けると、みな酔っ払って、さらにはめをはずした。すると突然に客の目の前で、オスカーが人形の頭に赤ワインの瓶を叩きつけ、その首をはねた。

静まり返った人々に向かって、オスカーはずっとこうしようと計画していたのだと言った。一九三二年に彼は、「何度も何度もデッサンをして、絵に描いてからようやく、処分することに決めた。わたしが情熱を取り戻せるようにいたわってくれたのだ」と記している。人はときには嘘をつく。みんなの前でガールフレンドに似せた等身大の人形の首をはねたと認めるのは気まずいので、嘘をつく。そして、この〝計画〟にもかかわらず、オスカーのアルマ・マーラーへの執着心は消えることがなかった。彼女の七〇歳の誕生日に、おそらくあの血に染まった布を持って、「バーゼルにある『風の花嫁』の絵の中では、わたしたちは永遠に結ばれているんだ」と叫びながら、彼女に会ってほしいと頼んだ。アルマは会うのを断った。

アルマのほうはといえば、グロピウスと結婚していたのだが、フランツ・ヴェルフェルとのあいだに子どもをもうけていた。彼は『ベルナデットの歌』という作品で知られていたオーストリア人の小説家だ。アルマはまだ有名な小説家と寝ていなかったのだ。人生がもっと長かったとしたら、彼女は有名な操り人形師とも関係を持ったことだろう。最終的にはヴェルフェルと結婚して、一九四五年に彼が亡くなるまで連れ添った。この頃には、彼女はニューヨーク・シティに移っており、一九六四年に八四歳で亡くなるまでレナード・バーンスタインらとの交友を楽しんでいた。

誰にきいても、アルマはすばらしい人生を過ごしたという。まさに風の花嫁という名前を体現するような女性で、彼女が本当に結婚したかったとは、わたしには思えない。慣習に従う必要がなければ、していなかっただろう。オスカーを気の毒に思ったなら、彼の心を傷つけて、ひどい女性だという手紙をアルマに送るのは簡単だろうが、彼女は自信たっぷりに、彼とは結婚したくないという気持ちを大切にし続けるだけだろう。全員が結婚する必要などない。すてきな人たちとセックスだけして、楽しい人生を送ればいいのだ。

ところで、オスカーはよく〝おかしなオスカー〟として知られているけれど、彼の人生でももっとも大切な時間は、アルマとの情事以降であったと思う。ウィーンが寛大なすばらしい街で、人形フェチでも立派な大学の教授になれるというのを覚えているだろうか？　それも、ナチスに占領された瞬間に終わってしまった。オスカーの作品は一九三七年に『退廃芸術展』に展示されてしまった。それに対抗して、彼は『退廃芸術家の肖像　*Self Portrait as a Degenerete Artist*』を描いた。

オスカーの作品の多くに見られるふざけたような動きとは違い、この肖像画では彼は疲れているように見える。これはオルダ・パルコヴスカの祖父母の屋敷の庭で描かれた。オルダはプラハの美術品鑑定家の娘で、彼女が立っている姿も背景に見える。このすぐあとに、オルダの強い希望で、彼女とオスカーはスコットランドに移住している。彼女は彼にいい影響を及ぼしたようだ。なぜ、そんなことが言えるのか？　オスカーの日記の内容が、この頃から大きく変化しているのだ。死にとりつかれることなく、「ライス・プディングやウィーン風チョコレートケーキ」といった、オルダが作るおいしい食事について書くようになった。彼らの家の近くに映画館があり、そこで映画を観るのを楽しみにしていたようだ。とくにフレッド・アステアやジンジャー・ロジャースがお気に入りだったらしい。

ふたりは第二次世界大戦中に防空壕の中で結婚し、一九八〇年に彼が亡くなるまで幸せに暮らした。もしかすると、これはアメリカ人の映画監督ジョン・ヒューズが言っているような、「大人になると心が死んでしまう」ということが、オスカーにも起こったと解釈できるのかもしれない。ふたりの関係はたしかに、アルマとの情事のように劇的でも情熱的でもなかった。しかし、それでいいのだとわたしは思う。オスカーはアルマを心から愛していたので、この生活は残念賞でしかないように見えると言う人もいるだろう。だが、それは違うようだ。オスカーの心の一部はアルマに捧げられていて、あの激しい情熱を思い出すこともあるはずだ。とはいえ、それは長続きするような関係ではない。オスカーには、一緒に映画へ行って、ともに年をとり、チョコレートケーキを作ってくれるような相手が必要だった。

わたしが好きなふたりの写真は、オルダにネクタイを結んでもらいながら、オスカーが手紙を読んでいるところを撮ったものだ（彼のネクタイは彼女のドレスとおそろいだ）。ふたりはそれぞれ、やっていることに集中しているように見える。『風の花嫁』を見て、なんてすてきなラブシーンだろうと思っている人は、この写真を見ていないのだろう。一〇〇万年の月日をかけたとしても、オスカーとアルマはこのようになごやかで、夫婦らしい関係にはなれないに違いない。さらにもう一枚、オルダが生き生きと話していて、その様子をオスカーがにこにこ笑いながら見ているという場面をとらえたすばらしい絵があるとお知らせしておこう。

これはふつうのことだ。嵐のように情熱的ではないが、ふつうであるからこそ意味があるのだ。最終的に多くの人は、セックス・ドールの首をはねるような激しさの中にいるよりも、自分が愛し、愛されていると感じられる相手と一緒にライス・プディングを食べながら、くつろぐほうを選ぶのだろう。

第一二章　文学者が踏みにじった妻
ノーマン・メイラーとアデル・モラールズ・メイラー

パーティーに行ったら、何を探すだろうか？　ポテトチップス？　ウイスキー？　座っておしゃべりできるような、すてきな場所？　煙草のにおい？　イブニングドレス？　俳優のノエル・カワード？　ピアノの前に座るビング・クロスビー？　殺人未遂はどうだろう？

なんと、みなさんがノーマン・メイラーとアデル・モラールズのパーティーで発見するのがこれなのだ。

まるで映画『影なき男』のパロディのようだが、そうではない。一九六〇年にふたりがメイラーのニューヨーク市長選出馬を発表するために開いたパーティーは、『影なき男』の主人公の、明るく気さくで、ちょっと大胆なニックとノーラ・チャールズの夫妻が参加すると思われるようなパーティーとは正反対だったのである。イブニングドレスもなければ、ビング・クロスビーもいない。だが、おそらく煙草と、そしてナイフは確実にあった。

いまでは『影なき男』を観る人はいないのではないだろうか？　本書を読むのをちょっと中断して、観たくなった読者もいるかもしれない。本書がハイスクールのかなり変わった歴史授業で使われているとしたら（すてきな先生方へ：本書を生徒の教科書にしてください！）、今日は『影なき男』を生徒たちに鑑賞させて、マティーニを飲んだり、気の利いた会話を交わしたりするといった、人生において必要なスキルを学ばせる機会にしたらどうだろうか？

みなさんがニックとノーラをご存じなくても（彼らが飼っているイヌの名前、アスタは覚えておくほうがいい。今度クロスワードパズルを解くときに、役立つかもしれない）、ノーマン・メイラーが誰かは知っているだろう。彼は二〇世紀の古典とも言える『夜の軍隊』や『死刑執行人の歌——殺人者ゲイリー・ギルモアの物語』といった作品を発表しており、ピューリッツァー賞を受賞して、知識階層に人気の作家である。

メイラーの六番目で最後の妻ノリス・チャーチ・メイラーは、「彼がノーマン・メイラーでなくても、一緒にいますか？」と質問されたことがある。この質問者が言わんとしていることは、メイラーは見目麗しい彼女より二八歳も年上なので、世界的に有名なピューリッツァー賞受賞作家でなければ、好きになどなっていないのではないかということだ。

ちょっと言わせてほしいが、自分よりもずっと年上の男性と結婚する若い女性には、何も悪いところはない。しかし、ノーマン・メイラーと結婚しようとする者は、間違いなくおかしい。いったいどうすれば、ノーマン・メイラーが人々の目前で当時の妻の胸と背中を突き刺し、そのまま死ぬまで床の上に放置しようとした事実に目をつぶって、「ああ、ノーマン・メイラーって魅力的だわ」と思えるのだろう。

これから、いかに豪快で威勢のいい大人物だったか伝記作家たちが褒めそやすノーマン・メイラーとは違った一面を見ていこう。外見と実像が違う場合はたくさんある。ちょっとばかり知的な〝文筆業〟の男性はしばしば、ふつうの人々が許されるよりもずっと多くのことから逃げおおせられるようだ。女性の有名人がおかしなタトゥーを入れたり、変な髪型をしたり、あるいは、無謀にも四五歳になる決断をしてしまったら、彼女は妙な女だと決めつけられるだろう。これはコメディ女優のティナ・フェイが言うように、もう寝たくないと思う女性に対して男性が使う表現だ。二〇世紀の男性有名人が妻を殺害しようとしたら、彼は……大胆な男だと思われるのだろうか？　人の女を奪うみたいに？

ノーマン・メイラーがすばらしい作家であることに疑問の余地はない。『死刑執行人の歌――殺人者ゲイリー・ギルモアの物語』には心をつかまれる。この本がトルーマン・カポーティの『冷血』から大きな影響を受けているように見受けられるとしてもだ（カポーティについて、メイラーは「最近は大した仕事をしていない」と切り捨てていたが）。『夜の軍隊』は偉大な作品だ。しかしながら、才能にあふれた作家というだけで、よい夫やすばらしい人間、そして彼の場合だが、有力な市長候補者にはなれないのだ。

とはいえ、メイラーはそんなことで政治家になるのをあきらめなかった。それは、彼がタクシーの代わりにパトカーに手をあげるような人間だったからかもしれない。彼は本当にそんなことをしたのだ。ここを読んで、みなさんの頭に何が浮かんでいるかがわたしにはわかる。こう考えているだろう。「それって、格好いい。それぐらいすると他人からすごいと思われるんだな」実際には、自分は人間社会の法律に従う必要のない特別な存在だ、という思いあがりが透けているだけだろう。彼はアイン・ランドの小説の登場人物が現実になったような人間なのだ。

メイラーは、飼い犬が異性愛者かと質問したかもしれないというだけの理由で、水夫を痛めつけたこともある。またもや、ばかにされたと思い込んで水夫を殴りつけるなんて最低だという事実を見落とすくらい、芝居がかった演出を感じてしまう。

だがおそらく、メイラーを市長になどしたくないと思わせられる本当の理由は、一九五七年に出版された作品『白い黒人：流行を追う人々に関するちょっとした考え *the White Negro: Superficial Reflections on the Hipster*』にあるだろう。この本は——ほかの解釈のしようがないのだが——殺人を賛美しているのだ。ふたりの不良が駄菓子屋の年老いた主人を殴り殺した事件について、メイラーが意見を述べている箇所がある。「か弱い五〇歳の老人を殺害したら、彼の店も殺すことになるのだ。個人の私有地に侵入するときには、警察との新たな関係を築き、危険分子という一面を自分に加える」

これは駄菓子屋の話だ。放課後に（あるいは学校に行く前や、いろんなときに）子どもたちがお菓子を買う小さな店なのだ。みなさんはどんなお菓子が好きだろう？　この老人はそんなお菓子を売っていたのだ。おいしいお菓子を。駄菓子屋をつぶす必要があるなどとは、正気の人間なら思わない。血に飢えた無政府主義者でさえ、革命が最後の最後を迎えるまでは、ひとりで駄菓子屋を営んでいるか弱い老人には手を出さないだろう。

人々はこの一節を読んで、ノーマン・メイラーはおそらく冗談を言っているのだと思っただろう。アレン・ギンズバーグが、どんな組織でも発言する権利があると言って、北アメリカ少年愛協会（NAMBLA）に入会したときに感じたように。しかし、もしも誰かが何かを信じていると、真剣にあなたに話したとすれば、その言葉は本当なのだ。われわれはそういった人々の言葉を信じたくないがゆえに、大目に見たり、大義があるからそんなことを言ったりするのだと思い込む。彼らの作品をずっと楽しみたいがゆえに、好きでありたいのだ。

そんな考えは、じつのところは不要だ。人はおぞましい人間になっても、大勢の人が楽しめるような偉大な芸術作品を生み出すことができるのだ。ノーマン・メイラーは人として最低だが、だからといって、彼の著書の多くがお粗末だということにはならない。

こうした乱暴な意見とともに、メイラーはきわめて真剣に、中心市街地の犯罪を減少させるために馬上槍試合の開催を提案している。当時の彼の主張の多くは、剣は男性らしさの象徴であるというものだった。たしかに、そうだろう。剣は男根の象徴だ。しかし、そんな意味があっても、メイラーが剣に執着していることには依然として居心地の悪さを感じるし、剣への執着は街から犯罪を減らす助けにもならない。

さらに、彼はフィデル・カストロへ公開書簡を送ろうという運動を起こした。アメリカについての論評の中で、メイラーはわが国には暴力的な要素が欠けていると主張した。彼が言うには、「キューバでは血を求めるよりも憎しみのほうが勝っている。アメリカでは、皮膚を突き破るような攻撃はまれである。われわれは精神を殺している。そして、それを得意とする。精神的な銃弾を使って、互いに少しずつ殺しあっているのだ」

市長選の選挙運動の基礎となる政治要綱を思いつくだろうか？　街の安全。冬季の雪かき。ごみ収集の無料化。つまり、通りの治安を向上させ、雪かきをして、ごみのないきれいな街を作るのだ。さらには、学校の改善もいいだろう。もしもこうした要綱が複雑すぎると感じるのであれば、「このすばらしい街を信じています！」と連呼すればいい。選挙演説で、「この街をとっても愛しているんです」と叫ぶ以外には大して何も言わない選挙運動もあるが、こうした候補者たちがなかなかうまくやっていたりする。

〝剣――男らしさの象徴〟というのは選挙運動のスローガンではない。それに、馬上槍試合は開催するのが大変だ。街はひどいことになるだろう。甲冑を身につけたり、ペナントがひるがえったりして、面白いだろうとはわかっているが、参加者が首の骨を折るのはいただけない。地域社会をひとつにする手段として、第一級のイベントの開催――たぶん、大規模な音楽祭やオリンピック――が有効だと言われるが、馬上槍試合は経費が膨大な上に、中世以降は途絶えているし、再開する必要があるとも思えない。ミディーヴァル・タイムズ（中世）という名前のレストラン以外では。だが、メイラーはここで余興として披露されているような馬上槍試合を提案しているのではない。わたしは何を言っているのだろうか。個人的には絶対に馬上槍試合を見に行くだろう。これはわたしが参加したいと思う唯一のスポーツイベントだ。毎回、馬上槍試合のユニフォームを着ていこう。だが、わたしは無責任だし、どこの市長にもなれはしない。

もう一度言っておくが、このすべてが起こったのは一九五〇年代と六〇年代だ。そんなに前ではない。本章でこれから語られようとしていることはどれも、起こるべきではなかったし、許容できるものでもない。

しかし、この時点で、ノーマン・メイラーの市長選出馬は興味深い〝声明〟だと見ることができる。候補者がふざけているように見える、いや、絶対にふざけているとしても、決起集会に参加するのはいいだろう。メイラーは選挙運動の開始を記念するパーティーの集客を、友人のジョージ・プリンプトンに頼んだ。

プリンプトンといえば、好きな逸話がある。彼がニューヨークの高級なタウンハウスで『パリ・レヴュー』誌の出版をしていた頃のことだ。二〇〇三年の大規模停電で街中の電気が消えたときに、略奪が起こらないかとスタッフたちが心配しはじめた。そこへ、ポケットチーフを挿して『パリ・レヴュー』誌で働くような、ちょっと神経質な若い男性でなければ出せないほど高い声が響いた。「この建物に略奪者が入ってきたら、どうしよう」プリンプトンはたっぷりとストックしてある酒のほうを見ながら、落ち着いた声で言った。「そうだな。そいつらが、氷を持ってきてくれればいいんだが」

ジョージ・プリンプトンが主催するパーティーには大勢の人が集まるのが、みなさんにも想像できるだろう。そのとおりに、たくさんの人が来た。だが、それはメイラーが来てほしいと思っていた人々にかぎらなかった。彼はロックフェラー一族の誰かが来るのを期待していた。ロックフェラー一族は年老いた駄菓子屋の殺害を支持するつもりはなかったので、誰ひとりとして姿を見せなかった。実際にはアンソニー・バージェスの小説の登場人物のような人々以外は、誰もそんなことを支持しない。ネルソン・ロックフェラーには、妻のハッピーと遊んだり、美術品の蒐集や慈善活動をしたりするなど、メイラーの恐ろしいパーティーに行くよりも楽しいことがいくらでもある。

文学界からはたくさん集まった。アレン・ギンズバーグが来て、ノーマン・ポドレッツを〝まぬけな大ばか野郎〟呼ばわりしていた。ポドレッツが参加していたのは意外だった。彼は『白い黒人』の中でメイラーが殺人を称賛しているのを「これまで目にした中でいちばん、道徳的に見てぞっとする見解のひとつだ」と切り捨てていたからだ。彼は集まった人々と喧嘩するために来たのだろうか？それもあり得る。

ノーマン・メイラーの二番目の妻アデル・モラールズも、もちろんいた。アデルとノーマンは一九五一年に出会った。二八歳のときにはすでに『裸者と死者』を出版しており、荒々しい、男性に好かれる性格もあいまって彼は有名人になっていた。ノーマンは二六歳のアデルにとって、抗いがたいほど魅力的に映ったのだろう。幼いときに、アデルは言っていた。「わたしは美しい妖婦になることにしたの。男を生きたまま食べ、歯をきらりと見せて骨を吐き出すのよ。そして、フレデリックス・オブ・ハリウッドのセクシーな衣装をいつも着ているの」この発言によって、多くの伝記作家が彼女はいつもフレデリックス・オブ・ハリウッドを着ていると書くようになった。日中に着るものとしては、いささか奇妙な選択だ。

アデルは子どもの頃の夢を叶えた。才能ある画家として活躍するだけでなく、ノーマンに出会ったときには、すでに作家のジャック・ケルアックと関係があり、さらには『ヴィレッジ・ヴォイス』誌の共同創刊者であるエド・ファンチャーと結婚していた。彼女はエドに貯金箱を投げつけたことがあったようで、こんなことをするから最悪の口やかましい女なのだと言われていた。

アデルは挑発的な下着が好きな女性らしい。これだけでも、わたしが彼女に味方するにじゅうぶんな理由になる。そして、彼女はノーマンとお似合いだったようだ。ふたりとも情熱的な変わり者で、激しい議論や浮気を楽しみ、大袈裟に振る舞うのが好きだった。いいだろう。好きにすればいいのだ。

ふたりは一九五四年に結婚し、マンハッタンの東六四丁目にあるエレベーターのない建物に住んで、乱痴気騒ぎを繰り広げた。たしか、トルストイがこんな警句を言ったはずだ。すべての大騒ぎは、ノーマン・メイラーが株式仲買人の尻に煙草の火を押しつけて消したとき以外は、本質的に同じである。アデルが第一子を出産した夜には、ノーマンはもとの義理の姉妹と寝るために病院を抜け出した。こうした話はどれもきわめて不愉快だが、ふたりは当面のあいだうまくいっていたようだ。『ニューヨーク・タイムズ』紙によると、一九五六年にノーマンが『裸者と死者』の映画化権をチャールズ・ロートンに一〇万ドル（わたしの計算が合っていたら、いまの価格で一〇億ドルになる）で売ると、夫妻はコネチカット州ブリッジウォーターのファームハウスに引っ越した。アデルはそこでの生活はとても快適だと言っていた。「パーティーを開き、お手伝いさんと住み込みのベビーシッターもいました」彼女のアトリエもあった。しかし、ノーマンには中産階級の落ち着いた雰囲気は合わなかった。彼はタクシーを拾うように警察車両に手をあげたりして、飲酒の量も増えた。ふたりは賢明にも、ニューヨーク・シティに戻った。ここではイエロー・キャブに手をあげられるし、市長にも立候補できる。

彼の出馬を表明するパーティーの滑り出しはよかったと言われている。『ノーマン・メイラー：ジ・アメリカン　*Norman Mailer: The American*』というドキュメンタリーで彼女は語っている。「わたしは美しいヴェルヴェットのドレスを着ていました。とても似合っていたんです。子どもたちはベッドに入っていて、幸いにもあの事件の最中はずっと寝ていました。そして、お客さまがお見えになりはじめたのですが、有名人はおらず、酒好きばかりが集まっていました」

カストロはその夜は忙しかったのだろう。

ノーマン・メイラーはひらひらした闘牛士用のシャツを着て、ひどく酔っ払っていた。パーティーの中頃には人を挑発するようになり、ジョージ・プリンプトンとは外に出て喧嘩をはじめたほどだった。殴りあいの喧嘩が二件起こり、クズ人間ばかりが集まるようになって、誰かが聞こえよがしに言った。「ケダモノだらけで家具も見えない」グローヴ・プレス社のバーニー・ロセット曰く「わたしの生涯で、もっとも危険な夜でした」

アデルは語る。「彼は通りに出て、人を殴っていました。自分が誰かもわからなくなっていたんです。名前すら言えないほどで、意識が飛んでいたようです。アルコールだけでなく、ドラッグもやっていました」目の周りが黒くなるほどひどく殴られてから、ようやくパーティーに戻ってくると、自分が世界でもっとも偉大な作家のひとりであると語りだした。それを耳にしたアデルは、彼に「ドストエフスキーとはえらい違い」と言い放ち、彼女のところへ来るようにと怒鳴った。「さっさとこっちに来なさい、このろくでなし。タマはどこへやったのよ。あんたの醜い愛人がちょん切ったんでしょう。このげす野郎」

そうすると、ノーマンはペンナイフで彼女の胸を突き刺した。さらに、背中も刺した。傷の中には深さ八センチに達したものもあった。これはまさに、ドストエフスキーの小説を彷彿とさせる行為だった。アデルが血を流しながら床に倒れていると、男性が助けようとしてくれた。それを目にしたノーマンは「そいつから離れろ。そのビッチは死ぬんだ」と叫んだ。

「この光景はわたしの目に焼きついていて、一生忘れられません」アデルはのちにこう語っている。

アデルはアパートメントの階下の部屋に運ばれ、医者が呼ばれたが、警察には連絡は行かなかった。それから病院へ急いで搬送されると、グラスの上に転んでしまったと繰り返し叫んでいた。この間、ノーマンは酔いを醒ますために眠っていた。医者はもちろん、彼女の説明に疑問を抱いた。割れたガラスは胸を突き刺すことはないし、うしろに回って背中を刺したりもしない。最終的には彼女も白状したが、「彼は何も言いませんでした。彼はわたしを見つめていました。わたしを刺しただけです」と懸命に主張し続けた。わたしとノーマンは「ふたりでいると完璧なまでに幸せなんです」

翌朝、ノーマンは病院へ行くと、アデルの主治医と傷の深さについて話しあった。これもじゅうぶんに不可解な行動だが、アデルによると、ノーマンは彼女を癌から救うために刺したと言ったそうだ。彼はそれからジャーナリストのマイク・ウォレスの番組に出演して、どのように〝実存主義者の切符〟（にもかかわらず、実存しない切符）を広めようとしているかについて、そして、中心市街地の犯罪問題を、人々から武器をとりあげることで解決しようとするのがいかに難しいかについて語った。「青少年の非行において、ナイフは重要な意味があるんです。いいですか。それは彼らの剣なのです。男らしさなのです」さらに、年に一度セントラルパークで行われる犯罪組織による馬上槍試合の構想について語った。『タイム』誌によると、ウォレスがノーマンの頰の傷に気づくと、彼は微笑んで言った。「ええ、ちょっと。土曜日の夜にトラブルがあって」

アデルは告発をせず、彼はすぐに釈放された。これはノーマンと彼の友人の命令だと言われているが、彼女はふたりの娘たちのためだと主張した。しかし、ノーマン・メイラーを施設に収容するかどうかが問題になった。精神鑑定の結果、ルーヴェン・レヴィー判事は「最近の行動から考えると、空想と現実を区別できない」として、ベルヴュー病院での診察を命じた。監察医は「わたしの診断では、ノーマン・メイラーは急性の偏執性の神経衰弱で、妄想的思考があり、殺人と自殺に及ぶ可能性があります。早急に病院に入院させることが求められます」と主張した。

ところで、テレビドラマ『マッドメン』をご覧になったことがあるだろうか？（ネタばれ注意。この段落は、ドラマを観たことがある人だけ読んでください）数シーズンだけ登場した、変人という役どころのギンズバーグという人物がいる。なんだか憎めないのだが、「わたしは死ぬ！」と叫んだりして妙な行動を起こし、衝撃的で暴力的な大騒ぎをする。どんな騒ぎだろう？　考えてみよう。彼は自分の乳首を切り取って箱に入れ、同僚のペギーに渡すのだ。この瞬間、彼の周りの人々が、ギンズバーグはただの陽気な変わり者ではなかったと理解する。彼は精神的に非常に不安定な男だったのだ。拘束衣を着せられて病院へ運ばれ、いちばん冷静な登場人物が涙を流す。悲しい話だ。

病院に収容されるかもしれない状況は、ノーマンにとってどん底の瞬間と思われるかもしれないが、彼の周囲の人々は穏便にすませようと決意した。法的問題が彼の執筆の妨げになると思ったのだ。だが、彼は「執筆についてはほとんど考えなかった。数日を除いては」と言っている。

誰もアデルがどうしているかは気にかけなかった。『ニューヨーク』誌はノーマンの治療について、当時の友人に取材している。「内情を知っている人たちは、女性も含めて、アデルではなくノーマンの心配をしました。彼はわれわれの仲間――知識人であって、殺人者ではない――なのです。彼はただ、泥酔していただけなのです」

ここで、ゲームをしてみよう。これから質問をするから、答えがイエスなら手をあげてほしい。みなさんの中で、泥酔したことがある人は？　ああ！　手をあげているのが見える！　わたしの手もあがっています！　その泥酔中に、配偶者を一度のみならず、二度も上手に刺せた人はいるかな？　ゼロではないが、少しいるようだ。オーケー。では、何かとんでもないことをしでかして、懺悔の言葉を口にしない人は？　なんと、ほんの少し。最後の質問は、手をあげている人たちに。みなさんは少なくとも、心の中では罪悪感を持っているのでしょう？　知られているかぎり、ノーマンはそうではなかった。

そして、彼は正気ではないと言われるのがいやだった。「自動的に精神科病院へ送られたりしたら、大変なことなのです。なぜなら、この先ずっと、わたしの作品が精神を病んだ男の書いたものというレッテルを貼られるからです。健全な精神の男として、ほかの人々が怖気づくようなことに果敢に取り組むのが、わたしのプライドなのです」

彼は執行猶予を認められ、解放された。

この寛大な措置は、ノーマンが小説『アメリカの夢』を精力的に執筆していたからだろう。この小説は面白いことに、『絞首刑執行人の心理　*the Psychology of the Hangman*』という本を執筆している元下院議員が、酔った勢いで暴力をふるって妻を絞め殺し、それを隠蔽しようとする。それから、シャゴという黒人歌手がナイフを彼に振りかざす（ナイフは男らしさの象徴だというのを覚えているだろうか）。だが、彼はシャゴを負かしてしまうのだ！　最後にこの主人公はラスベガスで金を増やし、グアテマラへ行こうとする。ノーマンはこの小説をセオドア・ドライサー作『アメリカの悲劇　*An American Tragedy*』の四〇年後の続編にしようとした。この続編の中では、殺人は悲劇ではなく、解放なのだとする考えが新しく語られている。ドライサーの小説では、妊娠中の恋人を殺した主人公は死刑になる。こちらのほうが、胸のむかつきも少ないし、現実的だ。

わたしは別れた恋人たちに失礼な言葉を叫んで、彼らの気持ちをわざと傷つけるように侮辱し、その後何年も後悔するはめになったという経験がある。なので、妻を二度も刺したのに、気にもしていない男がいるというのが解せない。だが、いいだろう。われわれの中には反社会的行為をする人々もいるのだ。とはいえ、ドストエフスキーの小説の登場人物のように自責の念に駆られなくても、現実的に責任をとらされるはずだとふつうは考えるだろう。しかし、そうはならなかった。犯行から一、二週間後にノーマンがパーティーに行ったとき、周りの人々の応対について、彼は「いつもより五度くらい空気が冷たかった」と言っている。五〇度ではなく、たった五度なのだ。

批評家のアーヴィング・ハウは、「アップタウンに暮らす知識階層のあいだでは、驚きと動揺はあったものの、彼を非難する声はなかった。強迫衝動と狂気のせいでこうなったと思われ、彼は被害者だと見なされていたのだ」と言っている。

被害者という言葉の定義を知らない人がいるらしい。

しかし、ノーマンは「あんなことをしたら、それが誰であっても、周りの人はこれまでと同じ目で見てくれなくなる。できごとを忘れてもらうには、一〇年くらいはかかると思う」と認めている。たったの一〇年。なんとまあ。

ノーマンは一九六三年にイギリス人の女性相続人であるレディー・ジーン・キャンベルと結婚し

た。作家のゴア・ヴィダルはこの結婚に当惑したようで、おそらくアデルの事件をほのめかしながら、レディー・ジーンになぜノーマンと結婚したのかと質問した。彼女の答えは「ユダヤ人と寝たことがなかったからよ」だった。ふたりは一年後に離婚したので、性的魅力だけでは結婚生活を続けるのにじゅうぶんではなかったらしい。

　そして、人々はノーマンが気の毒なことに不当に非難されている、と思い続けた。本当に冤罪で苦しんでいる人々がいる。ボブ・ディランの『ハリケーン』は、無実の罪で刑務所に入れられたボクサーのルービン・〝ハリケーン〟・カーターのことを歌った作品だ。〝伝説のノーマン・メイラー〟という歌がないのは、彼が実際に妻を二度も刺して、死ぬまで放っておけと口にしたからだ。注目に値するのは、殺傷事件のせいで、その先の人生に不都合が生じるはめになって申し訳ないと、周囲の人々のほうがノーマンに謝り続けていることだ。

　これから引用する文章を読むと、気分が悪くなるかもしれない。二〇〇七年にノーマンが亡くなったときに、ディック・カベット——憎めないディック・カベット——が書いたものだ。「わたしが出会ったとき、ノーマン・メイラーは、その人生において明らかにつらい時期でした。わたし自身も足踏みをしているような状況でした。彼は妻を刺し、わたしは『タイム』誌の雑用係でした」（傍点は筆者による）

　このふたりの状況を同じ次元で考えていいのかと、いぶかることだろう。まあ、両者とも問題を抱えていたと解釈しておこうと思う。カベットは次のように続けている。

『タイム』誌はノーマン・メイラーについておおまかなことを伝えたばかりでした。警察署で罪状の認否を問われているときの彼を撮った、大きく目をむいて顔色の悪い写真を発表していました。わたしが編集机に座って仕事をしたり、郵便物を仕分けたりしている過程で知るかぎり、本誌はノーマン・メイラー事件の扱いについて、激しい抗議を受けていました。

ある夜、仕事が終わってから、地下鉄のセントラルパーク・ウエスト駅から疲れた足取りで地上へあがりました。するとそこに、メイラーがいたのです。わたしの鼓動が速まりました。彼は屈強そうな男三人と一緒で、彼も屈強に見えました。しかし、わたしは彼の大ファンで、「昨日の夜、誰と会ったと思う?」と、一緒に仕事をしている同僚にどうしても言いたかったのです。「あの、ミスター・メイラー。ひと言、ご挨拶をしたいのですが。『タイム』誌について、なんとお詫びをすればいいか。わたしはそこで働いていまして……」

彼がわたしのほうへ向かってきます。メイラー独特の迫力をにじませて、ボクシングでもするかのように腕をあげていました。

「会社からはいくらもらっているんだ?」そう言いながら、近づいてきました。

「週六〇ドルです。まだ雑用係なので! でも、あなたの大ファンなんです!」

わたしは『タイム』誌がメイラーに対して〝やった〟ことについて、どれほど申し訳なく思っているか、大袈裟に言ったのはたしかです。彼はドリルで突き刺すような視線で、わたしに言いました。「もっとまともな仕事につくことだ」彼はわたしの手を握ると、行ってしまいました。

この話はかなり変だ。わたしにはまったく理解できない。ディック・カベットはこのくだらない文章で、妻を刺したばかりの男の写りの悪い顔写真を掲載したニュース雑誌に関係しているという理由だけで、ノーマン・メイラーに鼻水を垂らしながら謝り、二〇〇七年になってもちょっとした罪悪感を抱いていると述べているのだ。写りのいい写真を掲載してほしい？ それならば、妻を刺してはいけない。代わりに、セントラルパークに花でも植えていればいいのだ。お年寄りを助ければいい。家族にいいことをするのだ。ノーマンが見栄えのいい写真を載せてもらえる理由が、どこにあるのだろう？

そして、これはディック・カベットにかぎったことではない。アンソニー・ハーデン＝ゲストはノーマンの死亡記事で、妻を刺したのは不運なことだとかなんとか言って、それから「彼が、最後の頃には、わたしがずっと昔に出会った頃のように、恥じることなく、晴ればれとしていたのをうれしく思います。彼の死が残念でなりません」と締めくくっている。

男性作家、とりわけ一九六〇年代の男性作家は、人々に魔法をかけて、彼らを神格化された人間だと思わせてしまうようだ。それも、言語を理解していたという理由だけで。彼らは言葉をよく理解していたのだ。つまり、（これは劇作家のアラン・ベネットからの借用だが）彼らはいつも、おかしなことにウェールズ人のような発音で話すのだ。言語と言葉は重要で、音節と文章の区切り方も大切だ（われわれもこれは、ティモシー・デクスターの章で学んだ）。しかし、とてもすばらしい作家であることは、アルツハイマー病を治すのと同じではない。もしもアルツハイマー病の治療に成功した人がいたら、その人が誰かの胸を刺したとしても、わたしは許せるかもしれないが、よく書けた小説を読むためというだけの理由では、許すことはできない。

こんな事件を起こしても、ノーマンは政治家になるのをあきらめなかった。だが、どうしてそんなことが可能なのだろう？　誰も彼に責任をとらせなかったからだ。彼は一九六九年に市議会議長に立候補したコラムニストのジミー・ブレスリンとともに、市長選に出馬した。彼の政治要綱はニューヨーク・シティがニューヨーク州から離脱することだった。市内に雪がたまったり、道路が通行止めになったりしたときの対策を問われると、彼はおしっこをかけて雪を解かすと答えた。ブレスリンはすぐに選挙戦から離脱して、「エズラ・パウンドと選挙に出ているのかと思った」と言った。これはエズラ・パウンドが偉大な作家だということではなく、彼が正気ではなかったという意味で引きあいに出したのだ。

アデルを刺してから数カ月後、ノーマンは『妻と過ごす雨の午後　*Rainy Afternoon with the Wife*』という詩を書いた。これに「あなたがナイフを使うかぎり、失われる愛がある」というくだりがある。そして、二〇〇七年にニューヨーク公共図書館でギュンター・グラスと一緒に登壇したときには、妻を刺したせいで、悲しいことに、おそらくノーベル賞を逃してしまったのだと話している（だが、彼は「不愉快でつらくなるものの、ノーベル賞委員会を責めるわけにもいかない」と述べている。なんとも……寛大な言葉だ）。聴衆はスタンディングオベーションを贈った。

ノーマンはこの〝問題〟が子どもたちに影響を及ぼしたことに心を痛めた。さらに、カストロに公開書簡を送って、世間の注目をあびるチャンスが台無しになったのを悔やんだ。

女性を見つけるのにはなんの苦労もなかった。本当かどうかはわからないが、こんな話がある。寝室で女性を楽しませたあとで、ノーマンは寝室のドアの横に積んである自作の小説を指さす。「帰るときに、一冊サインしてあげよう」と言うのが終わりの合図だったというのだ。

ここまで読まれて、読者のみなさんは、これが悲惨な別れを扱った話なのかといぶかっているかもしれない。ノーマンの人生はうまくいっていて、パーティーにも招待されるし、女性も群がってくる。これはノーマン・メイラーの失恋話ではない。まったく許容できないことを許してしまった社会と決別する話なのだ。われわれはもっとましなはずだ。一六世紀に暮らしているのではない。カリスマ的で面白い人物だからといって、女性への暴力を許してはいけないのだ。

もちろん、アデルには手痛い別れになった。この事件以降、彼女は文学界から消え去った。別れた夫がテレビ番組に出演しているのを見て、彼女は空想にふけった。「ベビーブルーの目玉をメロンのようにすくい取って、ゆっくりと脂肪でふくれたバーボン漬けの肝臓を切り裂く」そして「手を切り落として、偉大なアメリカの小説を足で描かせるのだ」ノーマンと違い、彼女はこんな暴力的な衝動を行動には移さなかった。

アデルは晩年、貧困に苦しんだ。建物の外でホームレスが用を足しているような、ごみの散乱する安アパートに住んでいると『ニューヨーク・タイムズ』紙は伝えている。彼女はこの貧困をノーマン・メイラーのせいだとしている。記事の中で、「こんな目にあうなんて、信じられないわ。これというのも彼のせいなんです。ノーマンが援助をしてくれないからです」と言う。驚くことに、その姿は八二歳に見えるほどだ。「これはうつ状態の人が住むアパートです。わたしはもうあきらめました」

重要な点はこうだ。〝謝罪しないのは必ずしもいいことではない〟と思い出してほしい。「愛していれば、けっしてごめんなさいと言う必要がないのか?」慎み深い人は、間違ったことをしたら、心からごめんなさいと言えるのだ。

個人的な経験から言って、男女がつきあっていると、女性が謝らなければならない状況はずっと少なく、男性のほうが謝るべきことが多い。わたしは女友達が男性と別れたときには一緒に飲みに行く。夜も更けてくると、彼女たちの脳はおかしな幻覚を起こすウィルスに侵され、こんなことを言い出す。「問題は、わたしが焼き菓子を作れないことなの。本当の理由は、わたしに可愛げがないことだけど。前の彼女は、とっても上手だったんですって。だから、明日、お菓子教室に行くの。それと同時に、五キロ痩せてやるわ。わたしはとっても太っていて醜いから」

一方、男性は別れの原因を自分以外に求めるようだ。男友達が失恋したときも、わたしは一緒に飲みに行く。ある程度時間が経つと、彼らはえらく腹を立てながら言い出す。「いったいどうして、彼女はあんなことができるんだ? ぼくはとってもやさしかったのに!」わたしはこう言い返したくなる。「ねえ、あなたは一週間も彼女に電話をかけ直さなかったのよ。それに、ほかの女と寝たこともあったわよね。覚えてる？　わたしたちはあれをなかったことにしたわよね？」だが、ただ黙ってうなずいて、彼の話を聞いているだけだ。思っていることを吐き出すと、すっきりするし、心も癒されるからだ。「あなたの反応は、男女でどのように行動が違うかという、いい例だわ」なんて言ったりしない。

ここからは、はっきりと言わせてもらおう。

妻を二回も刺して、その上、助けに来た人に向かって、死ぬまで放っておけと言ったのであれば、謝らなければならない。何度も。社会は許してくれるかもしれない。善良な人たちがひどい態度をとってしまうといった恐ろしいことがたくさんある。しかし、ノーマンは自分の行いを些細なことにすぎないとしか思えなかったという事実をわたしは絶対に受け入れられない。謝罪はまだ残っているのだ。

これは単なるノーマンとアデルの別れ話ではない。良識を持つ人々（たとえば、みなさんとわたしのような）と、ノーマン・メイラーと彼の行為を大目に見た文学界のお偉い男女が決別する話なのだ。

わたしは腹を立てている。アデルも苦々しく思っている。「わたしが貧しくなるにつれ、彼は豊かになっていきます。このことが、わたしの怒りをかきたてます。この差がとても悔しいのです」

アデルが自分の側からの体験を話すと、彼女がまったく道理のわからない意地悪女で、彼の幸せを願わない人間なのだと言って、ノーマンはアデルを切り捨てた。

さあ、彼女とわれわれは一緒に怒ることができるのだ。

ノーマン・メイラーの作品の価値について、みなさんも、偉大な文学作品はすべての行為を許すことにつながると考えているのだろうか？　これが、文学的に魅力的なところだと？　はっきり言って、彼はドストエフスキーの足元にも及ばない。

第一三章　終わりよければすべてよしと信じたいなら
デビー・レイノルズとエディー・フィッシャーとエリザベス・テイラー

別れが原因で、意外な人たちが仲よくなることがある。これがまさに、デビー・レイノルズとエディー・フィッシャー、そしてエリザベス・テイラーの三人にあてはまるのだ。

読者のみなさんは本章をエリザベス・テイラーとリチャード・バートンの話にするべきだとお考えかもしれない。しかし、このふたりは結婚と離婚を二度繰り返したが、本当には別れていないのだと思われる。リチャードは亡くなる日にエリザベスにラブレターを書いていた。これが悲惨な破局と言えるだろうか？　別れているとさえ思えない。これは「過去が清算されておらず、そもそも過去の話にすらなっていない」という例だろう。

エリザベスとリチャードはお似合いだが、ちょっと不思議な関係だ。お互いに（しょっちゅう）ののしりあい、泣いて、たいていはセックスをして和解するという、血気盛んなアルコール中毒者たちなのだ。離婚して別の人と結婚するのは気晴らしで、もしリチャードがもう一年長く生きていたら、ふたりはまた結婚していたかもしれない。こうしたやり方が性に合っていたのだ。ドラマチックに！　常識なんて関係ない！　というふたりは相性がよかったのだろう。リチャードとエリザベスについて書かれたものを読むといつも、ふたりが出会えてよかったと思う。

エリザベス・テイラーは結婚生活を続けるのは下手くそだが、結婚するのは得意だった。最初の結婚は一九五〇年。彼女が一八歳のときで、お相手はホテル王の後継者コンラッド・〝ニッキー〟・ヒルトン・ジュニアだった。七回目の離婚をした一九八二年から八回目の結婚をした一九九一年までの九年間を除いては、彼女は常に結婚していた。寝た相手すべてと結婚するということは、彼女は純粋なのだろう。だからといって、いい妻というわけではない。

エリザベス・テイラーの話でいちばん好きなのは、二番目の夫マイケル・ワイルディングの妻だったときのものだ。ある日、夫が新聞のクロスワードパズルを解いていると、彼女がその新聞をひったくって、「さあ、わたしを殴りなさいよ！　殴ればいいでしょう！」と叫んだ。マイケルには妻を殴るつもりなどない。ヒステリックな女性はいただけないと言うと、エリザベスは「ああ、殴ってくれればいいのに！　そうしたら、あなたが口のきけない人形じゃなくて、血の通った人間だと思えるのに」と言って泣きだした。それから新聞をびりびりに破いて、暖炉に放り込んだ。

マイケルはパズルと新聞が好きな、いい夫なのだ。ほかの大勢の人々と同じように。あえて言うと、エリザベスは男性との関係において、ドラマのヒロインでいたいのだ。こんなドラマが必要だろうか？　いや、ふつうはいらない。しかし、彼女とリチャード・バートンはヨットや宝石、派手に傷つけあうといった、華々しい人生を送りたいと望んでいた。このような性格と嗜好の人間が、クロスワードパズルが好きな落ち着いた人と結ばれるとどうなるか？　うまくいかないのは一目瞭然だ。リチャード・バートンはエリザベス・テイラーについて「永遠の一夜かぎりの女性」と言ったことがあるが、これは本心なのだろう。一夜かぎりの相手だと情熱的になれるし、連続殺人犯だったらどうしよう、というスリルも味わえる。みなさんも、そう思われるだろう。

エリザベス・テイラーは多くの人と――平凡で、クロスワードパズル好きな人たちと――うまくやっていけなかった。だが、三番目の夫であるプロデューサーのマイク・トッドは非凡だった（トッドはエリザベスが離婚しなかった唯一の夫として知られている。彼女は晩年に、本当に愛していたのはマイク・トッドとリチャード・バートン、そして宝石だけだと語っている）。トッドは葉巻をくちゃくちゃとかむ、男性のほうに好かれるような気性の荒い、〝興行師のＰ・Ｔ・バーナムを小柄に、そしてエネルギッシュにした男〟として知られていた。六年生のときに学校でクラップス［さいころ賭博］を開催して退学になった。彼はギャンブルから手を引くことはできなかった。夫婦でカジノに行ったときに、エリザベスが彼のポケットの中に手を入れて「一万ドルくらい入ってるんじゃないかしら！」と言うと、金を数えるなんて野暮だと言い返すほどだった。

ハイスクールを中退すると、演劇界に入るまでは建設現場で働いていた。一九三三年のシカゴ万国博覧会で、『炎の舞　*the Flame Dance*』をプロデュースした。これはダンサーの衣装を燃やして、ステージの上で裸になるというショーだった。心配はいらない。ダンサーは肌色のアスベストで作られた全身タイツを着ているので、火傷することはなかった。一九三九年にはブロードウェイで『ホット・ミカド　*the Hot Mikado*』を制作した。ギルバート・アンド・サリヴァンの喜歌劇を、アフリカ系アメリカ人のキャストに置き換えた作品だ。その後は映画界にも進出し、一九五七年に『八十日間世界一周』を制作してアカデミー作品賞を受賞。彼は自分の作品が成功しなくても動じなかった。『裸の天才　*the Naked Genius*』という劇――自叙伝を執筆しているバーレスクのダンサーの物語――が試演後に酷評されたときには、「この自叙伝がピューリッツァー賞をとれないのは確実だ」というのを劇の最後のおちにした。そして、出演者を大切にしていた。公演が大失敗に終わっても、すべての責めは自分が負うと書いていたことが知られている。

マイク・トッドは信じられないくらい粋な男性で、エリザベス・テイラーにお似合いだった。彼女もそう思ったようで、一九五七年に出会った直後に結婚した。彼は四〇歳、彼女は二四歳だ。

すばらしい結婚生活だった！　豪華な宝石を買い、世界中を飛び回って、酔っ払って喧嘩した。ふたりは闘ったのだ！　なんと、暴力に及ぶこともあった。デビー・レイノルズはこの夫妻が互いに殴りあったのち、情熱的にキスしだしたのを覚えているという。マイクがエリザベスに向かって下品な手振りをしている写真がある。これに対し、エリザベスは「家族でじゃれあうのと喧嘩の違いもわからない人がいる」と言った。彼女は喧嘩を心から楽しんでおり、「ほかの人たちが愛の営みを楽しいと思うよりも、わたしたちは喧嘩をするほうが面白いと感じるのだ」と豪語していた。

それからしばらくして、マイクは亡くなる。『幸運なエリザベス《ラッキー・リズ》』と名づけた自家用飛行機での事故だった。「大丈夫さ。性能のいい安全な飛行機だ。墜落させたりなんかしないよ。ぼくはエリザベスの写真を持っているんだからね。彼女を傷つけたりしない」というのが搭乗する前の最後の言葉だった。しかし、飛行機は翼のついた棺桶になってしまった。事故の直後、エリザベスは子どもたちを数日間、マイクの親友であるエディー・フィッシャーとデビー・レイノルズ夫妻にあずけ、「マイクがいなくなって、どうすればいいのだろう？」というコメントを発表した。さらに、愛情を込めて、棺桶に横たわるマイクの手に一万ドルのダイヤモンドの婚約指輪を握らせた。

「マイクがいなくなって、どうすればいいのだろう？」という心配は、ほんの数週間後にエディー・フィッシャーと駆け落ちして解消されたようだ。エディーは次代のフランク・シナトラと目された歌手だった。一〇代の頃からスターで、二〇代半ばにはNBC局でコカ・コーラ社がスポンサーの『エディー・フィッシャーとコークを　*Coke Time with Eddie Fisher*』というバラエティーショーをやっていた（このショーのタイトルは、晩年のフィッシャーが深刻なコカイン中毒だったというのを覚えるのに便利だ。この情報が役立つ……ことはないだろうが、読者のみなさんもクイズ番組に出演する機会があるかもしれないので、ちゃんと覚えておくように）。彼は当時とても有名だったのだ。自叙伝の中で、「ビートルズやエルヴィス・プレスリーよりもたくさんの連続ヒットを飛ばした。六万五〇〇〇以上のファンクラブがあって、テレビとラジオでもっともたくさん放送されていた」と語っている。

デビー・レイノルズは一九五二年の映画『雨に唄えば』で元気のよい純情な少女を演じた女優だった。敬虔なカトリックの家庭で育ち、ガールスカウトに入っていた。若い頃には、彼女の母親は娘のセーターに〝NN〟と刺繍していた。これは〝いちゃつき禁止《ノー・ネッカー》〟を意味している。デビー・レイノルズは一九五〇年代の理想である、純粋なキリスト教徒女性という姿を体現していた。第二次大戦後は清教徒的な価値観が重視されていたのだ。

一九五五年にデビーがエディーと結婚したときには、彼女が二三歳で彼は二七歳だった。ふたりは深く愛しあっているように見え、似合いの夫婦だと考えられていた。「この感じのいい清潔感にあふれる若者たちほど、愛国心をかきたてる夫婦を見たことがない。彼らを思うと、星条旗がはためき、国歌が演奏されている風景が目に浮かぶ」とゴシップ・コラムニストのヘッダ・ホッパーは記している。ステージ上でエディーが妻を「ぼくのプリンセスです」と言って紹介し、彼女が「わたしのハンサムな王子様」と応じたときもこのような印象を与えていた。

こんなふたりの話は癇に障るだろう。しかし、デビー・レイノルズはすてきなのだ。もうすぐわかるので、しばらくは判断を差し控えてほしい。

デビーとエディーはふたりとも、エリザベス・テイラーとマイク・トッドと仲がよかった。エディーがマイクの新郎つき添い役を務めただけでなく、デビーもエリザベスの新婦つき添い役だった。デビーとエリザベスは同じ学校に通っていて、一七歳の頃からの知りあいだ。結婚式の前日にデビーがエリザベスの髪を洗ってやるほどの仲だった（質問がある。これは女性がふつうにすることだろうか？　わたしは女友達と一緒に風呂に入ることはないし、彼女たちの髪を洗ったりもしない。テレビドラマ『ＧＩＲＬＳ／ガールズ』を観ていたときに、ふつうに行われていたので驚いてしまった。わたしにとって、相手の髪を洗うのは、セックスをしてもいいという意思表示と同じだからだ。どのようにしてデビーはセックスをほのめかすと誤解されることなく、エリザベスの髪を洗ってあげると言えたのだろう？　話しあってみよう）。

エディーはマイクを崇拝していた。マイク・トッドにちなんで、デビーとのあいだに生まれた息子をトッドと名づけただけでなく、マイクの持っているものをなんでも欲しがった。Ｊ・ランディ・タラボレッリは伝記『エリザベス　*Elizabeth*』で、ハリウッドにあるレストランのチェイセンズで働いていたウェイターの証言を紹介している。「まず、女性が、そして、トッド、フィッシャーの順にオーダーするのです。トッドが何を選んでも、フィッシャーはまったく同じものを注文します。トッドがミディアムレアに焼いたステーキと言えば、エディーもミディアムレアのステーキです。トッドの注文が軽く焼いたシタビラメなら、フィッシャーも同じです」

なので、エディーがエリザベスを欲しがったとしても驚きはしない。

マイクの死後まもなく、エディーは二、三日のあいだエリザベスを慰めるために彼女の屋敷に泊まり込んだ。これが友人の未亡人に対する、男気にあふれた人気歌手としての姿であると考えたのだろう。おそらく。デビーは「わたしの気持ちも彼に託しました。四人でとても仲よくしていたので、彼が彼女を慰めてあげられると思いました」と語っている。そのとおりだった。彼はエリザベスとセックスをすることで慰めたのだ。デビーはこの事実を二週間後に知った。エディーがエリザベスの撮影に同行したときのことだ。デビーがエリザベスの泊まっているホテルのスイートルームに電話をかけると、エディーが受話器をとった。デビーはおそらく電話越しに、「誰からなの、ダーリン？」というエリザベスの声を聞いたのだろう。

当時の人々は色めき立って、「いったいどうして、エリザベス・テイラーはデビーとエディーの仲を引き裂いたんだ？　結婚生活はうまくいっていたのに！　彼はユダヤ人だが」と叫んだ（念のために、当時の考え方をお知らせしておくと、一九五〇年代にはまだ、こうした異教徒間の結婚は口うるさい人々から眉をひそめられていた。ふたりはファンの気持ちを鎮めるために、カトリック教会で結婚式を挙げた）。だが、こうした人々も、デビー・レイノルズとエディー・フィッシャーのすてきな結婚生活がすでに暗礁に乗りあげていたという事実に、慰めを見出すだろう。デビーはすでに二度も離婚届けを出そうとしており、自叙伝によると、このアメリカで好感度一位の夫婦には、セックスがほぼ皆無だったらしい。ふたり目の子どもを作るために、デビーはエディーを酔わせ、「排卵日に、高ぶった気持ちでエディーに手を伸ばして……彼は眠りかけていましたが、すぐに興奮させることができました」と語っている。これは……むごい話だ。明らかに、ふたりの結婚はうまくいっておらず、雑誌が作りあげたイメージほど幸せではなかったのだ。

電話に出たエディーに、デビーは「横で寝ているエリザベスを電話に出して」と冷たい声で言っただけだった。彼女はそれほど驚いていなかった。のちに、「ひどいことに、最初の夫はわたしを捨てて、エリザベス・テイラーになびいたのよ。まあ、仕方ないわね。彼女が相手なら」と気の利いた冗談を口にしている(二番目と三番目の夫は彼女を破産に追い込んだ)。それに反して、エディーは「あの結婚から何を学んだかと、よく質問されるんだ。答えはひとつ。デビー・レイノルズとは結婚するな、だね」とむごい言葉を残している。

さらに、エディー・フィッシャーは自叙伝の中で、彼が飲酒に走ったのは、友人とポーカーに興じるのをデビー・レイノルズがいやがったからだとか、結婚式当日でさえ、彼女を愛していなかったなどとも語っている。エディー・フィッシャーは最低なやつに成り下がった。

今日でさえ、エディー・フィッシャーからひどい扱いを受けたのを気の毒に思い、デビー・レイノルズを絶対的に愛している人たちがいる。わたしが彼女を好きなのは、エディー・フィッシャーの悪口をほとんど言わない上品さがあり、世間で言われているよりもユーモアのセンスもあり、考え方がしっかりしているからだ。作曲家でコメディアンのオスカー・レヴァントはデビー・レイノルズを「鋳鉄所のように物悲しい」と評したことがあるが、彼女の感じのよさはまったく損なわれなかった。

エディーとの関係が暴露されてすぐに、エリザベス・テイラーはマスコミに語った。「エディーはデビーを愛していないし、愛したこともなかった……幸福な結婚生活は壊せないものよ。デビーとエディーは幸せな結婚生活を送っていなかった」ゴシップ・コラムニストのヘッダ・ホッパーによると、「マイクは死んだけれど、わたしは生きている」とエリザベスは言ったそうだ。さらに、友人たちにはデビーについて、次のように話している。「彼女はショー・ビジネスの世界にいるのよ。気弱だったら、トップに立っていないわ。この厳しい世界で生き抜いているほかの女性たちと同じように、生まれつき強さが備わっているはずよ」

デビーも応酬した。映画会社の要求で、セーターにおむつ用の安全ピンをくっつけて悲しみに暮れる若い母親として、新聞記者の取材に応じたのだ。じつは広報担当者が安全ピンをつけようとすると、「おむつ用の安全ピンってどういうもの?」と尋ねていたらしい。一般大衆は衝撃を受けた。「血に飢えた吸血未亡人リズがエディーに襲いかかる」という見出しをつけた新聞まであったほどだ。女優のシャーリー・マクレーンはこのときの騒動について、次のように語っている。「おさげにリボンをつけ、ヘアピンで髪を留めて、ふたりの子どもを両腕で抱えているデビーというイメージをマスコミは作りあげたわ。夫は女狐、つまり、娼婦にとられてしまったというわけね。小物のエディー・フィッシャーがあれほど非凡な女性たちをどうやって惹きつけたのかと、不思議に思ったのを覚えているわ」

みなさんにもここで、同じ疑問が芽生えはじめただろう。

このスキャンダルはエリザベス・テイラーのキャリアも、デビー・レイノルズの評判も傷つけなかった。デビーに関しては、アメリカでもっとも愛らしい女性と言われたほどだ。冗談抜きに、『雨に唄えば』に出演している可愛い彼女を見てほしい。本にビデオを組み込んで、読者のみなさんと一緒に観る方法があればいいのに。一部ではなく、映画全部を観てほしい。夫からひどい目にあわされた妻――その可愛らしいカーディガンに、おむつ用の安全ピンをいっぱいくっつけた母親！――という姿は、彼女の可憐なイメージをさらに高めた。本当に、アメリカ中がデビーを気の毒に思っていた（いまの時代でいえば、彼女はジェニファー・アニストンのような立場だ。ご存じのとおり、アンジェリーナ・ジョリーのせいで夫のブラッド・ピットを失っている）。エディー・フィッシャーは必死で言った。「デビーの人生はすべて演じられたものなんだ……ぼくがエリザベス・テイラーのもとへ去り、裏切られた妻を演じた彼女は、アカデミー賞をもらえるほどだった」

エリザベス・テイラーはなまめかしく、男性を誘惑する女性として有名だった。彼女が主演した映画『陽のあたる場所』を観たヘッダ・ホッパーは、「エリザベス、あんなふうに愛しあう方法をいったいどこで学んだの？」と彼女にきいたほどだ。そこへ、エディーがひどいことを言う。エリザベスは「天使の顔をしているが、トラック運転手のような道徳観なんだ」

同時期に、彼女は『熱いトタン屋根の猫』にも出演していた。アン・ヘレン・ピーターソンはその著書『古きよきハリウッドのスキャンダル *Scandals of Classic Hollywood*』で次のように評している。「〝猫〟にたとえられたマギーを演じているテイラーは、この映画の中では体にぴったりとした白いスリップを着て、最高にセクシーなポール・ニューマンに向かって怒鳴り、自分とセックスをするように仕向けて、財産を手に入れようと企んでいる。演技はヒステリー気味だが、テイラーが『猫のマギーは生きているわ！　このわたしは、生きているのよ！』と叫ぶのを目にすると、その魅力でエディー・フィッシャーをたぶらかしたと責める気が失せてしまう」

この騒動がプラスに働かなかったのは、エディー・フィッシャーだけだ。彼のもとには一週間で一〇〇〇通ものいやがらせの手紙が届き、それまではシナトラに匹敵すると目されていたのに、いまや完全に、そして誰からも明白に、エリザベス・テイラーの奴隷に成り下がってしまった。映画に活路を見出そうとして、『バターフィールド8』でエリザベスと共演したが、テレビやコンサートでは若々しくて格好よかったものの、スクリーンでは陰鬱な男にしか見えなかった。ふたたびエディー・フィッシャーを好きになることはない、という結論に人々はいたったようだ。

エリザベス・テイラーが一九六三年に映画『クレオパトラ』の撮影でリチャード・バートンに出会うと、エディーとの関係は取り返しがつかないくらいに冷えきった。この頃までに、エディーはエリザベスの専属美容師であるアレクサンドル・ド・パリと、エージェントのカート・フリンクスに次ぐ三番目の取り巻きだと揶揄されるようになっていた。リチャードはエディー・フィッシャーをエリザベス・テイラーの〝ウェイターの助手〟と呼んでいた。

リチャードは多くの点でエディー・フィッシャーとは反対だった。『クレオパトラ』でエリザベスの相手役アントニーとして映画に出演する以前、このウェールズ人俳優は舞台で活躍していた。結婚していたものの、演じる舞台作品の主演女優をすべて誘惑していたと言われている。しかし、ジュリー・アンドリュースには手を出さなかったらしい。わたしはジュリー・アンドリュースが既婚者とはけっして寝なかったからだと考えたいが、もしかすると、ふたりは気が合わなかっただけかもしれない。彼は彼女が〝最悪の映画〟『サウンド・オブ・ミュージック』(これはたしかに、ナショナル・パブリック・ラジオでも指摘されたように、「わたしに会えてうれしいのね」と人間が植物に歌いかける映画である）でどれほど有名になったか、そして「二年前には彼女はアメリカでちやほやされていたが、いまではそのことをほとんど口にしない」と文句を言った。リチャード・バートンが本当に好きなのは、自分自身とエリザベス・テイラー、ときどきハンフリー・ボガートとグレタ・ガルボだけだったようだ。彼は恐ろしいくらいに意地悪で、破天荒だった。ある晩餐会で、彼はウィンザー公爵夫人の手をとると、まるで夫人が人形であるかのように振り回した。公爵夫人がほっそりしていたのと、リチャード・バートンの性格が紳士的な晩餐会には合わなかったのが原因だろう。彼はアルコール中毒で、顔じゅうにあばたがあったので、アイドルにはなれなかったと思われる。

わたしはわけもなく彼に魅了される。みなさんは、どうだろう？　息が詰まるような晩餐会で、彼が隣に座っていると楽しいはずだ。

はじめのうち、エリザベス・テイラーはリチャード・バートンに惹かれることはなかった。初対面ですぐに、リチャードが彼女に向かって、太っていると言ったからだろう。このあと一生、「あれは無意味な冗談だった。なぜなら、エリザベスは太っていなかったので、まったく無意味なのだ」と言い訳を続けるはめになった。というのも、ふたりが喧嘩をするたびに、この話がマスコミにとりあげられるからだ。

エディー・フィッシャーとエリザベス・テイラーはほんの束の間、リチャード・バートンを嫌悪するという点で団結した。エディーはこう書いている。「わたしは彼を傲慢で薄汚いやつだと思った。エリザベスとわたしは……彼をＭＧＭのミュージカル映画の偉大なプロデューサーで、爪の垢でランを育てるほどだと言われているアーサー・フリードと比べてしまった」

エディーがエリザベスにとって悪い夫ではなかったという点に注目しておくべきだろう。彼は手術を受けた妻を回復するまでずっと看病した。この間に、彼女は『バターフィールド８』でオスカーを受賞し、『アパートの鍵貸します』に主演したシャーリー・マクレーンに「気管切開に負けてしまったわ」と言わしめたという有名な話がある。デビー・レイノルズも、「わたしでさえ、彼女に票を入れるわよ」と笑って言った。

エディーとエリザベスの関係が悪化したのは、デビーへの態度とは正反対に、彼がエリザベスの要求に快く応じすぎたのが一因だろう。正直なところ、エリザベス・テイラーの美貌を前にしては、ほとんどの男性が従順な子犬のようになる。彼女のメイクアップアーティストであるロン・バークレーは、「エリザベスは自己主張の強い男性には慣れていない」と言っている。「男たちは強いふりをしていても、最後には彼女に服従して愛情を示し、その美しさを称賛するのだ。だから、強気な性格の男性が現れると、すぐに奪われてしまう。リチャード・バートンに出会ったとき、彼女にはマイク・トッドの再来のように見えたに違いない」

エディーはエリザベスの飲酒量を減らそうとして、一日に五杯までしか彼女に飲ませてはいけないと使用人たちに指示した。リチャードが訪問したときには、彼がこっそりとグラスを満たしてくれたので、彼女はすぐに好きになってしまった。それからまもなくして、ふたりは『クレオパトラ』の撮影現場にあるリチャードの楽屋で寝るようになった。そこで彼は下世話な話をして、彼女を面白がらせた。そして彼は「きみが可愛いウェールズの雄馬に熱く発情しているとき、その瞳には敵意にも似た光が宿る」というきわどい手紙を書いた。エリザベスとリチャードが一緒に外出もするようになると、エディーはマスコミに、妻は浮気などしていないと躍起になって否定した。一九六二年にエリザベスとエディーの屋敷で開かれたパーティーの席で、リチャードが彼女に向かって尋ねた。「エリザベス、きみが愛しているのは誰なんだ？　誰を愛しているんだ？」彼女は「あなたよ」と高らかに答えた。

ここでしばし休憩して、ベルが鳴り響き、鳥がさえずって祝福するのを聞こう。ふたりはろくでなしだが、こうなる運命にあったのだ。

話を戻そう。

憐れなエディー。彼は出ていった。しばらくして屋敷に電話すると、リチャードが出た。デビーと違い、エディーは驚いて叫んでしまった。「おまえはいったい、そこで何をしてるんだ？　おれの屋敷で、いったい何を？」

「何をしていると思う？」リチャードが言う。「おまえの妻とやってるんだ」

リチャード・バートンとエリザベス・テイラーは互いに距離を置こうとしていた。エリザベスは人の家庭を崩壊させたほとぼりがまだ冷めていなかったので、同じ過ちを繰り返すのをよしとする者は誰もいない。リチャードのほうは、妻と、そして愛人とされていたパット・ターナーと別れるつもりはなかった。しかし、エリザベスが睡眠薬を過剰に服用したことで、すべてが変わった。それは二度起こった。彼女は二回も自殺をはかったのだ。

まったくもって、これはいけない。こんなことをしても、誰もあなたを愛してくれない。

リチャードとエリザベスはふたりの関係を隠しておけなくなった。『ロサンゼルス・エグザミナー』紙は「俳優をめぐる騒動で、リズとエディーの結婚は破局」と書き立てた。エディーはのちに、結婚が終わりを迎えているのを感じていたと書いている。「彼女がそんなことをする前からわかっていた。エリザベスには大騒ぎが必要なのだ。われわれの関係は結婚という形に落ち着いたが、安らぎだけでは彼女を満足させることはできなかった。彼女は喧嘩や仲直り、ドアを壊すといった、大袈裟なドラマの中毒なのだ」

気の毒なエディーは、ひどく落ち込んで、ウォッカとアンフェタミンを過剰摂取した。病院から退院するとすぐに記者会見を開いて、エリザベスを失った悲しみで頭がおかしくなったわけではないと、マスコミに説明した。その後の行動から考えても、彼は彼女との別れにうまく向きあえなかったようだ。

かなりあとになってから、離婚の決定的原因が『ヴァニティ・フェア』誌に語られている。

リチャード・バートンとのスキャンダルが報じられた直後のある晩、エリザベス・テイラーは夫であるエディー・フィッシャーと暮らしている屋敷で目を覚ました。友人のひとりがフィッシャーに銃を渡しており、彼女が目を開けると、夫がじっと見つめながら銃を向けていた。「心配しなくてもいいよ、エリザベス」彼の声が聞こえた。「きみを殺すつもりはない。きみは美しすぎるからね」この瞬間、彼女はベッドを飛び出して子どもたちを連れ、親友かつ個人秘書であるディック・ハンリーの屋敷へ逃げた（このできごとに関するエリザベスの説明について問われると、八一歳のフィッシャーは笑って言った。「過去のくだらない話にすぎないさ」）。

幸せな結婚生活では、「ベッドで寝ている相手に銃を突きつけて脅迫しない」というルールが守られている。これはたまたま顔の血色がよかったとか、目に凶暴な色が浮かんでいたとかいうのはまったく関係ない。エディー・フィッシャーはこの一連の行動を通して、自分も予測不可能なろくでなしになれると証明したかったのだろう。自分が情けなく、薬物で頭も混乱していたのかもしれないが、ばか野郎には変わりない。

これに引き続いて、悪夢のような離婚訴訟が待っていた。夫婦の財産を分けるだけでも難しいのに、エディーがナイトクラブでの活動を再開しようとすると、余計にややこしくなった。彼は『アリヴェデルチ・ローマ（さようならローマ）』を歌いはじめた。これは世界中の人々に、彼とエリザベス、そしてリチャード・バートンのあいだに起こったことを思い出させた。この曲には次のような歌詞がある。

ぼくが戻るまで、ウェディングベルは鳴らさないでいてほしい
恋人よ、腕を広げ、恋しく思い続けていてくれ
お願いだから、愛の炎が燃え続けるように
彼女の心の中で

この歌を選ぶこと自体、奇妙な話だ（冗談のつもりなのだろうが、まったく笑えない）。しかし、まともな神経をしている人々をもっといらだたせたのは、彼が『ナイルの色情魔クレオ *Cleo, the Nympho of the Nile*』という歌も取り入れたことだった。歌手のジュリエット・プラウズがステージの上でヘビのように身をくねらせて、性的な欲望を表現するのだ。当然のことながらエリザベスは憤り、エディーがこの曲を披露するのを禁じようとした。ところが、これは誰よりも彼自身に悪い影響を及ぼした。彼は格好いい人気歌手から、卑屈な寝取られ男を経て、いまでは気難しく、しみったれたひとり者になってしまったのだ。

「別れた夫の中でも、彼のことはひと言も口にしないのに気づいていた?」と後年エリザベスは言っている。そして、寝ているエリザベスに銃口を突きつけたという事件が起こる。これ以降、エディーは自らが築きあげた名声でなく、エリザベス・テイラーの四番目の夫としてしか記憶に残らなくなってしまった。これは残念なことだ。なぜなら、『オー・マイ・パパ』（一九五三年にアメリカのヒッ

トチャートで第一位になった歌）は、おそらくいい作品だったのだ。いまではグーグルで検索しないと聴くことはないし、そもそも誰も調べない。

エリザベスとリチャードはそれからすぐに結婚し、エディー・フィッシャーのことはすべて忘れることにした。リチャードはのちに、エリザベスは「どこから見てもばかな男と結婚していたことを恥じていた。彼は軽蔑にも値しない、身の毛もよだつような小男で、濡れた靴のごとく不快だ」と記している。

エディー・フィッシャーのキャリアは徐々に終わろうとしていた。薬物濫用の影響が大きかった。一九九九年に出版された自叙伝『行きたいところに行き、やりたいことをやった *Been There, Done That*』で、次のように語っている。

三三歳の頃には、アメリカの恋人とアメリカの魔性の女と結婚し、そのどちらとも離婚してスキャンダルになった。わたしはアメリカでもっとも人気のある歌手のひとりだったが、愛のためにキャリアを捨ててしまった。ふたりの実子とふたりの養子がいるものの、その誰ともめったに会うことはない。メタンフェタミンの中毒で、大量の抗不安薬がないと眠れない。こうした経験から、とても大切なことを学んだ。わたしを縛るものは何もない。喉から声が出るかぎり、乗り越えられるのだ。

それは違う。この教訓があてはまる人も、もちろんいる。たとえば、エルヴィス・プレスリーの最期は悲惨だったが、彼のヒット曲はたくさんあげることができるだろう。エディー・フィッシャーの曲はひとつも思いつかない。

『オー・マイ・パパ』を口ずさんでみてほしい。できるだろうか（曲をでっちあげているじゃないか！　適当にハミングして、ポルカも踊れると言わんばかりに、体を上下にゆすっているのだろう）。

一九八〇年代になる頃には、彼は「コカインをやめるか、歌手活動をやめるかを迫られた。自分のキャリアのために」と認めている。

エディー・フィッシャーはこうして過去の人になったが、喜ばしいことに、本章に登場した女性たちはその後の人生を幸せに送った。人はつらい別れを経験したことで、結束を強めることがある。リチャード・バートンとエリザベス・テイラーだけでなく、これはエリザベスとデビー・レイノルズにもあてはまるのだ。もちろん、時間は必要だった。

三角関係が崩壊して何年も経ってから、デビーとエリザベスは同じ客船に乗りあわせた。デビーが書いている。「わたしたちはヨーロッパに行く船――クイーン・エリザベス――の中で再会しました。わたしが彼女に手紙を渡すと、彼女もわたしに手紙をくれて、夕食をともにしました。彼女はその頃にはリチャード・バートンと結婚しており、わたしも再婚していました。そして、ふたりで言ったのです。『もう、仲たがいは終わりにしましょう』わたしたちは酔っ払いました。楽しい夜を過ごし、それ以来、ずっと友達です」

この友情の大部分は、エディー・フィッシャーへの嫌悪感に根差しているようだ。なんと、ふたりとも彼を嫌っているのだ。二〇〇一年に『年をとった娘たち These Old Broads』という映画を制作した。脚本はデビーの娘キャリー・フィッシャーの担当だった。この中で〝フレディ・ハンター〟という男性が登場する。彼はエリザベスとデビーが演じる女性と何年も前に別れたという設定で、彼を笑いものにする冗談がたくさん出てくる。二〇一一年にエリザベスが亡くなると、キャリー・フィッシャーは「父と母は離婚することになってしまいましたが、その原因となったのがエリザベスで本当によかった」と語っている。

エリザベスとデビーは和解する運命にあったと言えるだろう。かつては、互いの髪を洗ってやるほど親密だったのだ。そして、同じ男性との破局を経験して、ふたりは戦友になった。

二〇〇一年九月一一日にデビー・レイノルズはニューヨーク・シティでピエールというホテルに泊まっていた。ワールド・トレード・センターが攻撃されたというニュースが飛び込んできたときに、エリザベス・テイラーから電話が入った。「デビー、あなた、大丈夫？」デビーは怖いと言った。ホテルにひとりでいた上に、このときはめったにないひとり旅だったのだ。すると、エリザベスが「こちらにいらっしゃいよ。一緒に泊まりましょう」とうながした。ふたりはその後三日間、エリザベスの部屋で過ごしてからロサンゼルスに帰った。のちに、デビーが離婚騒動についてまだ根に持っているのかと質問されると、「起こったことは仕方がないわ。親友は仲よくするべきなのよ」と答えた。

この年をとった娘たちがすべてを乗り越えられてよかったと思う。

エリザベス・テイラーの遺書には、デビー・レイノルズにもっとも貴重な宝石をいくつか遺すと書いてあった。デビー・レイノルズは「夫は持っていっていいから、宝石は残しておいて」という冗談を口にしている。エリザベスが人生で愛しているものは三つしかないと公言していたのを覚えているだろうか。彼女の最期にデビーがそのひとつを譲られたのは、とても喜ばしいことだ。

エピローグ

長い歴史におけるさまざまな時代から選りすぐった、なんとも興味深い別れを経験した有名人の物語を一三章にわたってお読みいただいた。彼らは愛を求め、失った。そして、別離を経験する中で、最悪の悪夢としか思えないような振る舞いを露見させる。別れに際して、とても勇敢な（または、錯乱している）人は別である。夫に戦争を仕掛けようとするときには、肌の保湿クリームを忘れないように。等身大の人形を作るときには、写真を忘れずに送ってほしい。

本書に登場した支配者や哲学者、芸術家、作家、（とても幸運な）実業家たちは、自分たちの別れから何かを学んだのだろうか？　学んだ人々もいるだろう。そうした人については、わたしもうれしく思う。しかし、よくわかっていない人たちも見受けられる。たとえば、アン・ブーリン。彼女が自分で唯一ひらめいたのがヘンリー八世との結婚だったのに、あとから考えると、それは間違った選択だった。学びを与えてくれる別れを経験したから、いい人間になるとは言えない。人はいつも〝何かを学んでいる〟わけではないのだ。人間関係はフォーチュンクッキーではない。財布に入れて持ち歩くような、気の利いた言葉をいつも教えてくれるとはかぎらない。

われわれをその関係がはじまる前と比較して、いい——以前よりも自信を持ち、技術を身につけ、面白い——人間へと必ずしも成長させてくれるものでもない。そういう場合もある。たとえば、アリエノール・ダキテーヌやイーディス・ウォートンのように。それにはかなりの度胸や忍耐、力量などが必要で、ちょっとした幸運だけではどうにもならない。

それでもなお、愛はわれわれを進むべき道に導いてくれる。必ずしもよりよい場所ではないかもしれない。でも、愛に根差した行動は、われわれの人生を動かす力がある。愛に身をゆだねることで、人生は変わる。それは、誰かと急にベッドの中で一緒に本を読みたくなることかもしれない。あるいは、恋人を追ってバリ島へ行ったり、ロックバンドをやめて会計士になり、四人の子どもをもうけたりするのかもしれない。人を愛し、関係を深めていると、以前とまったく同じ人生を維持することはできない。それは、愛が強い力を持ち、静止という言葉の正反対を意味するからだ。

そうなのだ。「港に泊まっている船は安全だが、船は停泊するために作られたのではない」という格言は、すでに使い古されているかもしれないが、美しい言葉だ。われわれの魂は船のように、止めようのない力によって動かされ、暗い、未知の海域を航行するのを待っている。われわれのちっぽけな魂は、なんと勇敢なことだろう。愛がわれわれを——みながティモシー・デクスターの戸惑いを覚えるほど幸運な船であるかのように——どこかすばらしい場所へと運んでくれることを願うものの、こればかりは予測不可能だ。だからこそ、愛を信じて行動するのは勇気が必要になる。本書にはいい人も登場すれば、恐ろしい人もとりあげられている。だが、すべての人たちは自分の人生を前に進める決断をしたのだ。「ちょっとつきあっているだけ」とか「深刻にはしたくない」といった言葉を聞くたびに、なんという臆病者と思ってしまう。もちろん、彼らにも慎重になる権利がある。なぜなら、本書を読むとわかるように、恋愛と喪失によって、人の心は狂わされてしまう可能性もあるからだ。それでもなお、愛がないと、安全だがつまらない人生だといって、自分で自分を責めてしまう。それでもじゅうぶんではない。死の床にあっては、「ああ、わたしがもっとも後悔しているのは、人とたくさんの感情的なつながりを持ちすぎたことだ」とは誰も言わない。われわれは心を動かされたい。それを切に願っているのだ。

恋愛はいつも悲惨な終わり方をするとはかぎらない。ハッピーエンドはいつでもある。いつでもすぐに離婚できる（夫が近親相姦の関係にあると証明する必要はないし、ヴィクトリア朝のイングランドの女性であれば、ありのままでいられる）世界にあって、五〇パーセントの既婚者は、同じ相手と一生添い遂げるのだ。これはすばらしいことだ。実家に帰って、母が作る料理の香りをかぎ、アメフトを見ている父の姿を見ると、このふたりにも知りあう前の時代があったことに驚きを覚える。家族のように、日常に存在する奇跡にわれわれは慣れっこになってしまい、両親や祖父母、結婚して幸せな友達といった人たちにも勇気を振り絞らなければならない瞬間があったことをつい忘れてしまう。

わたしは本書の登場人物全員を気に入っているわけではない。しかし、少なくとも、彼らは人を愛そうとしたのだ。その多くは頭がおかしかったり、邪悪だったり、人を見る目がなかったりするが、彼らはみな勇敢だ。あなたが誰かを愛したために失恋したのだとしたら、あなたも勇敢だ。人生を成り行き任せに生きることを拒否した。静止している心地よさを捨てた。そして、未知の海域に向かって漕ぎだしたのだ。これは尊敬に値する。

恋愛が悲惨に終わってもオーケーだ。この本に出てくる大半の人よりもわれわれの寿命は長いし、すぐに首を落とされる危険もなさそうだ。みなさんにはより多くのチャンスがあるのだ。世界は可能性にあふれているし、心の広い人もたくさんいる。心が傷ついているときには、そんなふうに考えるのは無理だろう。なぜなら、傷つくのはひどくつらいからだ。とはいえ、そもそもイチかバチかで恋愛をしたのであれば、あなたは勇気ある人だ。また外に出て、もう一度勇気を持つことができるだろう。

それまでは、ゆっくりすればいい。キャロライン・ラムが書き残したように、「傷ついた心に平安が訪れる」ことをお祈りしている。

謝辞

本を執筆するのにたくさんの人は必要ない。ひとりでじゅうぶんだ。しかし、もしもわたしがひとりだったら、精神的に崩壊してしまっていたかもしれない。本書を完成させることができたのも、ひとえにみなさんのおかげです。

わたしの母、キャスリーン・ライト。わたしの書いたものをいつも真っ先に読んでくれました。活字になる前に原稿をすべて読んだのは母だけです。母の助けがなければ、文法がめちゃくちゃだったかもしれません。母は陽気ですてきな女性です。チャールストンに行かれることがあれば、会ってみてください。

父のトム・ライト。この本が完成したらすぐに、絶対に、小説に取りかかります。

古くからの友人であるセス・ポージズは、ティモシー・デクスターのことを教えてくれました。そして、本書に登場したかもしれない一〇〇万人くらいの人物について、夢中で語るわたしにつきあってくれました。

すばらしい編集者のアリソン・アドラーは、本書の執筆中に神経がまいったときや、夜中の二時に不安が込みあげてきたときには、いつも支えてくれました。これは、一度や二度ではありませんでした。

ヘンリー・ホルト社のみなさん。やさしくて、すてきな方々です。本の出版をお考えの読者の方がいらっしゃったら、ヘンリー・ホルト社にお願いするべきです。本書をこんなにすてきに仕上げてくださいました。たくさん売れて、わたしたち全員がお金持ちになれるよう祈っています。

エージェントであるニコール・トゥールトロットもすばらしい方です。毎朝一〇時三〇分に起き、一日中執筆して、収入を得るという生活を可能にしてくれました。彼女のおかげで、信じがたいほどの驚くべきことが現実になりました。それは違うという人がいたら、頭のおかしい嘘つきです。

別れたけれどすてきな存在でいてくれるデイヴィー・ヴォルナーにも感謝しています。ニコールを紹介してくれ、これは本にすべきすばらしい考えだと最初に言ってくれました。

ピーター・フェルドはわたしが執筆するのを支えてくれ、七年前にニューヨークに引っ越してきた第一日目から、あきらめるなと言い続けてくれました。いつもポテトパンケーキをありがとう。

ブック・クラブやアーティクル・クラブ、ジュニア・リーグの友人、歴史上の人物の話を聞いてくれ、その話が楽しくて面白いと言ってくれる家族のみんなや友達に、とても、とても感謝しています。

そして、大切なダニエル・キブルスミス。これまで出会った人の中で最高に楽しく、そしていい人です。わたしをこの上なく幸せにしてくれています。あなたといると、愛を、そして、愛にかぎらずたくさんの物事を信じることができます。

訳者あとがき

本書は歴史上の偉人や芸術家、有名人たちの恋愛と破局について綴られた作品である。西洋では縁起の悪い数字とされている一三の章にわたって、カップルとそれを取り巻く人々が繰り広げた騒動がおさめられている。恋愛で傷ついた心に対処する方法は人それぞれで、登場人物たちは権力や才能、美貌に恵まれて歴史に名を残す人々なだけに、その行動はパワフルであり、極端に走ることもしばしばだ。たとえば、失った恋人や妻とそっくりな身代わりを仕立てあげたり、幸せな恋愛をしていた他人を拷問したり、相手の存在を無きものにすることすらある。軽妙な語り口で書かれたこれらの逸話は、表面的にはゴシップ誌を読むような面白さだ。

しかし、読み進めていくうちに、一見したところすべてに恵まれたような人々が、必ずしも恋愛に成功するのではないことに改めて気づかされる。社会的地位が高かったり、財力に恵まれたり、美しさにあふれ、能力に秀でていたりしようとも、心の安らぎや幸せな愛が確約されているわけではないのだ。もちろん、こんなことは言うまでもないだろう。しかし、こうした当たり前のことすら忘れて、有名人をうらやんだり、自分を卑下したりしてしまったときには、本書を思い出してみるといいかもしれない。

「人は誰しも心が傷つくときがあるが、苦しみながらもつらい現実を受け入れ、力を振り絞って乗り越えれば、光が見えてくる」というような前向きな言葉が信じられなくなったときにも本書はぴったりだろう。傷ついた心に効く一三のストーリーのうちの自分に合ったどれか、またはすべてを読めば、登場人物たちに共感したり、彼らを反面教師にしたりしながら、心を見つめ直すきっかけになるはずだ。もちろん、歴史ノンフィクションとしても楽しい作品だ。恋愛中や失恋中の方はもちろん、それ以外の方々にもお手に取っていただければ幸いである。

二〇一八年七月

参考文献

第1章　ネロとポッパエア

Andrews, Evan. "10 Th ings You May Not Know About Roman Gladiators." *HistoryLists,* March 4, 2014. http:// www . history . com / news / history - lists / 10 - things-you - may - not - know - about - roman - gladiators.

Champlin, Edward. *Nero*. Boston: Harvard University Press, 2009. Google e- book.

http:// books . google . com / books ? id = 30Wa - l9B5IoC & printsec = frontcover& source = gbs ge summary r & cad = 0#v = onepage & q& f = false.

Dio, Cassius. *Roman History*. Reproduced by Bill Th ayer. Chicago: Universityof Chicago Press, 2011. Originally published in vol. 8 of the Loeb ClassicalLibrary edition, 1925. http:// penelope . uchicago. edu / Th ayer / E / Roman / Texts/ Cassius Dio / 62* . html.

Goldsmith, Sara. "Th e Rise of the Fork." *Slate*, June 20, 2012. http:// www . slate. com / articles / arts / design / 2012 / 06 / the history of the fork when we_ started using forks and how their design changed over time html.

Hopkins, Keith. "Murderous Games: Gladiatorial Contests in Ancient Rome."*History Today* 33, no. 6 (June 1983). http:// www . historytoday . com / keith- hopkins / murderous - games - gladiatorial - contests - ancient - rome.

Kiefer, Otto. *Sexual Life in Ancient Rome.* New York: Marboro Books, 1990.

Martial. *Epigrams*. Translated by Walter C. A. Ker. London: William Heinemann,1919.

Plutarch. *Life of Galba and Otho*. Translated by Douglas Little and ChristopherEhrhardt. London: Bristol Classical Press, 1994.

Raia, Ann R., and Judith Lynn Sebesta. "Pseudo Seneca—Octavia— Lines 100–114." *Instruction Companion Worlds.* College of New Rochelle, December2010. http:// www2 . cnr . edu / home / araia / seneca octavia . html.

Seneca the Younger. *Octavia*. Translated by Watson Bradshaw. London: SwanSonnenschein., 1902.

Suetonius. *Th e Lives of the Twelve Caesars*. Translated by Alexander Th omson,M.D. Pro ject Gutenberg e- book, 2006. http:// www . gutenberg . org / fi les/ 6400 / 6400 - h / 6400 - h . htm.

Tacitus. *Annals (Th e Annals)*. Translated by A. J. Woodman. Indianapolis:Hackett, 2004.

———. *Historiae (Th e Histories)*. Translated by William Hamilton Fyfe. Oxford:Clarendon Press, 1912.

Vagi, David L. *Coinage and History of the Roman Empire.* Vol. 1, *History.* Chicago:Fitzroy Dearborn, 2001. Google e-book. http:// books . google . com / books? id = WzOGy-cVVQLEC.

Wright, Cliff ord A. "History of the Fork." Cliff ordAWright . com. http:// www. cliff ordawright . com / caw / food /

entries / display . php / topic id / 8 / id / 108 / .

第二章　アリエノール・ダキテーヌとヘンリー二世

Barker, Hugh. “Rosamund’s Bower— a Hedge Maze at Woodstock.” *HedgeBritannia*, June 8, 2011. http:// hedgebritannia . wordpress . com / 2011 / 06 / 08/ rosamonds - bower - a - hedge - maze - at - woodstock / .
Cavendish, Richard. “Eleanor of Aquitaine Marries Henry of Anjou.” *HistoryToday* 52, no. 5 (May 2002). http:// www . historytoday . com / richard- cavendish/ eleanor - aquitaine - marries - henry - anjou.
Chadwick, Elizabeth. *Th e Summer Queen*. Great Britain: Sphere, 2013.
———. *Th e Winter Crown*. Great Britain: Sphere, 2014.
Dickens, Charles. *A Child’s History of England*. Great Britain: Chapman andHall, 1880.
Evan, Michael R. *Inventing Eleanor: Th e Medieval and Post-Medieval Image ofEleanor of Aquitaine*. London: Bloomsbury Academic, 2014.
Matthews, W. H. “Th e Bower of ‘Fair Rosamund.’ ” Internet Sacred Text Archive.
http:// www . sacred - texts . com / etc / ml / ml22 . htm.
———. *Mazes and Labyrinths*. London: Longmans, Green., 1922. InternetSacred Text Archive, June 2005. http:// www . sacred - texts . com / etc / ml / ml22. htm.
Meade, Marion. *Eleanor of Aquitaine, a Biography*. Great Britain: Dutton, 1977.
Reese, Lyn. “Eleanor of Aquitaine— Aft er Returning from the Crusades.” *Womenin World History Curriculum*, 1996–2013. http:// www . womeninworldhistory. com / EofAreturns . html.
Schama, Simon. *A History of Britain*. Great Britain: Random House, 2012.
Seward, Desmond. *Eleanor of Aquitaine: Th e Mo ther Queen of the Middle Ages*.
New York: Pegasus Books, 2014.
Somerville, J. P. “Henry II and Common Law.” Lecture notes, Course 123:En glish History to 1688. University of Wisconsin, Madison. AccessedFall 2014. http:// faculty . history . wisc . edu / sommerville / 123 / 123%20 104%20Common%20Law . htm.
Vincent, Nicholas. “Th e Legacy of Henry Plantagenet.” *History Today* 54, no. 12(December 2004). http:// www . historytoday . com / nicholas - vincent / legacy- henry - plantagenet.
Warren, W. L. *Henry II*. Berkeley: University of California Press, 1973.
“Th e Woman in the Bower— A Murder at Woodstock: Fair Rosamund vs Eleanorof Aquitaine.” *Sexual Fables*. http:// www . sexualfables . com / the Woman_ in the bower . php.

第三章　ルクレツィア・ボルジアとジョヴァンニ・スフォルツァ

Aiuto, Russell. “Killers from History— the Borgias.” crimelibrary . com . http://www . crimelibrary . com / serial killers / history / borgias / 4 . html.
Black, Annetta, contributor. “Lucrezia Borgia’s Love Let-

ters." *Atlas Obscura*.

http:// www . atlasobscura . com / places / lucrezia - borgias - love - letters.

Bradford, Sarah. *Cesare Borgia: His Life and Times*. UK: Phoenix, 2001.

———. *Lucrezia Borgia: Life, Love, and Death in Re nais sance Italy*. New York:Penguin, 2004Dillon, Charles. *Th ose Naughty Popes and Th eir Children*. Lincoln, Net.: iUniverse,2004. http:// books . google . com / books ? id = 6Mdz5ogDz0EC & pg = PA140& lpg = PA14 0 & dq = Giovanni + Sforza + s py ing & s ource = bl & ot s= zy-6mOyLZwA & sig = lTqNIgU2cXqweKZsNzW0LT1M-FXg & hl = en & sa = X& ei = GtUTVM - PEbaBsQTF-hoLQBg & ved = 0CB0Q6AEwADgK#v = onepage& q = Giovanni%20Sforza%20spying & f = false.

Gates, Dr. Larry E. Jr., ed. "Th e Italian Re nais sance." Study notes, AdvancedPlacement Eu ro pean History. HistoryDoctor . net. http:// www . historydoctor. net / Advanced%20Placement%20European%20History / Notes / italian_ renaissance . htm.

Gregorovius, Ferdinand. *Lucretia Borgia: According to Original Documents andCorrespondence of Her Day*. Translated by John Leslie Garner. Pro ject Gutenberge- book, 2007. http:// www . gutenberg . org / fi les / 20804 / 20804 - h / 20804 - h. html.

Holcombe, James Philemon. *Lit erature in Letters: Or, Manners, Art, Criticism,Biography, History, and Morals Illustrated in the Correspondence of EminentPersons*. New York: D. Appleton, 1866. Google e- book. http:// books . google. com / books ? id = liLsTox REC.

Jensen, Vickie, ed. *Women Criminals: An Encyclopedia of People and Issues*. Vol.

1. Santa Barbara, Calif.: ABC- CLIO, LLC, 2012.

Lewis, Jane Johnson. "Vannozza dei Cattanei, Mo ther of Borgias." about . com/ education. http:// womensh-istory . about . com / od / medievalitalianwomen / a/ Vannoza - dei - Cattanei . htm.

Lucas, Emma. *Lucrezia Borgia*. NewWord City, 2014. e- book. http:// www . amazon. com / Lucrezia - Borgia - Emma - Lucas - ebook / dp / B00ON2WGE4.

"Lucrezia Borgia, Duchess of Ferrara Facts." *YourDictionary*. 2010. http://biography . yourdictionary . com / lucrezia - borgia - duchess - of - ferrara.

Manchester, William. *A World Lit Only By Fire*. Boston: Back Bay Books; Little,Brown, 1992.

Mills, Patt. *Th e Golden Th read*. Bloomington, fi nd.: Author-House, 2009.

Pinsky, Robert. "Lucrezia Borgia's Hair and Forgotten Names." *Slate*, May 8,2012. http:// www . slate . com / articles / arts / classic poems / 2012 / 05 / walter_ sav-age landor poems about aristocratic shoplifting and senile_ memory loss . html.

Sabatini, Rafael. "Th e Letter to Silvio Savelli." http:// www . public- domain - content. com / books / Life of Cesare Borgia / C21P1 . shtml. http:// books . google . com/ books ? id = Y71MlroFXgkC & pg = PR21 & lpg = PR21 & dq = lucrezia + borgia+ giovanni + sforza + Plautus + performed & source = bl & ots = G1iUuvEv-

Su& sig = 09Kfg5ZjEH7vTFVKvBRmuZkrgGs & hl = en & sa = X & ei = 76IQVKfUCpaNNpGvgYAF & ved = 0CEQQ6AEwBA#v = onepage &q =lucrezia%20borgia%20giovanni%20sforza%20Plautus%20performed & f = false.
———. *Th e Life of Cesare Borgia*. London: Stanley Paul., 1912. e- book. https://archive . org / stream / lifeofcesareborg00sabarich#page / n5 / mode / 2up.

第四章　ヘンリー八世とアン・ブーリンとキャサリン・ハワード

Alchin, Linda. “Th e Tudors Sitemap.” Th e Tudors Web Site. June 2014. http://www . sixwives . info / the - tudors - sitemap . htm.
Barnes, Julian. *England, England*. New York: Vintage, 1998.
Cohen, Jennie. “Did Blood Cause Henry VIII’s Madness and ReproductiveWoes?” history . com, March 4, 2011. http:// www . history . com / news / did- blood- cause - henry - viiis - madness - and - reproductive - woes.
Creamwood, James. “Executions and Horrible Tortures from Olden Times.”Excerpt from Smashwords e- book, 2014. http:// free - ebook - samples . com / / / 475590/ executions - horrible - tortures - from- olden- times.
Henry VIII. *Th e Love Letters of Henry VIII to Anne Boleyn*. J. O. Phillips, contributor.
Merchant Books, 2010.
Ives, Eric. *Th e Life and Death of Anne Boleyn*. Malden, Mass.: Blackwell,2004.
Robinson, Hastings, ed. *Original Letters Relative to the En glish Reformation*. Cambridge: University Press, 1846. Google e- book. http:// books . google . com/ books / about / Original letters relative to the English . html ? id = 3NdhAAAAIAAJ.
Robinson, James Harvey. “Th ree Sixteenth- Century Dispatches from VenetianAmbassadors in London.” In *Readings in Eu ro pean History*. Boston: Ginn,1906. Document Discovery Pro ject. http:// rbsche . people . wm . edu / H111 doc_ dispacci . html.
Starkey, David. *Six Wives: Th e Queens of Henry VIII*. Great Britain: Chatto andWindus, 2003.
Weir, Alison. *Henry VIII: Th e King and His Court*. New York: Ballantine Books,2008.

第五章　アンナ・イヴァノヴナ

Anisimov, Evgenii Viktorovich. *Five Empresses: Court Life in Eighteenth- CenturyRus sia*. Westport, Conn.: Praeger, 2004.
“Anna.” *Th e Columbia Electronic Encyclopedia*. 2012. infoplease . com. http:// www. infoplease . com / encyclopedia / people / anna - czarina- russia . html.
Batuman, Elif. “Th e Ice Re nais sance.” *New Yorker*, May 29, 2006.
Bekorenu, Anna. “Anna Ivanovna.” *1906 Jewish Encyclopedia*. http:// www. jewishencyclopedia . com / articles / 1553 - anna - ivanovna.
Bos, Joan. “Ivan V of Rus sia.” *Mad Monarchs Series*. September 12, 2011. http://madmonarchs . guusbeltman . nl / madmonarchs / ivan5 / ivan5 bio . htm.
Curtiss, Mina Kirstein. *A Forgotten Empress: Anna Ivanovna*

and Her Era, 1730-1740. New York: Frederick Ungar, 1974.

Field, Daniel, trans. "Th e Conditions of Anna Ivanovna's Accession to theTh rone, 1730." *Documents in Rus sian History*. January 6, 2010. http:// academic. shu . edu / russianhistory / index . php / The %22Conditions%22 of Anna_ Ivanovna's Accession to the Th rone, 1730.

Hughes, Lindsey. *Peter the Great, a Biography*. New Haven, Conn.: Yale UniversityPress, 2004.

Laparenok, Leonid. "Prominent Rus sians: Peter II." russiapedia . rt . com. http://russiapedia . rt . com / prominent - russians / the - romanov - dynasty / peter - ii / .

Monter, William. *Th e Rise of the Female Kings in Eu rope, 1300-1800*. New Haven,Conn.: Yale University Press, 2012.

"Prominent Russians: Anna Ioannovna." russiapedia . rt . com. http:// russiapedia . rt. com / prominent - russians / the - romanov - dynasty / anna - ioannovna - empress- of - russia / .

Rhatigan, Joe. *Bizarre History: Strange Happenings, Stupid Misconceptions, DistortedFacts and Uncommon Events*. Bournemouth, England: Imagine, 2011.

Schrad, Mark Lawrence. *Vodka Politics: Alcohol, Autocracy, and the Secret Historyof the Rus sian State*. New York: Oxford University Press, 2014.

Shakibi, Zhand P. "Anna Ivanovna." *Encyclopedia of Rus sian History*. 2004. encyclopedia. com. http:// www . encyclopedia . com / topic / Anna Ivanovna . aspx.

Williams, Henry Smith, ed. *Th e Historians' History of the World*. London: theTimes, 1908. Internet Archive e-book. https:// archive . org / details / HistoriansHistoryOfTh eWorldComprehensiveNarrativeEtc . in25VolumesBy.

第六章　ティモシー・デクスター

Cofer, Jim. "Amazing Lives: Timothy Dexter." *History Blog*, April 16, 2013. http://jimcofer . com / personal / 2013 / 04 / 16 / amazing - lives - timothy - dexter / comment-page - 1 / .

Currier, John James. *History of Newburyport, Mass: 1764-1905*. Newburyport, 1909. Google e- book. http:// books . google . com / books / about / History of_ Newburyport Mass . html ? id = mdA1AAAAIAAJ.

Dexter, Lord Timothy. *A Pickle for the Knowing Ones; Or Plain Truths in a HomespunDress*. Newburyport: Blanchard and Sargent, 1848. Pro ject Gutenberge- book. http:// www . gutenberg . org / ebooks / 43453.

"Dexter's Contexture." *Essex Antiquarian* 7. (July 1903). http:// www. lordtimothydexter . com / Antiquarian Transcript . htm.

Knapp, Samuel Lorenzo. *Life of Lord Timothy Dexter: Embracing Sketches ofthe Eccentric Characters Th at Composed His Associates*. Boston: G. N.

Th omson, 1838. Internet Archive e- book. https:// archive . org / details / lifeoft imothydex00knap.

"Noue System of Knollege & Lite." LordTimothyDexter . com. July 2, 2008. http://www . comity . org / lordtimothydexter . com / index . htm.

"*Timothy Dexter Revisited* by John P. Marquand." Book review. *New EnglandQuarterly* 33, no. 4 (December 1960). JSTOR online. http:// www . jstor . org/ stable / 362682.

Todd, William Cleaves. *Timothy Dexter: Known as "Lord Timothy Dexter," ofNewburyport, Mass. An Inquiry into His Life and Character:* Nabu Press, 2010.

第七章　キャロライン・ラムとバイロン卿

Abbott, Elizabeth. *A History of Mistresses*. Canada: Harper-Flamingo, 2004.

Byron, George Gordon. *Byron's Letters and Journals.* Vol. 3, *"Alas! Th e Love ofWomen," 1813-1814.* Boston: Belknap Press of Harvard University, 1974.

Douglass, Paul. *Lady Caroline Lamb: A Biography*. New York: Palgrave Macmillan,2004.

"Lady Caroline Ponsonby Lamb." EnglishHistory . net, June 1997; revised March 7,2004. http:// englishhistory . net / byron / lclamb . html.

Mahan, Elizabeth Kerri. "Mad, Bad and Dangerous to Know: Th e Life of LadyCaroline Lamb." *Scandalous Women* (6109), October 9, 2007. http:// scandalous-woman . blogspot . com / 2007 / 10 / mad - bad - and - dangerous - to - know- life - of . html.

Mitchell, L. G. *Lord Melbourne, 1779-1848*. Oxford: Oxford University Press,1997.

Tallis, Dr. Frank. *Love Sick: Love as a Mental Illness*. New York: Th under's MouthPress, 2004.

第八章　ジョン・ラスキンとエフィー・グレイ

Cooper, Suzanne Fagence. *Effi e: Th e Passionate Lives of Effi e Gray, John Ruskinand John Everett Millais.* New York: St. Martin's Press, 2010.

Fox, Essie. "Effi e Gray's Revenge on John Ruskin." *History Girls* (blog), October 24,2012. http:// the - history - girls . blogspot . com / 2012 / 10 / effi e - grays - revenge-on-john - ruskin . html.

Hilton, Tim. *John Ruskin*. New Haven, Conn.: Yale University Press, 2000.

Prodger, Michael. "John Ruskin's Marriage: What Really Happened?" theguardian. com, March 29, 2013. http:// www . theguardian . com / books / 2013 / mar / 29/ ruskin - effi e - marriage - inconvenience - brownell.

Ruskin, John. *Praterita.* New York: Knopf, 2005.

第九章　オスカー・ワイルドとアルフレッド。ダグラス卿

Bentley, Toni. *Sisters of Salome*. Lincoln: Bison Books (University of NebraskaPress), 2005.

Blake, Sarah. "Th e Tired Chameleon: A Study in Hues." In *Reading Wilde—Querying Spaces.* New York University. http:// www . nyu . edu / library / bobst/ research / fales / exhibits / wilde / 0chamele . htm.

Claudia. "Lord Alfred Douglas." *Oscar Wilde— Standing Ovations*. http:// www. mr - oscar - wilde . de / about / d / douglas . htm.

Daniel, Anne Margaret. "Lost in Translation: Oscar, Bosie and Salome." *PrincetonUniversity Library Chronicle*, 2007. http:// www . annemargaretdaniel . com/ lost in trans-

lation oscar bosie and salome 66169 . htm.
Douglas, Alfred. *Oscar Wilde and Myself*. New York: Duffi eld, 1914. InternetArchive e- book. http:// archive . org / stream / oscarwildemyself00dougrich/ oscarwildemy-self00dougrich djvu . txt.
Ellmann, Richard. *Oscar Wilde*. New York: Vintage, 1988.
Flood, Alison. "Oscar Wilde's Gift to Governor Who Let Him Read in ReadingGaol Up For Auction." theguardian . com, May 13, 2014. http:// www. theguardian . com / books / 2014 / may / 13 / oscar - wilde - gift - governor - reading- gaol - auction.
Gribben, Mark. "Queensbury Rules." *Th e Trials of Oscar Wilde*. crimelibrary. com. http:// www . crimelibrary . com / gangsters outlaws / cops others / oscar_ wilde / 4 . html.
Harris, Frank. *Oscar Wilde: His Life and Confessions*. New York, Pro ject Gutenbergebook, 1916. http:// www . gutenberg . org / fi les / 16894 / 16894 - h / 16894 - h . htm.
"Letters from Oscar Wilde to Lord Alfred Douglas." In *Famous World Trials— Th eTrials of Oscar Wilde— A Trial Account*. University of Missouri, Kansas City.
http:// law2 . umkc . edu / faculty / projects / ft rials / wilde / lettersfromwilde . htmlLim, Andra. "Th e Isis, the Spirit Lamp and Male Sexuality: Oscar Wilde and StudentJournalism at the University of Oxford, 1892–1893." UCLA Library,1996. http:// www . library . ucla . edu / sites / default / fi les / AndraLim . pdf.
McKenna,Neil. *Th e Secret Life of Oscar Wilde*. New York: Basic Books, 2005.
Popova, Maria. "Oscar Wilde's Stirring Love Letters to Lord Alfred 'Bosie' Douglas."brain pickings . org. http:// www . brainpickings . org / 2013 / 07 / 15 / oscar- wilde - love - letters - bosie / .
Wilde, Oscar. "Th e Ballad of Reading Gaol." Pro ject Gutenberg e- book, 2008;revised, 2013. http:// www . gutenberg . org / fi les / 301/ 301 - h / 301 - h . html.

第１０章　イーディス・ウォートンとモートン・フラートン

Benstock, Shari. *Edith Wharton: No Gift from Chance*. New York: Scribner, 1994.
Crosley, Sloane. *How Did You Get Th is Number*. New York: Penguin, 2010.
Edel, Leon. *Henry James: A Life*. New York: Harper and Row, 1955.
Erlich, Gloria C. *Th e Sexual Education of Edith Wharton*. Berkeley: Universityof California Press, 1992.
Fields, Jennie. *Th e Age of Desire*. New York: Penguin, 2012.
Franzen, Jonathan. "A Rooting Interest: Edith Wharton and the Prob lem ofSympathy." *New Yorker*, February 13, 2012. http:// www . newyorker . com/ magazine / 2012 / 02 / 13 / a - rooting- interest.
Lee, Hermione. *Edith Wharton*. London: Vintage, 2008.
Lee, Robert. "A Female Ulysses." THE (Times Higher Edu-cation) Web site,June 5, 1995. http:// www . timeshigh-ereducation . co . uk / books / a - female- ulysses / 161610 . article.
Smith, Joan. "Age of Not So Much Innocence: Edith Whar-

ton— No Gift s fromChance." Book review. *In de pen dent*, October 16, 1994. http:// www . independent. co . uk / arts - entertainment / book - review–age - of - not - so - much- innocence - edith- wharton - no - gifts - from - chance - by - shari - benstock - hamish - hamil- ton- pounds - 20 - 1443210 . html.

Tuttleton, James W., Kristin O. Lauer, and Margaret P. Murray, eds. *EdithWharton: Th e Contemporary Reviews*. Cambridge: Cambridge UniversityPress, 1992.

Updike, John. "Th e Changeling— A New Biography of Edith Wharton." *NewYorker*, April 16, 2007. http:// www . newyorker . com / magazine / 2007 / 04 / 16 / the- changeling.

Wharton, Edith. "Th e Fulness of Life." Classic Reader e-book. http:// www. classicreader . com / book / 1977 / 1 / .

———. "Th e Life Apart" ("Love Diary"). In *Th e Heath Anthology of AmericanLit erature,* 5th ed. Edited by Paul Lauler. New York: Houghton Miffl in Harcourt,2005.

第11章　オスカー・ココシュカとアルマ・マーラー

"Alma." *Alma on Tour— History*. http:// www . alma - mahler . at / engl / almas life/ almas life . html.

Connolly, Sarah. "Classical Music: Th e Alma Prob lem." theguardian . com,December 2, 2010. http:// www . theguardian . com / music / 2010 / dec / 02 / alma-schindler - problem- gustav - mahler.

Donatone, Brooke. "Why Millennials Can't Grow Up." *Slate*, December 2, 2013. http:// www . slate . com / articles / health and science / medical examiner/ 2013 / 12 / millennial narcissism helicopter parents are college students_ bigger prob- lem . html#.

Laslocky, Meghan. *Th e Little Book of Heartbreak*. New York: Penguin/Plume,2012.

Lukkonen, Petri. "Oskar Kokoschka." *Pegasos*, 2008. http:// www . kirjasto. sci . fi/ kokos . htm.

Magill, Frank N., ed. *Th e 20th Century Go- N: Dictionary of World Biography*.

Vol. 8. New York: Routledge, 1999.

"Oskar Kokoschka." *Belvedere Collections*. http:// www . belvedere . at / en / sammlungen/ belvedere/ expres- sionismus / kokoschka.

Predota, Georg. "Between Mahler and Gropius: Oskar Kokoschka and the AlmaDoll." *Interlude*, July 28, 2014. http:// www . interlude . hk / front / between- mahler - and - gropiusoskar - kokoschka - and - the - alma - doll / .

" Silent Partners— Artist and Mannequin from Function to Fetish." *10 HighlightObjects and Context Stories.* Fitzwil- liam Museum, Cambridge exhibit.

October 14, 2014, to January 25, 2015. http:// www . fi tzmuseum . cam . ac . uk/ documents / 20140901Si- lentPartnersHighlightStories . pdf.

Wallace, David. *Exiles in Hollywood*. Pompton Plains, N.J.: Limelight Editions,2006.

第11章　ノーマン・メイラーとアデル・モラールズ・メイラー

Bader, Eleanor. " 'Norman Mailer: Th e American': Was He the Most Valiant andthe Most Disgusting Patriot of All Time?" *Alternet*, May 25, 2012. http:// www. alternet . org / story / 155557 / 'norman mailer%3A the american'%3A was_ he the most valiant and most disgusting patriot of all time.

Burkeman, Oliver. "Machismo Isn't Th at Easy to Wear." theguardian . com,February 5, 2002. http:// www . theguardian . com / books / 2002 / feb / 05 / fi ction. oliverburkeman.

Dearborn, Mary V. *Mailer: A Biography*. New York: Houghton Miffl in, 1999.

Gill, John Freeman. "City People: Th e Woman in the Shadows." *New York Times*,November 18, 2007. http:// www . nytimes . com / 2007 / 11 / 18 / nyregion / thecity/ 18adel . html.

Johnson, Daniel. "Morman Mailer: . . . Or Hate Him." *New York Sun*, November 15,2007. http:// www . nysun . com / opinion / morman - mailer - or - hate - him / 66481 / .

Kobel, Peter. "Crime and Punishment." EW . com, November 15, 1991. http:// www. ew . com / ew / article / 0,,316162,00 . html.

Lennon, J. Michael. *Norman Mailer: A Double Life*. New York: Simon and Schuster,2013.

Lord, M. G. "Ancient Eve nings." *New York Times*, July 13, 1997. http:// www. nytimes . com / books / 97 / 07 / 13/ reviews / 970713 . 13lord . html.

Mailer, Adele. *Th e Last Party: Scenes From My Life with Norman Mailer*. FortLee, N.J.: Barricade Books, 2004.

Mailer, Norman. *Selected Letters of Norman Mailer*. Edited by J. Michael Lennon.

New York: Random House, 2014.

———. "Th e White Negro." *Dissent*, Fall 1979. http:// www . dissentmagazine . org/ wp - content / fi les mf / 1353950503Mailer WhiteNegro . pdf.

Mailer, Norris Church. *A Ticket to the Circus: A Memoir*. New York: RandomHouse, 2010.

McGrath, Th omas. "Norman Mailer: Stabbing Your Wife as an ExistentialExperiment." dangerousminds . net, June 1, 2013. http:// dangerousminds . net/ comments / norman mailer stabbing your wife as an existential_ experiment.

"Norman Mailer and the Romance of Crime." *vulgar morality* (blog.), November12, 2007. http:// vulgarmorality . wordpress . com / 2007 / 11 / 12 / 414 / .

Podhoretz, Norman. *Th e Norman Podhoretz Reader: A Se lection of His Writingsfrom the 1950s through the 1990's.* Edited by Th omas L. Jeff ers. New York: FreePress/Simon and Schuster, 2004.

第12章　デビー・レイノルズとエディー・フィッシャーとエリザベス・テイラー

Bateman, Christopher. "Liz and Dick: Th e Ultimate Celebrity Couple." *VF Daily*,June 1, 2010. http:// www . vanityfair . com / online / daily / 2010 / 06 / liz - and - dick- the - ultimate - celebrity - couple"Elizabeth Taylor's Never- Before- Read Love Letters from Richard

Burton." *HuffPost Entertainment*, June 1, 2010; updated May 25, 2011. http:// www. huffi ngtonpost . com / 2010 / 06 / 01 / elizabeth - taylor - never - be n 595960 . html.

Fisher, Eddie, with David Fisher. *Been Th ere, Done Th at*. New York: St. Martin'sPress, 1999.

Kashner, Sam, and Nancy Schoenberger. *Furious Love: Elizabeth Taylor, RichardBurton and the Marriage of the Century*. New York: HarperCollins, 2010.

James, Bryan. " Behind the Scenes: Th e Liz- Eddie- Debbie (& Richard) Scandals."*Classic Films Reloaded*. http:// classicfi lmsreloaded . com / butterfi eld8 - 2 . html.

Keck, William. "Scandal's History for 'Th ese Old Broads' ". *Los Angeles Times*,February 12, 2001. http:// articles . latimes . com / 2001 / feb / 12 / entertainment/ ca - 24245.

Leafe, David. "Th e Ultimate Sexual Betrayal— and the Guilt Th at Haunted LizTaylor to the Grave." daily-mail . com, April 26, 2013; updated April 29, 2013.

http:// www . dailymail . co . uk / femail / article - 2315458 / Elizabeth - Taylors - aff air- Eddie - Fisher - ultimate - sexual- betrayal- friend- Debbie - Reynolds . html.

Mann, William J. *How to Be a Movie Star: Elizabeth Taylor in Hollywood*. NewYork: Houghton Miffl in, 2009.

Midgley, Neil. "Liz Taylor: Seven husbands, but Eight Marriages." *Telegraph*,March 23, 2011. http:// www . telegraph . co . uk / culture / 8401053 / Liz - Taylor-seven - husbands - but - eight - marriages . html.

Petersen, Anne Helen. "Scandals of Classic Hollywood: Elizabeth Taylor, BlackWidow." thehairpin . com, July 25, 2011. http:// thehairpin . com / 2011 / 07/ scandals - of - classic- hollywood- elizabeth- taylor - black - .

Taraborrelli, J. Randy. *Elizabeth*. New York: Warner Books, Hachette Book GroupUSA, 2006.

◆著者
ジェニファー・ライト（Jennifer Wright）
ニューヨーク在住の作家。「ヴォーグ」「ニューヨーカー」等の雑誌への寄稿を経て、本書を出版。初の著書にしてベストセラーとなる。女性に焦点をあてたエンターテインメント色の強い、これまでにはない歴史書を手がけることを目標としている。

◆訳者
二木かおる（にき　かおる）
関西外国語大学卒業。約15年間滞在したシンガポールで博物館のボランティアガイド活動のかたわら実務翻訳の経験を積む。帰国後、出版翻訳の道に入る。訳書に『図説 ヴィクトリア女王　英国の近代化をなしとげた女帝』（原書房）がある。

史《し》上《じょう》最悪《さいあく》の破局《はきょく》を迎《むか》えた13の恋《こい》の物語《ものがたり》

●

2018年9月2日　第1刷

著者……………ジェニファー・ライト
訳者……………二木《にき》かおる
装幀……………村松道代
発行者……………成瀬雅人
発行所……………株式会社原書房
〒160-0022 東京都新宿区新宿 1-25-13
電話・代表　03(3354)0685
http://www.harashobo.co.jp/
振替・00150-6-151594
印刷…………… シナノ印刷株式会社
製本……………東京美術紙工協業組合

ISBN 978-4-562-05592-0, printed in Japan